明
室
Lucida

照亮阅读的人

奥登诗精选

Selected Poems *of*
W. H. AUDEN

［英］
W. H. 奥登
著

黄灿然 译

目录

第一辑 （1927—1932）

003　分水岭
005　那也不是最后
006　来信
008　今天更高了
010　他人的智慧那历史的顺风
011　因为我来了
013　扔掉钥匙一走了之
015　虽然他相信它
016　又一次在谈话中
017　从红隼盘旋的高岩
019　在冒险之间这条分界线上
020　闭上你的眼张开你的嘴
022　蠢傻瓜
023　请求
024　1929 年

033　既然今天你准备开始
036　考虑
039　短章
042　这月色美
044　地点不变
046　劫数黑暗
048　陈述之一
050　别，父亲，再延缓
052　那易相处的
054　此刻我从我的窗台望着夜
059　我有漂亮外貌

第二辑　给拜伦勋爵的信（1936）

第三辑　（1933—1938）

135　夏夜
141　两次攀登
142　让自己平躺着
143　五月以光的轻佻
145　文化预想
147　八月
152　在这岛上
153　让华丽的音乐
154　无波纹的湖里的鱼
156　秋歌

158　扫烟囱的人

159　他这样的死

160　秘密终于揭开

161　催眠曲

163　被包裹在柔顺的空气里

166　航海

168　斯芬克司

169　旅行者

170　南站

171　爱德华·李尔

172　一个暴君的墓志铭

第四辑　新年书信（1940，选段）

175　然而时间可以

177　大师们

179　今夜一个纷扰的十年终结

182　魔鬼

185　我们希望

187　然而地图和语言和名字

189　世界忽略他们

192　独裁和势力的洪水

196　无论我们如何决定去行动

198　在普通人眼里

199　谁建造监狱国家？

200　我找不到的中心

第五辑　（1939—1947）

203　悼念叶芝
208　无名公民
210　先知们
212　像一种天职
214　法律像爱
218　我们的偏见
219　1939年9月1日
225　下一次
227　抱着她越过水面
228　探索（选）
228　　十字路口
230　　旅行者
231　　城市
232　　第三次诱惑
233　　普通人
234　　有用者
235　　幸运者
236　　英雄
238　　水域
239　　花园
241　黑暗岁月
245　隐藏的法则
246　亚特兰蒂斯

250		我们相当熟练地掌握辩证法
252		教训
255		罗马的灭亡
257		在施拉夫特餐厅

第六辑　长诗选段（1941—1946）

261		暂时
261		如果因为
263		宣叙调
264		感觉
265		直觉
266		思想
267		信仰
268		如果我们从不孤单或永远太忙
269		马利亚在马槽
271		希律考虑屠杀无辜者
278		海与镜
278		因为在你的影响下
280		当我回到几个海洋外的家里
282		唱吧，爱丽儿
284		但要是你未能保住你的王国
285		米兰达的歌
287		卡利班致个别观众
291		卡利班致一般观众
293		附笔

295	焦虑的年代
295	最好是这样而不是野蛮人的暴政
297	那倒不如让我们
299	我十六岁的时候
301	三个梦
304	被这些十字路口查问
305	当我戴上手套准备
307	光与一片安适之地合作
308	虽然沙丘仍遮挡着视野
309	年轻英雄的额头
311	勘探工的谣曲
312	宁静的是群鹰的湖
313	然而诗人们高贵的绝望

第七辑　（1948—1957）

317	在途中
320	赞美石灰岩
325	坏天气
328	舰队访问
330	溪流
335	它们的高等寂寞人
336	急事急办
338	爱得更多
339	路轨
341	阿喀琉斯的盾牌

345　老人之路
349　真理史
350　向克利俄致敬
356　边界文化
358　将不会有安宁
360　词语
361　歌
363　午后祷
369　晨曦祷

第八辑　（1958—1971）

373　造化女士
377　林中省思
380　步道
383　建筑的诞生
386　死神的宣叙调
388　换一换环境
391　你
394　阿卡迪亚也有我
397　哈默弗斯特
399　巡回朗诵
403　为玛丽安·摩尔而作的镶嵌画
406　自那
409　鸟语
410　在适当的季节

412	1968年8月
413	河流侧影
416	六十岁序幕
423	所闻与所尝
424	所听与所见
425	伪问题
426	异类
429	老人院
431	布谷小颂
432	跟狗说话

第九辑 （1972—1973）

437	不可预测但如有神助
439	黎明曲
442	感谢你，雾
445	不，柏拉图，不
447	对野兽讲话
451	感恩
453	考古学

附 录

459	《奥登诗歌合集》前言
460	《奥登自选诗》序
461	《短诗合集》序
464	《奥登著作目录索引》序

468　关于《暂时》
471　关于《海与镜》
473　关于《焦虑的年代》
476　关于《换一换环境》

483　英文标题及首行索引
493　译后记

第一辑 （1927—1932）

分水岭

谁,在分水岭左边的十字处[1],
站在他脚下擦伤的青草之间
那条湿路上,看见拆毁的洗矿场,
通往林中的有轨电车的残存路段,
一个已经昏迷却还稀疏地
活着的行业。一台歪斜的发动机
在卡什韦尔抽水;它在被淹的
采矿场里躺了十年直到此时
才悻悻地,履行其后期职责,
而且这里那里,尽管很多死者
已躺在贫瘠土地下,有些行动却被选择
在近些年的冬天才采取;有两个
用手清理一座损坏的矿井,狂风把他们
从他们紧紧抓住的绞车夺走;有一个
死在风暴期间,荒野难以通行,
不是在他的村子,而是以木材形状
缓缓穿过漫长的废弃巷道

---

[1] 十字处,原文crux,同时兼有十字路口、交叉处、难关、困境等意思。其实际来源是"十字架荒野"或(奥登在初稿中告诉伊舍伍德时解释的)"骗取希望十字架",或约翰·富勒认为的可融合或解决不同解释的"杀死希望十字架",这些十字架都竖立在此诗取材的实际背景、位于奥尔斯顿荒野的卡什韦尔铅矿附近。——本书注释除特殊说明外,皆为译者注

才在他最后的山谷入土。[1]

回家吧,异乡人,骄傲于你的年轻家世,
异乡人,再次转身吧,沮丧而烦恼:
这土地,被隔绝,不沟通,
不是某个更多是在那里而不是在这里
寻找面孔的无目标的人的附属内容。
你的车灯也许会扫过某卧室的墙壁
但不会惊醒任何睡眠者;你也许会听到风
从无知的大海被驱赶而来
并在窗玻璃上,在随着春天而难以阻挡地
流出汁液的榆树皮上伤害自己;
但很少如此。你近旁,比野草还高,
耳朵在决定前竖起,闻到了危险。[2]

1927 年 8 月

---

[1] 富勒认为该死者的原型可能是一个得肺炎的男子,被送往离家八英里(约为 12.9 千米)的地方看医生,因为恶劣天气,死去两周仍未被埋葬,最后运回来下葬时,至少有部分路程是通过采矿巷道。木材形状:奥登在回答伊舍伍德的疑问时说,"以新形状(木材形状),当然是指棺材"。
[2] 据富勒和爱德华·门德尔松:指受惊的野兔。

那也不是最后 [1]

那也不是最后,因为大约那时候
鲣鸟被吹向北方,回家去了,
叫皮肤下的隐秘性吃了一惊。

"奇妙的是那十字架,而我充满罪孽。"
"渐渐靠近,完全慷慨,来了一个
期待多年的人,只为我而生。"

从那个不诚实的国家回来,我们
醒着,却品尝着那美味的谎言:
而男孩女孩们,虽说平等,但依然不同。

不,这些骨头应活着,而水仙
和萨克斯管有某种东西让人想起
亚当的额头和受伤的踵。

1927 年 11 月

---

[1] 这首诗的影响源,包括古英语诗、莎士比亚以及艾略特。有的是撮其意,有的是译其句,有的是改其词。

来信 [1]

从最初因为太阳
和迷路,而蹙着眉头
下到一个新山谷里去,
你显然还是那样:今天
我,蹲在一个羊圈后,听见
一只鸟突然掠过,
对着风暴大叫,并且发现
一年的弧形是一个完整的圆
而爱的损坏的电路重新开始,
无尽而且没有持不同意见的转折。
将看见,将经过,如同我们已经看见了
瓦片上的燕子,春天的绿色
初步的微颤,经过了
一节孤独的车皮,秋天
最后的一次搬运。但现在,
打扰这朴实的额头,
这已经在黄昏里完全温暖起来的思想,
你的来信抵达,如同你在说话,
说了很多但说不来。

---

[1] 富勒认为,这首诗写分离,下一首诗《今天更高了》写相聚,尽管相聚也岌岌可危。因此,这两首诗在一定程度上可视为姐妹篇。

言语也不贴近，手指也不麻，
如果爱不是很少收到
不公平的答复，就是欺骗。
我，与季节合拍，以不同方式
迁移或随着不同的爱迁移，
也不过多地质疑那点头，
那如同这位乡村神祇的石头微笑，
它从来都是那么缄默，
总是害怕说得比想说的多。

1927 年 12 月

今天更高了 [1]

今天更高了,我们想起相似的傍晚,
一起在无风的果园里走着,
那里溪水在沙砾上奔流,远离冰川。

又一次在沙发隐藏炉条的房间里,
在雨停的时候俯视河流,
看他转向窗口,听我们关于
弗格森上校 [2] 最近的消息。

可以看到好手们怎样变普通。
一个凝视太久,在塔楼里失明,
另一个卖掉所有庄园去战斗,突围,蹒跚。

夜带着雪降临,而死者嚎叫
在地岬下他们多风的居所里,
因为敌对者在寂寞的路上
提出太容易的问题。

但眼下互相没有更靠近,却很快乐,
我们看见山谷一带农场都亮着灯;

---

1 奥登把逐渐成熟形容为"更高了"。
2 奥登的一位朋友就读的学校的舍监,前军官,曾被奥登这位朋友所吸引。

下面磨坊小屋的锤击声停止
而男人们回家。

破晓时分的喧闹将给一些人
带来自由,但不是这种没有任何鸟儿
能反驳的宁静:短暂,但对于某种在此刻
实现了的东西,爱或忍受,都已足够。

1928 年 3 月

他人的智慧那历史的顺风 [1]

他人的智慧那历史的顺风
总是形成一股有浮力的空气
直到我们突然来到一些口袋形小地方，
那里没有什么喧闹除了我们；那里声音
似乎唐突、未经训练，无法跟我们父辈
曾经大喊的谎言竞争。他们教导我们战争，
追逐心爱的姑娘，爬山，
从脆弱里移民出来，发现我们自己
轻易成了空荡荡的小湾的征服者，
但从未教导我们这个：让每个人去学习，
听出那个再也不可能长久凝望一张脸
或愉悦于一个理念的即将到来的
日子的某些征兆。
要是我能够成为一个傻瓜，他活着
直到灾难把他的报信者派到这里来；
比蠕虫还年轻，蠕虫有太多要承受。
没错，矿物最好：要是我能够仅仅
看看这些树林，这些绿野，这个贫瘠如月亮的
充满活力的世界。

1928 年 8 月

---

[1] 节选自长诗《双方付出代价》(1930)。

因为我来了[1]

因为我来了并不意味着要举办
周年纪念，以为疾病治愈了，
如同续订租约，考量荒凉海岸上
那些废弃铁制品的成本。
爱对你来说不是爱而是插曲，
回忆录中的交易，从不同方面看的景观；
你觉得誓言如同契约，
而虽然你接到解散的命令
却拒绝听从，继续留在密林里，
拙劣地把利润藏在衬料下。
什么都没有用了；因此我走了
听见你呼唤你并不想要的东西。
我曾和你躺在一起；你把这个拿来
作为你跟自己玩的借口，但想家了，
因为你妈妈告诉你花朵就是这样的，
以为你活着，因为你只是沉闷而不是死了，
而且停不下。所以我冷漠对待，
不受影响，但你很快就谦恭了，

---

1 节选自长诗《双方付出代价》。这是一个叫作"男女"的角色（代表性欲本能）对主角约翰·诺威（代表有教养的中产阶级）的指控。后者倾向于浪漫的爱情，"性"只存在于头脑中，在现实中他只会"手淫"（"跟自己玩"）。所有研究者都认为这首诗太过晦涩，尽管大致的意思还是能够理解的。

为了安全而改变。接着我尝试要求
骄傲的习惯，不情愿使你的心灵
向你显示这是多余的，但你反而
过度操劳自己，误解，
敬佩我有这机会。最后我尝试
叫你演戏，但你总是紧张，
害怕表演就像有人害怕尖刀似的。
现在我要走了。不，如果你也来
你不会开心，因为我所到之处
一切谈话都禁止……

1928 年 11 月

扔掉钥匙一走了之[1]

扔掉钥匙一走了之,
不是仓促流亡,让邻居们问为什么,
而是跟随一条有左右两边的路线,
一个更改的坡度,另一种速率,
所学要多于举手去问的那幅
粉刷墙上的地图;还使我们健康
而不用做病人的告白。所有过去
如今凝成一个旧过去,虽然一些信件
转交而来,拿着观看新风景;
未来应该履行更有把握的誓言,
不是越过杯口对着美人微笑,
也不是在顶层房间里制造火药,
不是仍然像海鸥俯冲静止的水面,
而是以拖长的溺水来长出鳃。

但依然有诱人的东西:因暴风雪
或因某个使人猜想可能通往奇观的
误导性的路标而未见过的地区
和满口关于一夜食宿费用的谎言;
旅行者们也许会在客栈相遇但不会眷恋;

---

[1] 节选自长诗《双方付出代价》。本诗原为奥登早期一首独立的诗,后来才并入《双方付出代价》。奥登后来亦把它独立出来,收入诗选,题为"旅程"。

他们共睡一晚，不会要求触摸；
没有受到正式的款待，没有紧贴的唇，
小孩可以举起来，而非宽慰地搂在怀里。
越过隘口沿着渐涨的溪水而下，
太疲倦不想听除了脉搏的乱弹，
来到村子问屋内可有一张床，
岩石把天空关闭在外面，旧生命终结。

1928 年 8 月

虽然他相信它[1]

虽然他相信它,但没人坚强。
他以为把一个妻子带回家,
活得长久,就可称为幸运。

但他被挫败了;让儿子
把农场卖了免得山崩塌;
他的母亲和她的母亲赢了。

他的田地已耗尽,鼹鼠出没,
轮廓磨平;如果隐约
闪现水道他会错过它。

放弃他的呼吸,他的女人,他的牲口;
没有生命可触摸,虽然后来会有
硕大的果实,溪流上的鹰群。

1928 年 1 月

---

[1] 节选自长诗《双方付出代价》。本诗原为奥登早期一首独立的诗,后来才并入《双方付出代价》。原诗第一行和第二行句首是:"光明与黑暗斗争,对与错,/人以为……"

又一次在谈话中[1]

又一次在谈话中
说到恐惧
并扔掉矜持,
声音更近
但没有更清晰
无论跟初恋还是
男孩们的想象力比。

因为每一个消息
都意味着配成一对对,
另一个我,另一个你,
大家都知道该做什么,
但都没有用。

从未更坚强
却越来越年轻,
说再见但又回来,因为恐惧
就在那里
而愤怒的中心
已没有危险。

1929 年 1 月

---

[1] 后来有过"成双的同伴"和"从未更坚强"等标题。

从红隼盘旋的高岩[1]

从红隼盘旋的高岩
长官凝神俯视
快乐的山谷,
果园和曲折的河流,
也可能会转过身看
那条缓慢而严谨的线
怎样规训荒野,
听鹬从看不见的角度
发出嘎吱的叫声,
沙锥鼓点似的嗒嗒响
使那个被呼啸的雨夹雪
刮至只剩下骨头的地方吃惊,
而溪流对不习惯的嘴巴
依然有某种尖酸。
未受伤的高大长官
有一群遭厄运的同伴,
他们的声音如今
永久封在石头里[2],
不知道为谁而战斗,
全死在边境外。

---

1 后来加了标题"失踪"。
2 指纪念碑。

英雄们被埋葬
尽管不相信死亡，
而勇敢如今不是
在垂死的呼吸中
而是抗拒天边
军事行动的诱惑。
然而光荣并不新鲜；
夏天游客依然
从远近闻名而来，
选择他们的地点观看
战利品争夺者，
每一个都以为自己
会在树林里找到英雄，
远离首都，那里
灯光和红酒已备好，
湖边晚宴安排就绪，
但长官们都得迁移：
"今晚要去愤怒角[1]，"
而主人在久等之后
只好熄灭灯火
活着进屋[2]。

1929 年 1 月

---

1 苏格兰的一个岬角。
2 安东尼·赫克特和富勒都认为，该军官未能赴约，应该是去了愤怒角出事死了，所以才说主人活着进屋。

在冒险之间这条分界线上[1]

在冒险之间这条分界线上
延长这次从各自愉悦的容貌看
都显然是出于本性善良的会面。

直呼彼此的名字,
微笑,挽起愿意的手臂,
有一种游戏伙伴关系。

但要是这次散步超出这条线
则不管是出于逞强或沉醉
前进或后退都是威胁。

双方都避免让脚步滑到
入侵总是、探索绝不上,
因为这是憎恨而这是恐惧。

站在狭隘上,因为阳光
只是在表面上才最明亮;
无愤怒,无叛徒,只有平静。

1929 年 6 月

---

[1] 后来加了标题"要当心",再后来改为"冒险之间"。

闭上你的眼张开你的嘴

看守内在和外在的哨兵[1],
容貌具有明显间隔的特征;
敌人会如何对此发动
突然袭击,或达成持久和平?
因为对于被付了太丰富泪水的
腐败不了的眼睛
贿赂是白搭,下巴
有毛发遮掩其弱点,
而骄傲的鼻梁和愤慨的鼻孔
除了显得高贵外无事可做。
但这些之间是那张嘴;
注意它,也许你需要跟它谈判:
那里战略来得最轻易,
虽然显得严厉,看上去像
在车床上压过,拒绝答复,
但它将释放营养不良的俘虏,
它将平等地为任何一方
而谋杀或背叛,
它最后将屈从于一个紧贴的吻,
允许舌头温软地伸入,

---

[1] 富勒说,"哨兵"亦有可能指牙齿。

因渴望已久，就索性献出，
早就该献出，要是当初知道。

1929 年 6 月

蠢傻瓜 [1]

蠢傻瓜，蠢傻瓜
在学校里更蠢
但通常打恶霸。

小儿子，小儿子
肯定不算聪明
但会让人吃惊。

要不然，要不然
时髦点说，我们猜测
就不应该有个老爹。

很容易证实
做好事在生命中
果然很成功
但爱中的爱
故事中的故事
从来没人失败。

1929 年 8 月

---

[1] 后来加了标题"快乐的结局"。

请求[1]

先生[2]，不与人为敌，原谅所有人
除了他们意志的[3]消极颠倒，请慷慨：
输送我们力量和光，一次至高触摸
治愈难以忍受的神经的痒，
断奶的疲累，说谎者的扁桃体炎，
和向内生长的童贞的扭曲。
严厉抑制排练过的反应
并逐渐纠正懦夫的态度；
及时用光线覆盖撤退者
好让他们被发现时转身，尽管相反的机会很大；
公布每一位治疗家，不管他们住在城市
还是住在私人车道尽头的乡间别墅；
抢劫死者之屋[4]；闪亮地照看
新的建筑风格，内心的转变。

1929 年 10 月

---

1 奥登曾一度删掉这首诗，理由是最后那行诗（详见附录《短诗合集》序）。但奥登的传记作者汉弗莱·卡彭特敏锐地指出，这是对这首诗的刻意误解，因为那行诗谈论的并不是实际的建筑，而是精神转变。他觉得奥登反对这首诗的真正理由，可能是诗中的说话对象是某个既有可能是也有可能不是上帝的神，而这种含混性有悖于他生命后期的态度。
2 又可译为"大人""阁下"，似是模仿霍普金斯对上帝说话时的称呼。
3 "意志的"原文"will his"，是古语用法，等于"will's"。奥登后来曾对自己这个用法引起的混淆和不解表示遗憾。
4 指模仿基督下地狱抢回未获救赎的灵魂。

1929 年

1

那是复活节,当我在公园里散步,
听到青蛙从池塘里发出啼鸣,
望见巨大的云团无焦虑地
在辽阔的天空中运动——
这样的季节,恋人们和作家们都为
改变的事物找到一种改变的语言,
强调新名字,新鲜的手
带着新鲜的力量搭在臂上。
但这样一想我便立即来到
孤独者在长凳上哭泣的地方,
他低垂着头,嘴巴扭曲,
无助而丑陋如鸡胚。

于是我想起了所有那些其死亡
是季节推进的必要条件的人,
很遗憾,他们在这时候只是回望
圣诞节的亲密性,一次无声地
消失的冬天对话,而这使他们泪流满脸。
近期一些个别事件也相继浮现:
一位曾经讨厌的老师死于癌症,

一个朋友分析他自己的失败,
整个冬天每隔一阵子就在
不同的时间和不同的房间被聆听。
但永远有另一些人的成功可供比较,
例如我的朋友库尔特·格鲁特的快乐,
来自大海的格哈特·迈耶[1]的
毫无恐惧,真正的强大者。

这时候一辆巴士急奔回家,公共场所里
躺倒的自行车如挤成一团的尸体:
没有欢笑的阀门唧唧响地掀开,
也没有某个姿态引起的长外衣下摆的拖曳
惊扰无柄叶般的寂静;直到一阵骤雨
积极地落入草丛并结束这一天,
使选择显得像一种必要的错误。

1929 年 4 月

2

对我而言,生活永远是思想,
思想在改变着并改变着生活,
现在所感恰如过去所见——

---

[1] 两人都是奥登在柏林认识的德国朋友,来自工人阶级。

在城市里依着港口防护矮墙
眺望底下一群鸭
蹲着、用嘴整理羽毛、在支墩上打瞌睡
或直立起来在闪烁的溪水上蹼游,
漫不经心地叼起一根经过的稻草。
它们觉得阳光的奢侈已足够,
不知道思乡的外国人的影子,
也不懂被拦截的成长的骚动。

始终都是晚上的焦虑,
街道上的枪击和路障。
深夜回来我聆听一位朋友
激动地谈论无产阶级
对警察的最后战争——
有一个射穿了十九岁女孩的膝盖,
他们就把那一个从水泥楼梯扔下去——
直到我愤怒,说我感到高兴[1]。

时间在黑森,在古滕斯贝格消逝[2],

---

1 门德尔松:"'直到我(对朋友感到)愤怒,说我(对阻止他继续说下去)感到高兴。'此行一般被理解成奥登对警察的暴行感到愤怒,对因此而加剧革命的到来感到高兴。但此刻他关心的不是社会改变这种普通事件,而是严格意义上的私人心智生活的发展。"但还可以根据文本本身,给出一个更简单直接的解释:直到我(且不管是对朋友或对事件)愤怒,(口头却)说我感到高兴。
2 据门德尔松说,黑森和古滕斯贝格是奥登曾去过的德国村子。黑森不是指黑森州。古滕斯贝格(Gutensberg)实应为古登斯贝格(Gudensberg),是哈茨山(Harz)的一个村子。

山头和黄昏使我振作，
庞大世界的微小观察者。
烟从田野里的工厂升起，
火的记忆：四面八方听见
孤绝的云雀渐渐隐去的音乐：
乡村广场传来赞美诗的声音，
男声，一种旧唱法。
而我站在上面，思索着说：

"首先是婴儿，母亲体内温暖，
还没出生但仍然是母亲，
时间消逝而现在成了别人，
现在他意识到有别人，
在冷天里哭泣，自己不是朋友。
成年也是如此，也许会在
他日夜思想的脸上看到
警惕性和对别人的恐惧，
肉体孤单，自己不是朋友。

"他说，'我们必须原谅和忘记'，
忘记是说了但原谅做不到，
不原谅就在他的生活里；
他身上的肉体提醒要爱，
提醒但没进一步参与，
在租来的房间里敷衍感情
但不参与并且不爱

027

但爱死亡。也许会在死者身上，
在面对死者时看到那爱的愿望，
如同一个人从非洲回到妻子身边，
回到他在威尔士的祖业。"

然而人有时候会望着
火车头的精细美，姿态的完整
或晴朗的眼睛并说好；
在我身上黄昏的和谐如此绝对，
田野和远方在我身上意味着平静，
占据我的感觉但没有使我忘记
那些鸭的冷漠，那个朋友的歇斯底里，
没有愿望但带着原谅，
爱我的生命，不是作为别人，
不是作为禽鸟或儿童的生命，
"不可以，"我说，"既不是孩儿也不是鸟儿。"

1929 年 5 月

3

叫来乘务员点菜，研究时刻表，
纠正书中错误，都早于此刻
但通过我从火车里望见的电线而参与此刻，
电线和电线杆的严厉斥责松弛了，

八月里来到一座农舍。

孤零零，惊吓的灵魂
重返这已不再属于他的
羊和干草的生活：他每个时辰
都进一步远离这，也必须远离，
如同小孩从母亲身上断奶然后离家，
但最初步履蹒跚，很苦恼，
只有找到家才快乐，一个毋须
因为在那里而被征税的地方。

因此，没安全感，他爱而爱
没有安全感，所给少于他所预期。
他不知道这究竟是合适的种子，可以
丰盛地在奇妙的结实中展示，
抑或只是过去某种庞大的东西的
退化的残余而现在仅仅
作为疾病的传染性留存下来
或出现在恶毒的醉态漫画中；
它的结局被粗心者掩盖，但早已被
疯子和病人更精微的感知识破。

沿着他本人的轨道运动，
他爱他希望会长久的东西，它凋亡了，
便开始那困难的哀悼工作，
并且如同外国移居者来到陌生国度，

通过发错本土话的音，
通过异族通婚，创造新种族
和新语言，同样地，这灵魂也许会
最终断奶，获得独立的喜悦。

被一只松鸡的猛烈笑声震骇，
我从林子里，从脚下的嘎吱响里出来，
叶梗间的空气如同在水下；
如同我将离开夏天，看见秋天降临，
更敏锐地注视天空里的星群，
看见冻结的秃鹫翻落拦河坝
被流水带向大海，离开秋天，
看见冬天，大地和我们的冬天，
一种死亡预想，预想我们死亡时也许会发现
新环境对我们并非令人无所适从地陌生。

1929 年 8 月

4

是摧毁错误的时候了。
椅子从花园搬进屋里，
野蛮海岸上的夏天谈话在暴风雨之前，
在客人和飞鸟之后停止：
疗养院里他们越来越少笑，

治疗更没把握；而吵闹的疯子
如今陷入更可怕的安静。

落叶知道，在冒烟的碱金属垃圾堆上
或在被洪水淹没的足球场边
玩耍的儿童们知道——
这是巨龙的日子，吞噬者的日子：
随着地下霉菌的扩散，
随着持续的低语和不经意的提问，
给敌人的命令已发出一段时间，
要使躲藏在屋里的中毒者提心吊胆，
要毁灭肉体的精壮，
要审查心智的游戏[1]，要强制
遵从正统的骨头[2]、
有组织的恐惧、铰接的骨架。

你，我乐意一起散步、接触
或等待，被我视为确信善的人，
我们知道，我们知道爱
需要的不只是令人赞赏的结合的兴奋，
不只是突然充满自信的告别，
踏在凋敝的草叶上的脚跟

---

1 原来为"要毁灭肉体的精壮、心智的复杂游戏"，但据门德尔松说，奥登在修订时，曾用铅笔把后半句改成"要审查心智的游戏"，这处改动显然是改善，但奥登自己忘了。所以门德尔松在1979年编《奥登诗选》时，恢复了奥登这个改善了的句子。
2 奥登曾对朋友解释："正统的骨头：骷髅不可能有异端意见。"

和崩溃的根茎的自信

都需要死亡，麦子的死亡，我们的死亡，

腐朽派的死亡；会将他们

留在阴郁的山谷，无朋友可交，

腐朽派被遗忘在春天，

悍妇和骑术教练

僵硬在地下；明净的湖深处

懒洋洋[1]的新郎，漂亮，在那里。

1929 年 10 月

---

[1] 原文为 lolling，还含有软绵绵、松垂的意思，对应上句的"僵硬"。

既然今天你准备开始[1]

既然今天你准备开始
让我们考虑你做什么。
你担当的是倚傍的角色,
对你来说孤独不是好事。
大堂里温暖的笑变成羞怯,
或裸露着膝盖攀登火山,
习得手腕挥抖[2]以及紧张之后
在爱人的怀中放松如石头
回忆你能坦白的一切,
充分利用炉里的火光和小题大做的时辰;
但欢乐是我的而不是你的——已经走了这么远,
你最聪明的发明最近是毛皮,
曾是我最好的发明、花了多年培养的蜥蜴
无法控制血液的温度。
要达到你的脸显示的样貌
对很多人是快乐,对某些人是绝望,
我变换各范围,经历各纪元,它们受到
气候、战争或年轻人保有的事物妨碍,

---

1 此诗后来加了一个标题"维纳斯有几句话要说",但多位论者认为这个标题不合适。门德尔松说,诗中的说话者是地质和进化演变的无意识力量和本能力量的拟人化。
2 指打网球。

我修正关于不同糟粕类型的理论，
更改欲望和穿衣史。

如今你在城里，把每年最后叶子飘落时
给家里写一封信的流亡者称为傻瓜，
想想吧——罗马人在他们鼎盛期有一种语言
并用它来标示整齐的道路，但它也得消亡：
你的文化充其量只会留下——肯定
会像最被喜爱的郡的原名那样被遗忘——
若干供写故事的散记，某个经常被提到的杰克，
以及书信中对某个私人笑话的指涉，
杂草丛生的小巷里的生锈设备，
仍在本地列车上做广告的美德；
而你的信念无法帮助任何人飞翔，
倒是会在楼上引起曲解。

甚至连绝望也不是你自己的，当你
关于安全的想法迅速遭到普遍攻击：
那种饥饿感，因善被浪费在
周边过失上而感到的中心痛苦，
你关闭房子并勇敢地
走到荒野里去祈祷的举动，这些
意味着我希望离开，继续向前，
选择另一种形体，也许是你儿子；
尽管或迟或早，在另一个时候，
他会排斥你，加入反对阵营，

但我的对待不会有差别——他会被提拔，
被发现在哭泣，被签押，被逼供，被绞死。
别想象你可以退避；
你抵达边境前就会被逮到；
其他人已经试过并且还会再试
去完成他们还没有开始的事情：
他们的命运必然永远跟你的一样，
要遭受他们所害怕的损失，是的，
他们坚守一个阵地，占错了很多年。

1929 年 11 月

考虑

考虑这点而且就在我们时代
像鹰一样俯视它,或像戴头盔的飞行员:
云团突然裂开——瞧那里
烟蒂闷燃在一块草坪边,
在今年第一个游园会上。
继续往前,透过消闲宾馆
那些平板玻璃窗欣赏山峦;
加入那些不充足的群组,
危险的,容易的,穿皮褛的,穿制服的,
在留座的桌子前聚集,
那里供应的高效乐队的感情
也传送给别处,给多暴雨的沼泽地那些
坐在厨房里的农夫和他们的狗。

很久以前,最高对立者啊[1],
比古老并且对生命的限制性缺陷
感到遗憾的北方巨鲸还要强大,
在康沃尔、门迪普或奔宁高地
你对出身高贵的采矿监工的评论
得不到他们的回答,使他们希望快点死去

---

[1] "最高对立者"如同《今天更高了》中的"敌对者",是与爱对立的恐惧和压抑的拟人化。它是一种非道德的生命力,不能被彻底击败。

——从此躺在古冢里,远离伤害。
你每天跟你的崇拜者们说话,
在淤塞的港湾边,废弃的工厂旁,
在窒息的果园和有几条狗在那里发愁
或有一只鸟在那里被射杀的寂静峡谷里。
下令危害者立即发起攻击:
走访港口,打断与阳光照耀的水面
只有一箭之距的酒吧里的闲谈,
示意你选中的人出来。召集
那些漂亮和生病的年轻人,那些乡村
教区的妇女,你的孤独代理人;
调动那些潜伏在使农民变残暴的
土壤里,潜伏在受感染的鼻窦里
和白鼬眼睛里的强大力量。
然后,准备好,开始传播你的谣言,柔和
但其引起反感的能力令人震骇,
震骇扩散后被放大,将会成为
一种极地的险境,一种巨大恐慌,
使人们四散,如同碎纸、破烂和器具
在突如其来的狂风中乱舞,
遭难以估量的神经症惊惶侵袭。

金融家,离开你那
赚钱而不花钱的小房间,
你将不再需要你的打字员和伙计;
游戏对你已经结束,还有对别人,

他们思索着，穿着拖鞋在大学四方院
或教堂围栏里的草地上踱步，
他们是天生的保姆，穿着宽松运动短裤生活，
跟人睡觉和对墙击球。
幸福追求者们，你们这些跟随
你们那个简单愿望的蜿蜒脑回的人，
现在已经比你们想象的晚了；那个日子越是临近
就越不是那个远方的下午
当他们在袍服的窸窣声中和跺脚声中
给失贞的男孩们颁奖。
总之，你们跑不了，不，
哪怕你们收拾行装准备在一小时内离开，
哼着歌沿着公路干线逃走：
日期早由你们定下；神游症、
不规则呼吸和交替优势[1]的牺牲品，
经过几年疑神疑鬼的游走之后
在一次躁狂症的爆发中瞬间解体
或永久陷入某种典型性疲劳。

1930 年 3 月

---

1 这三个症状，均见于威廉·麦克杜格尔的《变态心理学概论》。"交替优势"指交替性人格中自己占优势或支配地位的人格，伴随着关联的失忆症例如神游症，神游症的症状包括强迫性旅行。

短章

找碴儿,上战场,
把英雄留在酒吧里;
追捕狮子,爬上峰顶:
没人会想到你脆弱。

*

天生的护士的朋友们
身体总是越来越欠佳。

*

当他身体健康
她给他一个地狱,
但她是一个靠山
当他生病了。

*

你距离成为一个圣人还很远
只要你还因为任何抱怨而受苦;
但如果你不受苦,那毫无疑问

很有可能是你不努力。

*

我担心很多戴眼镜的家伙
喜欢大英博物馆多于上帝。

*

对我的各种个人关系
我开始失去耐性:
它们不深厚,
可也不廉价。

*

那些不思考的人
在行动中毁灭:
那些不行动的人
因不行动而毁灭。

*

我们都应当尊敬
垂直的人,
尽管我们只重视

水平的人。

 *

这些已经停止追求
但继续说话，
没有做出贡献
而是稀释。

这些盼咐光
但没有资格，
这些传下
战争和一个儿子。

只希望温暖
而不是伤害，
这些在大堆燃烧物上
沉沉睡去。

 *

公共场合的私人面孔
比私人场合的公共面孔
更明智也更愉快。

1929—1931 年

这月色美[1]

这月色美
没有历史
完整而刚开始；
如果美后来
有任何精彩
那是它有一个情人
并且是另一个人。

这像一个梦
保存另一段时间
而白天就是
它的失去；
因为时间是尺寸
和心的种种变幻，
变幻中幽影纠缠、
失去和期盼。

但这绝不是

---

[1] 门德尔松说，这首诗的对象是一个小孩莫名的美，并说在奥登早期的诗中，"幽影"（或鬼魂）是上代人遗留给下代人的神经痕迹和其他心灵痕迹的简称。富勒认为，"这"指涉纯真的美，"幽影"则指涉性欲的纠缠。这首诗最早的标题为"纯"。

一个幽影的努力
也不是结束了它
幽影就安适；
直到它经过
爱才会靠近
这里的甜蜜，
悲伤也才不会
终日都显示。

1930年4月

地点不变

谁会忍受
白天的热和冬天的危险,
从一个地点去到另一个地点,
或满足于躺下来
直到黄昏降临
陆地与海洋之间的湾岬;
或抽着烟等待吃饭时间,
倚着铁链锁着的大门
在树林尽头?

铁轨在阳光中
锃亮或生锈
从城镇奔向城镇,
沿途的信号全瘫痪;
然而这些地点之间
没有任何沟通,除了信封
在门口被一把捏住,在室内气喘喘地读,
早春的鲜花抵达时已碎烂,
灾难在电线上结结巴巴,
怜悯一闪而过。
因为要是职业旅行家到来,
在炉边被问起时他就无语,

用一个神经质的小微笑回避,
而与此同时
对着散布在早已不沾水的
船里的地图所做的猜测
变得越来越陌生。[1]

地点不变
只有脑袋转来转去
躲开脸上刺眼的灯光,
或翻身移向靠着墙的床边;
没有人会知道
辉煌的首都在等待什么样的改变,
乡村乐队将庆祝什么丑陋的盛宴;
因为没有人去到
远于铁路终点站或码头末端,
既不会去也不会差儿子去到
远于穿过山麓,而是止于烂草垛,
那里带狗持枪的绑腿猎物看守人
会大喊一声"往回走"。

1930 年(8 月?)

---

[1] 1958 年的《诗选》及后来的版本改为"对着我们的地图所做的猜测变得越来越陌生 / 预示着危险"。奥登在准备 1966 年的《短诗合集》时曾根据这个早期版本修订,把"地图"改为"图表",但实际出版时又采用了 1958 年的版本。

劫数黑暗[1]

劫数黑暗深过任何海底幽谷。
它降临一个什么样的人,
正当春天,盼望白天的花刚出现,
雪正崩,白雪从岩面急滑而下,
使得他非要离开他的屋子,
没有柔云之手能抱住他,女人阻止不了他;
但那个人继续走
穿过场地看守者们[2],穿过茂林密树,
一个陌生人面对一个个陌生人,越过不竭的海,
鱼的大屋,窒息的水,
或独自在荒山如黑喉鸸
在有涡穴的溪边,
一只惊石之鸟,一只不安之鸟。

脑袋朝前垂着,傍晚时分疲累,
梦见家,
窗口的挥手,欢迎的盛宴,
被单下妻子的吻;

---

1 曾使用过"你们中有谁早起望着黎明"和"某件事情注定要发生"等标题,后来改为"漫游者"。本诗影响源主要是古英语诗。
2 原文"place-keepers",有研究者认为是指"留守者",亦有认为是隐语,指"入口"或"门"。

但醒来看见

他不认识的鸟群,通过门道

传来新男人们做另一种爱的声音[1]。

请把他从敌意的俘擒中,

从角落里老虎的突然猛扑中救出来;

保护他的屋子,

他那座有人数日子的焦虑屋子,

保护它免于雷击,

免于扩散如锈斑的逐渐损毁;

把数字从模糊转换成确定,

带来欢乐,带来他归家的日子,

运气随着白天的临近而来,随着俯身的黎明。

1930年8月

---

[1] 原文"making another love",亦可译为"做另一次爱"或"从事另一种爱"。格雷厄姆·汉德利认为这暗示不是男女之间"自然"的爱,而可能是指例如战争或金钱。门德尔松说:"诗中并不推荐这种新的(同性恋的?)爱,而是寄望于'欢乐'和'归家的日子',寄望于'运气'和'俯身'。"

陈述之一[1]

人穿过门去往大海，以游戏或劳动的态度成群站着，俯身向儿童，举起同等者的杯，很多时候他们都在一起，男与女。每个人都得到奖赏，合乎他的性别、他的阶级和力量。

一个因手腕厚实而焕发魅力；一个因各式姿态；一个有美丽皮肤，一个有迷人味道。一个有突出的眼睛，敢于上前搭讪。一个水感好，可以不用手就燕子般跃入水中。一个被几只狗服从，一个可以击落飞行中的鹬。一个可以在剧院排队人群面前做侧手翻；一个可以轻盈穿过狭窄的圆圈。一个可以用小提琴召唤流水的形象；一个擅长即兴创作赋格，脚键盘一踩肠肚就震颤。一个以噘嘴来逗笑，或可以模仿发情的种马嘶鸣。一个在黑沙里铸造金属；一个用废棉花抹一台大机器的偏心轮。一个为了利益而从窗口跳出去。一个为有爵位的受虐狂制作酷刑皮具；一个用橡树的虫瘿和生锈的铁钉为儿子制作墨水。一个应朋友的要求制作有雕饰的床架。一个在红砖别墅里为一座桥做设计，为一个目的而创造美。一个能言善辩，说服各种委员会相信花钱的价值；一个用庄严的声音宣布婚礼。一个在黑夜里被告知秘密，可以阻止一个年轻女孩啃手指。一个可以毫无风险地根除甲状腺肿。一个可以预测鲭鱼的迁徙；一个可以辨识不同的海鸟蛋。一个是闪电般的快算者，他是个年轻人。一个很笨拙，

---

[1] 节选自长诗《演说家》（1932）。本诗的影响源包括古英语诗和法国诗人圣-琼·佩斯。

但以他对时刻表的熟悉让人啧啧称奇。一个在小型客货车里派发小面包，停在各家屋前。一个可以校勘残破的文本；一个可以根据硝石样本估计含水率。一个用黑色和银色为一位女士装饰房间；一个为马戏团制作大象鼓。一个拥有组织学习小组的超凡能力。一个在绿碗里培养雪花莲。一个无所事事但善良。

召集。这时他开始诅咒他的父亲，而这诅咒也落在他身上。[1]

1931年春

---

[1] "他"指召集人。父亲是这首长诗里没有现身的英雄。召集是指儿子恢复（继承）父亲的召集。奥登自称这首诗的主题是英雄崇拜。有论者认为，本选段中罗列的一切，恍如马克思主义的理想世界，但其内容全是物质方面的，而看不到任何宗教维度。这也是召集者诅咒其父亲的原因。另，受奥登影响的美国诗人阿什伯利曾在其大学时代写的论文中研究《演说家》，他对奥登诗中的列举式写作手法（例如本选段）极其欣赏。

别,父亲,再延缓[1]

别,父亲,再延缓
　我们必要的失败;
免去我们麻木的预定进攻时刻,
　沙漠般漫长的撤退。

逆着你展示的直射光,
　回望,绝对,
亲身执拗而偏斜地
　我们迈出疯狂的脚步。

要是这些活动房屋可以
　做躲避你目光照入的
牢固挡板,但瞧啊!朝我们
　你松开的愤怒冲过来。

面对你一道道指责,
　虽然点子已经想好
但没有任何应答口令
　或虚幻的牺牲能战胜。

---

[1] 节选自长诗《演说家》,本诗为第三部分也是最后部分《六首颂歌》之六。

我们更弱了，严格地局限
　　在你有系统的障碍范围内，
而从我们绝望的海岸上最后
　　几个苍白的青少年消失了。

别做我们希望外的另一个；
　　我们溃散者期望
你的和平；光芒解除，
　　照亮，而不是射杀。

1931 年 6 月

那易相处的[1]

那易相处的
那尽管很少的
还有那好的
都是因为某种之间
也即仅仅到你
我是说从我。

谁跟谁一起
床单被褥说
而我和你
吻了就走了
论据充足了
心智平复了。

命运没迟到
魂魄也非无家
言谈也没重写
舌头也非无活力
当初心
为了心

---

[1] 后来成为《五首歌》之三。

谈起心的话
也没忘记。

1931年10月

此刻我从我的窗台望着夜[1]

此刻我从我的窗台望着夜,
教堂钟的黄面孔,为新的不谨慎之年
而燃烧的绿色码头灯;
寂静在我耳中嗡嗡响;
两座宿舍的煤气喷嘴[2]都已熄灭。

黑暗下似乎什么都没动静;
丁香丛像一个共谋者
在草坪上装死,而那里,
旗杆顶,大熊座[3]像凶兆
悬挂在海伦斯堡[4]上。

但血液对预言或中国的鼓声充耳不闻,
而是在其感人的家中奇怪地流动,
分岔,循环,奔赴
比父亲静止的长阴影更远的地方,
尽管它是要前往后悔的山谷。

---

1 原为《新年快乐》第二部分,曾使用过"并非所有考生都能通过"的标题,后来改为"守望者"。
2 用于照明的煤气喷嘴火焰。
3 暗示苏俄。
4 此时奥登在海伦斯堡的学校教书。

此刻在这季节,当冰已松动,
研究者在刷洗过的实验室里被催促,
生长的树林上的摄影机
被校准;为了早已失去的善
欲望像一条警犬被松绑。

啊,界限之主[1],训练黑暗与光明,
在左与右之间设置禁忌:
这对有影响力的安静孪生子,
一切所有权都起源于他们,
他们今晚宽仁地望着我们。

最老的教师,那男生就怕他们,
当他找不到笔,或忍不住流泪,
他收集邮票和蝴蝶
希望以某种方式缓解
古怪主考人[2]的恶意。

没有谁见过你们。没人最近可以说

---

1 这里用的是复数,即下面的"孪生子"。富勒认为"界限之主"可能源自布莱克论述"模糊与收缩(撒旦与亚当)的界限",按布莱克的说法,这是神圣的救世主的仁慈之举,旨在给错误划清界限。但富勒认为更有可能源自希腊古代卡比里(又译"众卡比洛斯")神,他们是儿童生育的看护者、门柱神、拉开距离以腾出空间的事物的守护神。他们都是"所有权"的创始者,而"所有权"又含有分寸、得体、适当的意思。奥登这些概念都源自 D. H. 劳伦斯的《启示录》。

2 "最老的教师"和"主考人"都是指"界限之主"。

"他们埋伏在这里,你可以看到那些标志"。
但今晚在我的思想中你们似乎
是那些我曾在梦中见过的形体,
一片荒野物业的敦实看护者。

腋下夹着枪,在阳光中和雨中,
看护着门道,守望着山脉,
小树林边或桥边我们知道有你们,
你们无眠的存在使我们珍爱
我们这和平,连带一种持久的威胁。

我们知道你们情绪化、沉默、敏感,
容易受冒犯,不容易原谅,
但这颗心遵守你们的戒律
当我们分崩离析
碎成了孤立的个体生命。

不要太细看,不要太快;
我们没有受邀请,但我们有病,
使用鼹鼠的诡计,孔雀的
姿态或老鼠绝望的勇气,因为
我们只有蒙骗你们,才能过关。

我的走廊尽头是一群男孩,他们
梦想拥有新单车或加入获胜队;
请为了他们而更严加看守

这片晚熟的北方海岸,因为
很快他们就要进入认真的季节。

赋予他们自发的控制本能,
拨调节盘,或取乐的本能,
也许这些都不需要我们的技艺,
我们笨拙、软弱、拮据,
念念不忘健康和技巧和美。

钟敲十点:茶已在炉子上;
楼上传来我爱的声音。
爱、满足、力量、愉悦,
但愿都给予今晚的伯明顿运动员,
给予费弗尔、霍兰、活泼的亚历克西斯[1]。

这一年继续更深地朝夏天进发。
要是挨饿的灵异者看见了我们
大门内的狂欢,不知道会怎么想,
你们的身体在街道上游荡,
我们依然需要你们的力量:请使用它,

啊,使这桌人没有一个失控地突然离开,
猛向前冲,对受伤毫无感觉,
危险地在房间里,或狂野地在外面

---

[1] 这些并非当时著名羽毛球运动员的名字,可能都是虚构的。

旋转如田野中的一个陀螺,
作怪相扮鬼脸穿过无眠的白天。

1932年2月

我有漂亮外貌 [1]

我有漂亮外貌,
我进过伟大的私校,
我有一小笔钱做了投资,
可为什么我感到自己这么蠢
仿佛拥有一个不再辉煌的世界?

你有这样的感觉
肯定有一个好理由,
难怪你会焦虑
因为确确实实
你拥有一个不再辉煌的世界。

我要把我的钱扔进阴沟里,
我要把它全抛弃,
我要把它扔到工人可以去捡的地方,
这样就不会有人觉得
我拥有一个不再辉煌的世界。

工人不会捡到它
哪怕你把它扔得满城都是,

---

1 最初发表时曾使用标题"歌"。

军火公司会把它全收集起来,
然后用它来射杀他们,
以拯救一个不再辉煌的世界。

我要到工厂去工作,
我要跟工人们一起生活,
我要在酒馆里跟他们一起玩飞镖,
我要分担他们的欢乐和忧伤,
不活在一个不再辉煌的世界。

他们不会告诉你他们的秘密
尽管你在酒吧里帮他们结账,
他们会为了你的钱而对你撒谎,
因为他们知道你是个什么样的人,
知道你活在一个不再辉煌的世界。

我要预订一个邮轮铺位,
我要扬帆出海去,
我要在小岛上安居,
原住民会使我获得自由,
我要离开一个不再辉煌的世界。

大部分原住民就快死光,
他们以前见过你这种人的样本,
这不会给他们带来满足,
他们没心情多接待一个,只要你们

都来自一个不再辉煌的世界。

我要租一个带家具的阁楼,
一个位于顶层的房间,
我每天早晨都要用心来写
一本将会引起轰动的著作
谈论一个不再辉煌的世界。

你也许是一个小天才,
你也许尽了最大的努力
真诚地告诉我们你的故事,
但看点在哪里呢,
那不过是一个不再辉煌的世界。

我要在教区牧师布道时出席,
我会对牧师忏悔我全部的罪孽,
我会完全按照他们所说去做,
我至少也会进天堂
离开这不再辉煌的世界。

你也许会坐在小讲坛下,
你也许会不自觉跪下,
但你已经不再相信他们了,
他们也不会让你好受,
他们属于这不再辉煌的世界。

我要到妓院去，
往我手臂上打一针，
我要出去在自己的庄园上偷猎，
这样我将感到无比平静
对待这不再辉煌的世界。

变差是没用的，
变好是没用的，
你就是你而不管你做什么
都不会使你走出困境
摆脱一个不再辉煌的世界。

别忘记你不是老兵，
别忘记你害怕，
别忘记你在街垒后面
一点用处也没有，
你属于你那不再辉煌的世界。

你儿子也许会是个英雄
扛着一根大枪
你儿子也许会是个英雄，
但你不是，那就沉没吧
随着你那不再辉煌的世界。

1932 年 9 月

第二辑　给拜伦勋爵的信[1]（1936）

1 奥登在给托马斯·曼的女儿埃丽卡的信中说:"今天在巴士上我有了一个关于这本游记的好主意。我来冰岛时随身带了一本拜伦,而我突然想到也许我可以用轻松诗写一封闲聊信,内容无所不包,只要我能想得到,关于欧洲、文学、我自己。我觉得他是一个合适的人选,因为他是一个城里人,一个欧洲人,不喜欢华兹华斯和他对自然的态度,而我对此深有同感。信本身跟冰岛的关系将微乎其微,而是会描写在遥远的地方旅行的影响,这影响将促使一个人从外部反省自己的过去和自己的文化。"稍后他又报告说:"我一直全心投入写作给拜伦的信。我已经完成第一章的初稿和第二、第三章的若干片段。我的麻烦在于,这种做我以前从来没有尝试去做过的事情带来的刺激,使我觉得它要比它原本更好也更有趣,而这跟我平时写作的状态完全相反。"

I

请原谅我,勋爵大人,这么突兀
　　跟你套近乎。我知道你得付出
作者应付出的代价,给以
　　作者应给以的体恤。
　　诗人的仰慕者来信不是新鲜事。
而且还是勋爵——天啊,想必你也像
加里·库珀、库格林或迪克·谢泼德[1]那样

被素不相识者来信烦死了,什么"喜欢你
　　那些抒情诗,但《恰尔德·哈罗德》是垃圾",
"我女儿也写,我该不该给她鼓励?"
　　有时候坦率要求能不能给点现金,
　　有时候羞羞答答暗示跟你心心相印,
有时候附上一张不雅照片,不过
我觉得,这未免太赤裸裸。[2]

---

1 加里·库珀,美国演员;查尔斯·库格林,美国著名右翼宗教电台布道者;H. R. L. 谢泼德,英国"和平承诺联盟"倡导人,圣保罗大教堂教士。
2 确实有一个叫作弗雷德里克·普罗科施的人给奥登寄来一张自己的裸照,以此作为自我介绍。

至于手稿——每次收件必不可少……
　　我则无法改善蒲柏的愤愤不平[1]，
但希望，要是他气恼的鬼灵
　　学会文化传播的现代通信之道
　　他心里应该会感到高兴：
新公路、新铁路、新联系，就像
邮政总局纪录片告诉我们的那样。

因为自从不列颠群岛信了新教
　　教堂忏悔对大多数人来说太高格调。
但忏悔依然是人类的一种需要，
　　如今英国人必须通过邮政一吐为快，
　　作家吃早餐吐司时听他们告白。
因为，要是他们连这个也没的倾吐，
那就只剩下公厕墙壁可供乱涂。

所以如果我给你写信，表面上
　　是要聊聊你或我的诗，实际上
还有很多别的理由；不过我刚刚，
　　真的，在二十九岁的时候
　　读了《唐璜》而且觉得很不错。
我在前往雷克雅未克的船上
读它，除了吃饭睡觉或头晕脑涨。

1　指蒲柏《致阿巴思诺医生书》，该讽刺诗开头抱怨平庸文人们老是给他寄手稿。

事实是，我孤身一人在冰岛
　　——这风景跟麦肯齐所说[1]一个样貌——
在家里我有一台，一台留声机。[2]
　　英国小孩们都喜欢机器。[3]
　　美丽的。行口淫。家伙。[4] 这是什么意思
我不知道，但听上去拗口结舌
像外国语，像埃兹拉·庞德。

而家相隔很远，相隔很远
　　不管对谁，而我身孤影只
听不懂人们在说什么，像极
　　一条狗，必须靠猜测声调；
　　面对任何不是我自己的语言
我是个平庸之辈，找不到家教指点
或枕边字典[5]来使我变得更灵巧。

写作的念头今天在我脑中涌起
　　（我愿意交代这些时空上的事实）；
巴士在荒漠里，在从莫兹吕达勒前往
　　某个别的什么地点的途中：

1　指麦肯齐《冰岛游记》。
2　整句原文为德语。
3　整句原文为法语。
4　"美丽的"原文为希腊语（庞德常引用），"行口淫"原文为拉丁语（来自卡图卢斯），"家伙"原文为西班牙语。
5　指同时教其学习语言的性伴侣。

眼泪正从我灼热的脸上流淌；
我在阿克雷里感冒了而且很严重，
而午餐晚了，而生命看似令人沮丧。

我想豪斯曼[1]教授是第一个在印刷品中
　　指出人类那些受诅咒的微恙
例如感冒、头疼、腰酸背痛
　　是多么有助于创作的人；事实上
　　如果你宣称很多完美抒情诗的灵光
可能不是源于恋人心碎
而是因为流感，倒说得很对。

但依然缺乏一个恰当的借口；
　　为什么给你写信？我知道早该着手，
就在我开始收拾行装的时候。
　　当额外的袜子、密封的中国茶、
　　防蝇剂，都已经准备好，
我问自己，如果我在冰岛
感到有需要，我该读啥？

我无法读杰弗里斯[2]谈威尔特郡开阔地，
　　也无法在吸烟室里翻阅五行打油诗；
谁会在教区总教堂所在城镇啃特罗洛普[3]，

1　豪斯曼《诗歌的名称和本质》："我很少写诗，除非健康出了问题。"
2　英国威尔特郡作家和博物学家。
3　英国小说家，以虚构的巴塞特郡和总教堂所在城镇巴塞特系列小说闻名。

或在母亲子宫里嚼玛丽·斯托普斯[1]？
也许你在天之灵感觉也差不多。
是否天上的高雅之士只关心那些论述
克莱德河畔[2]、法西斯主义者和梅费尔[3]的著作？

在某些群体中我听过一个谣言
（我只知道谣言都昏聩晦暝）
说冰岛人没有什么幽默感。
我知道这个国家多丘陵，
气候不可靠且严寒；
想找点什么轻松读物来消遣，
便一把抓起你，觉得文雅又温暖。

我背包里还有另一个作者：
我曾为到底该给谁写信而难以抉择。
谁最不可能把这封信退回原址？
但我觉得如果我没资格却擅自
写给简·奥斯丁，她定会大感诧异，
并在她的鄙视中分担克劳福德、马斯格罗夫
和耶茨先生[4]的可怕命数。

况且她是小说家。我不知道你

---

1 英国节育先驱，著有《婚后爱情》《避孕》等。
2 英国城市格拉斯哥邻近的工业地区。
3 伦敦富人区。
4 克劳福德和耶茨是《曼斯菲尔德庄园》里的人物，马斯格罗夫是《劝导》里的人物，他们都缺乏品味和感情。

是否同意，但我觉得小说写作
是一门高于诗歌写作的手艺，
　　而小说的成功则暗示
　　性格更好，能力也更无穷。
也许这就是为什么真正的小说
稀罕如冬天响雷或北极熊。

比较而言诗人一般
　　都没观察力，不成熟而懒散。
归根结底，你必须承认
　　他对别人的感觉都不足为信，
　　他的道德判断常常太疯狂，
他的想象力太容易被夸张
和轻便的笼统化所吸引。

不过我必须牢记，在四个伟大的
　　俄国人[1]活着之前，你已经死了，
他们把小说写作的艺术推向新境界；
　　读书会还没有被收买。
　　但如今简·奥斯丁为之奋斗的技艺
在正确的劝导下勇敢地温热起来
成为最繁盛的形式。

她并不是一个不会诧异的女才子；

1　指屠格涅夫、果戈理、陀思妥耶夫斯基、托尔斯泰。

如果阴魂们依旧保持原有的秉性
无疑她仍然会觉得你令人吃惊。
　但是跟简·奥斯丁说吧，如果你有勇气，
　说她的小说在这尘世上深受喜爱。
她自称她的小说要写给后代；
她确实被后代阅读，尽管她这话轻率。

你震撼她不会比她震撼我强；
　跟她相比乔伊斯显得纯如青草。
最使我感到不自在的是看到
　一个英国中产阶级老姑娘
　　描述"铜臭"对爱情的影响，
如此坦率而冷静地披露
社会的经济基础。

所以这封信只好请你来接收。
　这次实验也许不会成功。
很多人可以做得更从容，
　但我不会因此减少享受。
　　空军的肖[1]说，精神集中
使人快乐：他说得没错，我也知道；
哪怕是给一个死去很久的诗人写信而且很潦草。

每一封令人激动的信都有附件，

1　一说是指 T. E. 劳伦斯，一说是指克里斯托弗·伊舍伍德。

这一封也不例外——有一大堆照片，
一些没对焦好，一些曝光有缺陷，
　　还有剪报、闲话、地图、统计、图表；
　　我不想做事粗枝大叶。
事实上我将会非常新潮。
你读到的将是一幅拼贴。

我想要一种大得足够让我游泳的形式，
　　可以谈论我选择的任何题材，
从自然风景到男人和女人，
　　我自己、艺术、欧洲时事：
　　而鉴于我的缪斯在度假，她这次出来
是要找找乐子，觉得什么都悦目称心，
只有偶尔才稍带鄙视。

我知道八行诗体很合适，
　　对我用来说说恭维话
它是合适工具，但我会一败涂地；
　　皇家韵掌握起来难度够大。
　　但如果不能成为经典，像乔叟时代那样，
至少我的现代作品也应该得意扬扬
　　像英国主教谈量子理论那样。[1]

　　轻松诗，这可怜姑娘，很不景气；

---

[1] 这位主教是伯明翰的欧内斯特·威廉·伯恩斯主教，他是奥登母亲特别讨厌的人。

只有米尔恩[1]和他那一类吃得开,
她则被当作陈旧过时。
　　我心里感到奇怪和愤慨,
　　因为她的短小清逸
除了可纳入贝洛克的《劝诫故事集》外,
都应该只发表于更有资产阶级格调的杂志。

"对艰深的东西的着迷"[2],也即
　　愿自己达到以前未曾达到的胜境,
我希望这适合于有愿者得救经[3],
　　可作为天堂门口合适的入场卡。
　　愿"得救"而非"下地狱"[4]成为律法,
如此等等,如此等等。啊该死,
那是英语诗中最乏味的句子。

帕尔纳索斯[5]毕竟不是一座山,
　　只预留给你这样的临时攀登者;
它有一个公园,它有一个公共喷泉。
　　我最热切的请求是能够与布拉德福德
　　或科塔姆[6]共坐一张教堂长凳,就这样:

1　《小熊维尼》作者。
2　叶芝诗句,也是该诗的标题。
3　即《亚大纳西信经》,基督教三大信经之一。其字面意思是"有愿者得救"。
4　原文分别为德语"Geretter"和"Gerichtet",出自歌德《浮士德》。
5　指文艺女神们的灵山,又指诗歌。例如"努力爬帕尔纳索斯"即指"尝试写诗"。
6　布拉德福德(1750—1805),持异见的牧师和赞美诗作者;科塔姆(1549—1582),耶稣会殉道者。

073

与戴尔一起放牧我几只愚蠢的绵羊,
与普赖尔[1]在低缓的山坡上野餐。

出版商是作者最伟大的相知,
　一个慷慨的叔叔,或应当如此。
(不用说,我们都希望他最终能获利。)
　我爱我的出版商,他们也爱我,
　至少他们给了我丰厚的报酬
派我到这里来。我从未听说罗素广场[2]
或兰登书屋表示过任何不爽。

但现在我受怀疑,心里别扭,
　我快要使他们的耐性脱臼。
虽然游记指西话东
　并没有违背优秀的传统
　(没有别的韵脚除了串通),
但他们大可控告我——我没的申辩——
以虚假借口获取金钱。

我知道与当今重要旅行家比对
　我没有哪怕一丁点儿生存机会。
我不是劳伦斯,他刚抵达
　就坐下来用打字机说他要说的话;

---

[1] 戴尔(1699—1758),英国诗人、画家、牧师;普赖尔(1664—1721),英国诗人和外交官。
[2] 费伯出版社位于罗素广场24号。

我甚至不是欧内斯特·海明威。
我不会出一个两先令版,
因此也不会加入争夺战。

甚至在这里,我跟跄踩上去的台阶
　也被磨损过,被从前那些最杰出的皮靴。
达森特和莫里斯和达弗林勋爵,
　胡克和那种英雄气质的男子汉们
　冷冰冰地欢迎我加入他们;
我不像彼得·弗莱明[1]那样是个伊顿人,
但如果说我是犹大[2],那就是我是个老牛津。

黑格·托马斯[3]夫妇此刻在米湖,
　在惠陶尔湖和瓦特纳冰湖
剑桥研究继续进行,我不懂此中渊源:
　阿斯奎斯[4]和奥登·舍尔库尔[5]虽在阴间,
　但还是从他们棺材里转了四分之三脸
来看他们的子孙,指望他帮助,

---

1 达森特是冰岛萨迦的译者,其他分别指莫里斯的《日记》、达弗林的《来自高纬度的信》、胡克的《冰岛旅游日记》、弗莱明的《巴西冒险》。
2 意思是:如果我有什么不同,如果我不被他们待见(因为我没有他们的英雄气质,我只是走马观花者)。
3 英国鸟类学家、野生动物摄影师、探险家和赛艇运动员。
4 可能是指英国首相和自由党领袖阿斯奎斯家族,该家族有多位作家和文人。阿斯奎斯的儿子赫伯特的诗,曾指涉北欧神话人物。
5 奥登的父亲相信其家族是冰岛人后裔,其先人可能是奥登·舍尔库尔,九世纪冰岛最早的北欧移居者。

075

而他就像查理二世那般轻浮。[1]

至此,我的开篇必须结束,
　并谦卑地恳求大家的宽恕。
首先请费伯原谅,万一这本书搞砸;
　其次是批评家,免得作者把他们
　引入歧途时,他们对他穷追猛打;
最后他必须请求广大读者们
允许他时不时愚弄一下他们。

1936 年 7 月

---

[1] 上一节奥登把自己与多位作家区别开来,这一节他再次把自己与认真从事科学研究的托马斯区别开来,又与穷人出身、靠勤奋学习获得奖学金读上牛津、后来成为英国有影响力的人物的白手兴家的阿斯奎斯区别开来,甚至与自己的祖先区别开来,自认"轻浮",由此我们可以对他自称的"老牛津"究竟是什么有一个大概的了解。

Ⅱ

我用铅笔在膝盖上写这封信，
　腾出另一只手来阻止我打哈欠，
在一个星期三的凌晨，
　在一个原始码头，没遮掩。
　我不能加上夏天的黎明正来临；
因为在塞济斯峡湾，学童们无一不知
夏天的白昼从来不会消失。

在被称为较高的纬度中入睡
　对英国人来说首先就是受罪。
就像你因为拿老爸的墨水笔来当
　标枪使，而被罚在晚餐前上床，
　或像你在狂欢后回家，呼吸
如同行李，并发现你只是
过于信任人，而不是懂事。

我尽职地，对着绿色植物
　几乎完全的缺乏，做起记录，
道路、私生子、山羊：用你
　一个押韵词来说，有漂亮景致

但几乎见不到什么农用机器;
在"阳光"牌肥皂的帮助下,盖歇[1]
把最大的乐趣喷溅给游客。

不过,北方从来就不合你口味;
　一想到它"讲道德"你就败胃。
而我相信现在你正想着从我这里
　得到关于当今英国的消息,
　青年人有什么想法和作为。
布赖顿是否依然以其凉亭自豪,
女孩坐在摩托车后座出游是否可靠?[2]

我将清清喉咙,像远距弓箭手
　那般深呼吸,扫视百年来的希望和罪孽——
因为发生的事情太多,在你死后。
　哭声消失而冷水浴涌现,还有
　下水道、香蕉、锡罐和自行车,
从爱尔兰到阿尔巴尼亚,欧洲
到处是哥特式建筑的复兴和铁路热。

　我们正进入"技术初阶"[3],

1　间歇泉名。据奥登自己说,冰岛人用肥皂使喷泉喷出泡沫。
2　指当时就女孩应该坐在摩托车后座还是自己(叉开双腿)骑摩托车展开的道德辩论。
3　富勒说,奥登的意思很可能是"技术新阶",因为这才是芒福德在描述建基于电力和轻金属的新经济时使用的术语,而"技术初阶"则是帕特里克·格迪斯发明的术语。

这要多亏输电网和所有那些新型合金；
至少，刘易斯·芒福德如此相信。
一个有男孩网眼内衣的世界，
有巨大的平板玻璃窗，有消音墙，
烟尘毒害大幅度下降，
而所有家具都涂铬。

嗯，如果你去萨里郡，你也许会这样想，
周末跟那些经济宽裕的人待在一起，
你的车太快，你的担忧太个人，
顾不上太密切地注视旋转的景象。
但在北方根本就是另一回事。
对于那些住在沃灵顿或威根[1]的人
这是弥天大谎，而不是无关痛痒。

那里，在古老的历史性战场上，
人类意志冰冷的凶暴，
斗争的伤疤，都还没治好；
阴暗的山上邋遢的廉租房，
河谷里破败的方窗磨坊
依然是自乔治时代风格以来
我们最精美的本土建筑，我猜。

从经济、健康或道德角度看

---

[1] 沃灵顿和威根均为英国工业城镇。

它都没有一丁点理由拿来展览；
不过是些夜壶或水獭猎犬：
　　但是在它消失之前让我断言
　　那是我所知道的最可爱的乡间；
比斯科费尔峰还清晰，我的心游荡
在从伯明翰到伍尔弗汉普顿的风景上。

很久很久以前，我还只有四岁模样，
　　我们去探望祖母，铁路线
穿过一块煤田。我从车厢走廊
　　带着羡慕望着它掠过，涌起渴念：
　　"多好啊！我多希望拥有那地方。"
电车轨道和矿渣堆，一件件机械，
这曾是，并且依然是，我的理想景色。

向新世界敬礼！向将会喜欢上
　　其抗菌物件并感到自在的人敬礼。
电炉将会被恋人们凝视，
　　另一种"离别诗"应时到访
　　围绕着巴士站或航空站。
但为了激发想象力，还是依然
给我火车站吧，那强烈的明暗。

保护我，避开"事物未来的式样"；
　　公众集会上的高档海报，
艺术对工业的影响，

讲究座位品味的电影院；
尤其是保护我，避开中央供暖。
也许这是 D. H. 劳伦斯骗人的花招，
但我更喜欢房间里有个焦点。[1]

但你要事实而非叹息。我将尽我能想
　　列举一些；你别期待样样齐详。
首先，总的来说我们穿着更漂亮；
　　说到时髦，当今的酒吧女侍应
　　跟府第里的夫人没多大差别。
用数百万遭受营养不良之苦的生灵
来糟蹋这民主前景，实在悲切。

其次，我们时代教育程度极高；
　　没有任何谎言躲得过小孩的探照，
如同麦克唐纳[2]也许已经精彩表述过，
　　我们确实不断在成长、成长、成长。
　　广告可以教会我们一切需要；
并且如同数百万人都知道，死亡
好过头皮屑、夜里挨饿，或体臭。

　　我们总是嗜好野外运动，

---

1 奥登像劳伦斯一样，喜欢壁炉，因为它使房间"有个焦点"，而英文"焦点"（focus）在拉丁语里的意思是"壁炉"。所谓劳伦斯骗人的花招，是说劳伦斯（还有奥登）的想法在别人看来也许是落伍的，像在故弄玄虚。
2 指英国前首相、社会主义者麦克唐纳（1866—1937）。

但你猜我们城镇里什么在走红?
对户外和短运动裤的热衷;
　　太阳是容易激起我们情绪的名词。
　　乘坐游览车到苏塞克斯开阔地,
观看周末徒步旅行者集体咔嚓
演练他们手中的莱卡或柯达。

我们年代久远的岛国性的统治,
　　这些潮流表明,已经失去其力量;
对蔬菜沙拉和游泳池的崇拜来自
　　某种气候,它比我们的有更多太阳,
　　和某些国家,它们没听说过售酒时档。
英格兰南部用不了多久看上去
就会跟欧洲大陆毫无二致。

你在上流社会中生活与行动,
　　因此可以向它介绍你的主人公
而不会引起一点焦虑的震颤;
　　因为他是你的主人公而你当然懂,
　　他会凭直觉就知道如何有样照搬。
他会觉得我们的时代比你的时代更艰难,
因为工业已经把社会阶层搅乱。

你知道,我们变得民主多了,
　　运气的梯子供所有人攀跃;
卡内基在这点上最有声有色。

有一个卑微的祖父不是一种罪责,
　　至少,如果父亲及时赚够了!
如今,感谢上帝,我们不再势利地
看不起那些更有效的偷窃模式。

卡尔顿酒店门房是我兄弟,
　　如果我给钱他会祝我如意,
因为两者平等,小费和人。
　　我敢说,《时尚》将会率先指认
　　上流社会如今都信仰社会主义;
很多出身不是很高贵的匪徒
每年冬天都与猎狐队捕杀有害动物[1]。

不过,冒险家必须就事论事,
　　在有油可捞的地方捞油。
爱和饥饿在背后将他们驱使,
　　他们负担不起讲究:
　　而那些喜欢汽车和美食,
某种服装或脸的人,
必须在某个地方寻找它们。

唐璜是一个交际家而无疑他
　　会觉得这世纪像任何世纪一样好应付,
如果他想让女主人约会他

1　指捕食鸟兽的动物,例如狐狸。

083

或想找不费一分钱的情妇。
事实上，得益于技术进步，
我们浪费时间实在有太多方式，
一一列举恐怕会超过《尤利西斯》。

没错，在最时髦阶层里他会通过他的
　第二天性找到他的方式而毋须我费舌。
自你在世以来网球和高尔夫球已经进场，
　像他一样，玩家们对游戏很擅长，
　都能直觉地学会反手击球接球，
又能打入穴，又能掌握钢杆，
对伊利·卡伯特森[1]的著作倒背如流。

我在每一本杂志上看到他露面。
　"唐璜与科克伦的一位小姐[2]午餐。"
"唐璜与梅·麦奎因，他的爱尔兰塞特犬。"
　"刚来加的斯过冬的唐璜
　被发现开着他的紫褐色'奔驰'。"
"唐璜在克罗伊登航空站。""唐璜
　被拍到在牧马场，与阿迦汗一起。"

但如果他要闯入高雅社交圈，
　那同样也要提醒他，毕加索、
自由式摔跤和芭蕾舞都没有污点。

1　合约桥牌权威，有多部与桥牌相关的著作。
2　科克伦是著名的歌舞剧团经理，这里的小姐指轻歌舞剧合唱团女成员。

西贝柳斯是老大。而忍受折磨
　　聆听埃尔加,乃是一个必要条件。
宁可做帕累托[1]的二手新友
也胜过做柏拉图的铁杆故旧。

魔鬼崇拜和黑弥撒[2]潮流
　　已经消退了。真善美依旧
在一个较低的层面上浮游。
　　乔伊斯们坚挺,没有什么新鲜。
　　艾略特们只强硬了一两点。
霍普金斯们奋起,多亏最近某些操作。
普鲁斯特们进一步遭削弱。

我说这些是为了告诉你谁领风骚,
　　而不是为了放松我内部的冷嘲。
因为每个时代都存在着势利眼,
　　因为一些名字获得高人一等者欣赏
　　并不意味他们低人一等的地位上涨:
就我所知荣福直观[3]
在所有超现实主义场地上展览。

现在谈谈人们的精神。这里,
　　我知道我正踩上更危险的地面:

1　帕累托(1848—1923),意大利社会学家、经济学家。
2　撒旦崇拜仪式。
3　指圣徒灵魂在天堂对上帝的直接认知。

我知道正发生很多改变,
　　但也知道我的论据太微小,不够有力。
　　我还知道,我会遭到
所有爱现状者的著名的驳斥:
"你无法改变人性,难道你不知道!"

确实,我们还是同样形状和样貌,
　　我们没有改变接吻的方式;
普通人依然讨厌一切干扰,
　　依然对他新生的儿子感到自豪:
　　依然像母鸡,喜欢他的私人通道,
搜刮他的自尊,羞涩地
找性的芳邻大量啄食。

但他在很多方面是另一个人:
　　先问问漫画家,因为他才是知音。
美好往昔的约翰牛[1],那个讲笑话令人难受、
　　趾高气扬的恃强凌弱者,如今哪里去了?
　　他胖乎乎的脖子早早安息了,
他一望无际的自信等待出售。
他在伊普尔和帕森达勒[2]死了。

现在谈谈迪士尼或施特鲁布[3]作品;

1　漫画人物,被视为英国民族的化身。
2　两个相邻的比利时边陲小镇,都是第一次世界大战战场。
3　施特鲁布(1891—1956),英国漫画家,以其创作的"小人物"闻名。

那里站着我们衣衫褴褛的主人公,
一个地铁里拉着吊环的高礼帽平民[1],
　　他踢独裁者的屁股,当然是在梦中,
　　他利用悲情,但惧怕一切极端;
尚有小米老鼠,深藏着不满;
哪个更好,我让你自己判断。

他在保险公司分期付款下诞生,
　　他的洗礼仪式受崇拜和敬爱;
一张月票教他好好忍耐,
　　一名税务员和一个河管会[2]还曾
　　警告过他。少年时他对入学考试
曾心怀恐惧,而各种复杂的机器
则使他心里不断意识到神灵启示。

"我像你,"他说,"还有你,还有你,
　　我爱我的生命,我爱家庭炉火,时时
让它们保持燃烧。英雄们会这样吗?
　　英雄们被食人魔送到坟墓里去。
　　我也许不勇敢,但我救人。[3]
我是那种竟然能转危为安的人,
　　我也许会成为幸运的杰克·霍纳[4]。

1　指施特鲁布在《每日快报》上创造的人物。
2　泰晤士河管治会曾试图阻止男人在河里裸泳。
3　指"救"他自己,可能还有家人。
4　可能是指童谣中的小杰克·霍纳。

087

"我是食人魔的私人秘书;
　我感到了他的力量和高度,
学会只在他的巨型身躯背向我时
　才对他的食人魔性表示鄙视。
　说不定有一天我会做我渴望做的大事。
那矮人,所有手指压在门上,
将以对答如流让他摔倒在地上。"

有一天,哪一天?啊,任何一天,
　但不是今天。食人魔清楚他手下人。
杀死食人魔——此举将豁免
　他开始做快乐之梦的恐惧,这梦
　他要用生命来捍卫,竭尽他所能。
那些会真正杀死他的梦之满足的人,
他怀着真正不可消解的怨恨仇视他们。

他害怕食人魔,但他更害怕
　那些看来会使他获得自由的人,
那些漫画家没时间去画的人。
　没有奴役他就会完全崩塌;
　食人魔只须喊一声"安全感",
就能使这个如此可爱、如此温和的人
变得像受惊的孩子般极度凶残。

拜伦啊,你真应该这时候还活着!

我纳闷，要是这样，你会怎么做？
不列颠尼亚已失去金钱、力量和威望，
　　她的中产阶级显露衰竭症状，
　　我们学会从空中轰炸你我；
我无法想象威灵顿公爵[1]
怎样评价艾灵顿公爵[2]的音乐。

有人认为日耳曼人的
　　"元首原则"[3]会吸引你，
因它真正继承了拜伦风格——
　　并且，为了与你的社会地位保持一致
　　（它在英国有信徒，又少又适切），
一旦听到了奥斯瓦尔德[4]的诚实敦请
你就会协调"一体化"[5]，在阿尔伯特大厅。

"拜伦勋爵带领他的冲锋队员[6]！"
　　科学说，没有什么不可能。算算，
教皇可能会辞职加入牛津集团[7]，

1　英国陆军元帅，在滑铁卢战役中指挥英普联军击败拿破仑。
2　美国爵士乐大师。"公爵"是其昵称。
3　纳粹的基本信条，认为元首的话高于一切成文法。
4　英国法西斯主义运动领袖。
5　纳粹对政治、经济、文化的划一化管理。
6　指纳粹的冲锋队。
7　原文为"牛津集团成员"（Oxford Groupers）。牛津集团（Oxford Group）亦译为牛津团体、牛津团契运动、牛津运动等，是美国传教士布克曼发起的道德重振运动。在牛津集团1936年7月于阿尔伯特大厅举行集会之后，其所代表的上流社会宗教复兴运动引起更大的注意。

纳菲尔德[1]可能在遗嘱中留下几毛钱,
　可能有某个人依然对鲍德温[2]怀着好感,
可能有某个人认为帝国的葡萄酒不错,
　可能有一些人两次听过陶伯[3]。

你喜欢成为焦点,吸引注意力,
　成为童话故事中快乐的白马王子,
他通过他的干预而驯服巨龙。
　在现代战争中,虽然同样血雨腥风
但没有任何属于个人的光荣;
王子必须遵守纪律,不见经传,
某种实验室练习生,或公务员。

你从来不是一个孤立主义者;
　你永远怀着憎恨看待不公正,
而我们很难责怪你,如果不知怎的
　你竟没在你自家门口撞见不公正:
比起希腊来,棉花[4]和穷人近在咫尺。
今天你可能就会看见他们,其实
可能就和纪德走在联合阵线队伍里,

抗议食人魔、巨龙,或随你怎么说;

1　英国汽车制造商和慈善家。
2　指英国前首相鲍德温,他曾压制1926年大罢工并纵容法西斯侵略。
3　维也纳男高音。
4　英国棉花厂给少数资本家带来巨大财富,但给工人带来贫困。

他众多的形状和名称使我们大惊失色，
因为他长生不老，今天他依然摆着
　　他鳞光闪闪的尾巴来恐吓。[1]
　　有时候他似乎睡着了，但无论是
在哪个时代，他都会及时直立而起
拼死捍卫每一股垂死的历史势力。

弥尔顿目睹他在英国王位上，
　　班扬看见他坐在教皇宝座上；
隐士们单独在洞穴里跟他较量，
　　第一帝国的时候他也在场，
　　让他的"罗马帝国和平时期"[2]在空中晃荡：
他在男人青春期的梦中出现，
如果可能，就把他们吓回童年。

银行家和地主，经纪人或教皇，
　　每当他们在选择或思想时失去信仰，
每当一个人看到未来没有希望，
　　每当他认同霍布斯关于"人生
　　卑劣、残忍而短暂"的声称，
巨龙就会从花园边缘升起
承诺要建立秩序和法治。

　　他在雅典谋杀苏格拉底，

1　此行改自弥尔顿《基督诞生的早晨》中的一行诗。
2　见于塔西佗《阿格里科拉》中不列颠首领卡尔加库斯的演讲。

然后诱惑柏拉图，今天他有意
先制造荒凉然后把它叫作和平，
　　为了那些垂死的权贵王公，
　　为了那些很难保持清醒的将领，
为了一团团或大或小、自己
完全动都不想动的群众。

原谅我给你带来这些负累，
　　原谅我要求你代我们受罪；
我们很容易忘记在你所去往之处
　　你可能只想跟塞特[1]和何露斯[2]聊聊天，
　　却被我们人间的合唱闷出泪：
也许你会觉得这很像接到一个似乎
很急的长途电话，但几乎听不见。

不过，虽然该做什么、如何取舍
　　有赖于生者的选择，但刚硬民族
在活人心里依然是柔韧的；
　　它的哨兵依然在无眠岗位上守护，
　　而每一代人中的每一个心灵
每当在床上为自身的困境辗转反侧
都会对着高贵死者的阴魂惊呼。

现在我们出海了，虽然我不希望；

1　古埃及邪恶之神，人身兽头。
2　古埃及太阳神，鹰头人。

浪涛汹涌，我不关心它蓝不蓝；
我想小酌一杯，但我不敢。
　而我不得不中断我这次铺张，
　因为我还有一些别的小事要忙；
我得给家里写信，否则母亲会担忧，
就此打住，下回再跟你喋喋个不休。

1936 年 8 月

Ⅲ

我上次那些啰唆话，是从船上发出。
　　我已回到岸上，在一间卧室兼客厅里，
自从我写信，已有几个朋友和我一起；
　　因此虽然户外天气寒苦，
　　但我感到更欢快也更称心。
一群公立学校旧交，一位诗人，
定下快步调，促使我加速。

我们很快就要开始一次大探险，
　　进入荒地，我敢肯定会很棒：
很多人会希望处在我的位置上。
　　我只怕走太多路，我会厌倦。
　　现在让我看看，我在哪儿？
我们谈起各种社会问题，而我得歇歇；
我想应该去找一家小店。

当我挂起我作为批评家的黄铜匾牌，
　　我并不敢宣称自己拥有精于诊断的脑袋，
我更多是凭直觉而不是擅分析，
　　我提供顺势疗法式的小剂量思想

(但可能获得意想不到的对治)。
我不佯装自己可以像普里查德[1]那样
推论,或像瑞恰慈[2]那样争执词义。

我喜欢你的缪斯,因为她欢快又机智,
　因为她既不是老处女也不是娼妓,
出身于某座欧洲的城市
　和大萧条前的乡间庭园;
　我喜欢她那不会吓我一跳的声音:
而我觉得你很亲切,是一个好乡邻,
不是牧师、傻瓜、闷蛋也不是棕仙[3]。

诗人、游客、贵族、行动分子,
　——打破罗伊·坎贝尔[4]的记录,甩开他一英里——
你提供每一种可能的吸引力。
　有些人通过窥视你的诗歌风格
　　和爱情生活,希望两者都丑恶,
而挣得体面生计,过得还算行,
尽管一辈子毫无创造性。

不过,你还是遭到批评家的批评:
　他们承认你的热心,但向你的脑袋

1　应该是牛津哲学家 H. A. 普里查德,也可能是著名天文学家查尔斯·普里查德。
2　文学批评家。
3　传说中夜间出来帮人做家务的善良精灵。
4　现代南非诗人、批评家、翻译家、讽刺家。

扔他们的道德和审美砖块。
　一个"粗俗的天才",乔治·艾略特诉病,
　　乔治·艾略特已死,所以不重要,
但我伤心地发现,T. S.艾略特也仿效,
把你贬为"一个无趣的心灵"。

这个看法我必须说我感到羞惭;
　应该根据一个诗人的意图来评判,
而你从来没说过你的目标是严肃思想。
　我觉得一个严肃批评家应该讲讲
　　某种诗歌风格是你真正的创意,
该风格的含义不需要有人测量,
你是活泼谈吐的大师。

我们当然要轻触谦逊的帽檐
　向纯诗和史诗叙述表达敬意;
但喜剧也应得到它应有的称赞。
　每个人都按其能力贡献自己;
　　饮食多样化我们才能活得有滋味。
虔诚的寓言和肮脏的故事
都为文学的总光荣增添光辉。

每一款唱歌的礼服都有现货提供,
　从莎士比亚漂亮的毛皮大衣、斯宾塞的暖手筒
或德莱顿的套服到我的棉质长外衣,
　以及华兹华斯带皮革袖口的海力斯粗花呢。

我觉得弗班克[1]那件应该叫作刚好能应付；
我想象惠特曼穿的是别人的旧衣，
但你像夏洛克[2]，穿的是晨服。

我也很高兴，知道我得到你的授权
　　同样觉得华兹华斯是最荒凉的讨人嫌，
尽管我担心我们属于可悲的少数派，
　　因为他的追随者增长每年都在加快，
　　他们的数目自大战以来肯定又翻了一番。
他们一火车一火车地结队来到湖畔，
　　为研究他实习教师[3]都聚集在"风暴"咖啡馆。

"我讨厌实习教师，"弥尔顿说，
　　他也讨厌官僚机构的蠢货；
弥尔顿也许要庆幸他自己已经死了，
　　尽管公立学校学生仍然要背诵他，
　　还有华兹华斯，以及一大堆规则。
因为很多大学老师一脸不屑，而把
蒲柏和德莱顿视为我们散文的经典作者。

而新植物从那个老土豆上开花。
　　它们在贫瘠的工业土壤中最是繁华，
跟卢梭们或某个柏拉图杂交就更耐寒；

1　奥登偏爱的英国小说家。
2　指福尔摩斯。
3　原文直译是"学生教师"，意思是还在当学生的教师。

它们的培养是一种容易的苦干。
　　换一个比方，就像威廉发现石油；
他的油井似乎永不枯竭，一口喷流
拯救了英国，使她逃脱俄国式的窠臼。

山地妄人是受华兹华斯影响的怪胎；
　　他撕裂他的衣服却不修他的两腮，
他穿一双非常漂亮的小靴，
　　他选择住最不舒服的旅舍；
　　山区铁路是一种致命罪孽；
他的力量当然抵得上十个大男人，
他把所有城市人都称为拥挤人。

我不是一个扫兴者，我从来
　　都不打算成为任何人享乐的障碍；
想尽办法爬山、狩猎，甚至垂钓，
　　所有人心里都有一些丑陋的小宝窖；
　　但我觉得是时候了，应采取压制措施，
当某个人也学着别人动辄"我知道"地
宣称只有在雪线以上，生活才算妙。

何况，我也很喜欢山地；
　　我喜欢坐在汽车里穿山越岭；
我喜欢有一览无余的风景的房子；
　　我喜欢走路，只要不是长途远行。
　　牛羊成群吃草的绿色平原我也欣赏，

还有树林和河流，要是有人狂妄
诬称河流不道德，我会跟他抬杠。

并不是我私下的抬杠可以
　　遏止它所引起的有趣问题；
不带偏见的思想将赋予
　　从戈尔德斯格林到特丁敦[1]的人的心里
　　所怀着的这种对瀑布和雏菊的兴趣，对
非人类面孔的过度热爱，以适当地位；
它与爱因斯坦、金斯[2]和爱丁顿[3]都有紧密联系。

这是一种几乎不值得诗人
　　去深化或简化的老生常谈，
也即太阳如今并不是绕着地球转，
　　人不是宇宙的中心；
　　在办公室工作更令人伤心。
最卑贱者也可以方便地培植
一种宇宙情结的感受力。

因为我们已经意识到我们不可太自负，
　　我们发现星星们是一个大家族，
所以我们向我们能够见到的

1　戈尔德斯格林、特丁敦皆为伦敦地区名。
2　英国物理学家、数学家，提出物质不断创生理论。
3　英国天文学家、物理学家，相对论、宇宙论先驱。

任何自然物体，发出参加一个动情、
　　　简单、老式、快活的茶会的邀请。
当然，我们不能邀请犹太人或共产主义者，
　　有飞禽和星云也就够了。

高等头脑长得比野蛮人方正，
　　现在接吻已很难被视为卫生；
世界肯定要转向素食；
　　由于此事变得越来越敏感
　　不用多久我们就会发现
有一个"广大阿姨防止
虐待植物协会"创立。

我怕这个像怕牙医，说不定更甚：
　　对我来说艺术的题材是人类肉身，
风景无非是躯干雕像的背景；
　　我愿拿出所有塞尚的苹果，以换来
　　一小幅戈雅或一幅杜米埃。
我绝对不会给水坑或小白屈菜、
园莺或树丛蜗牛高于次要美的评定。

艺术如果不是开始于，至少也要
　　结束于试图娱乐我们的朋友，
不管审美家们喜不喜欢这个目标；
　　我们的第一个问题是要意识到
　　现代艺术家有什么特殊朋友；

很可能,一小剂量的历史
就会帮我们揭开这个谜底。

首先我不想开始,
 不想从古代洞穴的刮痕开始;
赫德[1]只知道关于埃及坟墓
 发现物的最新简讯;
 我将略过印第安勇士的战争舞;
因为就我要达到的目的而论,
英国十八世纪已能满足。

我们发现文学全盛时期有两种艺术:
 一种敏锐而优雅,谈不上圣洁,
主要依靠贵族的赞助;
 另一种虔诚、冷静、慢条斯理,
 主要吸引穷人和地位卑微者。
因此艾萨克·沃茨[2]和蒲柏都努力
打入中下层和乡绅阶级。

迥异如犹太人和土耳其人,两种艺术
 各自都为宗教改革的不同方面服务,
 路德区分的信心与善功:

---

1 指英国人类学家、科学记者和神秘主义者杰拉尔德·赫德,他是奥登的朋友,对奥登及其圈子影响颇深。
2 英国赞美诗之父。

独特想象力的上帝，
　　　他是须知自身位置者的知音；
　　和那位伟大建筑师、工程师，
　　他让强势者留在高层里。[1]

　　不过，需要注意的重点，是这个：
　　　每个诗人都知道他必须为谁而写，
　　因为他们的生命和他的生命依然相同。
　　　只要艺术依然是一种寄生虫，
　　　它寄生于任何阶级都不是问题；
　　它唯一必须做的是成为侍者，
　　它唯一不可做的是独立。

　　然而，艺术家是人；而让人
　　　去做仆人，可不是什么好事：
　　因此大家都尽其力所能及
　　　去获取一块让他能够称作
　　　他自己的土地。大小不是问题，
　　只要他能够把自己当成主人：
　　很不幸，这对艺术是灾祸。

　　成为高雅者乃是一种自然状态

---

[1] 路德坚持因信称义、因信得救，也即得救是单凭信心而获得上帝的恩典（礼物），而不是依靠个人行为（善功、奉献），前者是新教的核心思想，后者是天主教的信条。在新教那里，上帝是具有独特想象力的上帝［奥登这个句子亦可译为"（个人）独特想象力中的上帝"］；在天主教那里，上帝有一定的世俗性，是"伟大建筑师、工程师"——因为信徒要做善功，也就意味着有强弱之分。

有一样属于自己的特殊喜爱，
假山庭园、精美食品、鸽子、银器，
　　收集蝴蝶或一块块顽石；
　　然后有一个圈子，认识一群
嗜好者和竞争者，以专业知识
就我们感兴趣的问题展开讨论。

但对艺术家来说这是一个禁区：
　　在这点上他必须不同于群众，
并且像一个特工，他必须继续
　　隐藏他对他本行的激情。他可以炫弄
　　他正当地引以自豪的手艺，但他必须
阻止自己用专业皱纹刻画自己的表情
或死于职业病。

在伟大的工业革命前
　　艺术家都得为糊口而挣钱：
无论他多么厌恶赞助人的喜好
　　或公众反复无常的情绪侵扰，
　　他都要献殷勤，否则就吃不饱；
他必须把技术留给自己欣赏，
　　否则餐桌上就没有大块肉可尝。

但随着萨弗里、瓦特、纽科门[1]

1　三人皆为蒸汽机的先驱。

103

和所有我为历史课做准备而死记
然后忘得一干二净的名字降临,
　一种新型的创造性艺术家崛起,
　在他身上需求的压力已然放松:
他唱歌、画画、拿取分红,
但失去责任和老相识。

最受影响的都是最好的:
　那些具有原创性视域者,
那些技术比同行精湛者,
　他们抓住安稳职位的良机,
　摆脱雇佣文人破旧传统的桎梏,
独自成为艺术家的白兰地的品评者,
做雪莱,或恰尔德·哈罗德,或纨绔子弟。

于是开启了我所谓的"诗人派对":
　(大多数客人是画家,那没关系)——
最初几个小时气氛活泼惬意,
　有烟花、玩乐、游戏和诸如此类;
　大家都很开心,没人盲目;
即兴演说很棒,还有跳舞,
技术进步也非常突出。

最初从楼上观望窗外的过路人
　是多么愉悦啊,还有感叹道:
"我多么高兴,虽然我终将也要

牲畜般死去，但我毕竟没那么粗笨！"
我们怎样欢腾，当波德莱尔疯掉。
"瞧这雪茄，"他说，"是波德莱尔的。
知觉发生了什么事？啊，谁在乎呢？"[1]

唉，今天那人群聚集的快乐场地
  已经迥然有别：很多人痛哭流涕，
有些上床睡觉，把房门锁上；
  有些疯狂地悬在枝形吊灯下晃荡；
  有些完全昏倒在公共厕所；
有些在角落里想吐；几个醒着
正搜肠刮肚，试图想点新花样。

我似乎把这说成是艺术家的愚蠢过失，
  若是如此，又何来这些感伤的抽泣？
不用说，事实上整碗汤都咸。
  汤里满是小块小块势利眼，
  普通的肉身和不普通的脑瓜儿
都在忙于发财和挨饿，哪有闲
去看什么绘画、诗歌和雕刻。

我为了有所突出而把事实简化，

---

[1] 奥登曾在《牛津轻松诗选》的导言中引用伊舍伍德翻译的波德莱尔《秘密日记》中的一段关于纨绔子弟的话："（他坐在咖啡馆里）骄傲于自己不像过路人那么卑劣，他一边对着他的雪茄的烟雾沉思一边对自己说：'知觉发生了什么，跟我又有什么关系呢？'"

玩了麦考莱[1]最喜欢的照明诡计,
使其对比强烈,使其效果放大;
　　千万别因为艺术确实感到了一种甜食的厌腻
　　就以为这位老大姐已失去活力;
此外,那些自感最像一个司膳管家的
都属于绘画而不属于文学。

你知道渡口那边潜藏着诗人们
　　何等的恐惧,当他们被载去见弥诺斯[2]。
诗人们必须说出[3]他们的全集,
　　包括少作。因此我必须承认
　　我想过你也许会提醒他。是呀,你确实应当,
以防万一轮到我了,他会喊一声:"伙计们,很棒,
快脱掉他的宽松裤[4],他发疯了,伙计们!"

钟响了,已到午餐时间;
　　我们四点动身。天气一点也不明亮。
队伍中有些人高兴得像潘趣[5]一般。
　　我们将会轻松旅行,像人们说的那样;

---

1 英国政治家、历史学家,著有《英国史》。这里的"照明诡计"是指麦考莱的散文风格。
2 希腊神话中的法典制定者,秉公办事,赏罚分明。
3 有一位论者指出,奥登在这里以一种怪异的方式使用"说出"。不说"读"、"朗诵"和"背诵"。但译者觉得,就诗人在渡口的背景而言,"说出"应该是最贴切的。
4 "脱宽松裤"曾经是牛津大学学生爱玩的游戏。
5 英国传统木偶中的滑稽人物。

我们今晚将睡在一个帐篷里。
你清楚巴登-鲍威尔[1]教我们什么,你心知,
为我们祈祷[2],今晚你是否可以?

1936 年 8 月

---

1 英国童子军创办人。
2 原文为拉丁语。

IV

又是一艘船；这一回船号"代蒂瀑布"。
　　格里尔逊[1]可以买它账；我是说这浩瀚无边，
这整个大西洋，我们此刻必须横渡
　　驶向英国那宜人的绿色田园。
　　暂时我已经看够了冰岛的风光；
我望见群山退向远方，
我听见发动机活塞的噗噗响。

我希望这次旅行使我更好更睿智：
　　北方的微风已经使我受益，还有
宽敞的大路和结伴的良友，
　　我已见过一些非常漂亮的小东西[2]；
　　虽然好运几乎都给了麦克尼斯，
但我度过了几个欢娱的晚上，玩拉米纸牌——
打桥牌时谁也不能说话，除非是打明手牌。

我学会了骑马，至少就矮马而言，
　　做很多促进健康的锻炼，

---

1 英国电影导演，被誉为纪录片教父。
2 这行诗可能包含性暗喻。

在荒凉的山上和多石的溪谷，
　　我尝到了温泉（尝尝总是好的），
　　还有让人至死不忘的食物。
整体来说，我认为冰岛是一个
很好的地方，除了雷克雅未克。

从局部可以见到整体：
　　经过最近几周的反刍，
我看见整张青年时代的地图，
　　精神的高山和心灵的小溪，
　　校长从来不提的城镇，
各教区和它们投票赞成的东西，
各殖民地，它们的规模和显著之处。

当我们这奇怪的时代消逝
　　一个孩子在历史课上也许会问："老师，
什么是一个中产阶级知识分子？
　　他是一个瓷壶制作工，还是他通过抽签
　　来选择他的国王？"下面要说的事情
也许会把他引上一条直白，说不定
还有劝诫作用的故事的路线。

我的护照说我五英尺十一英寸，
　　有淡褐色眼睛和金色（像亚麻纤维）头发，
还说我1907年生于约克郡，
　　身上没有任何显著标记。

这不是很准确。我右脸颊
明明有一颗很大的褐色痣；
我想总体上我并不是不喜欢它。

我的名字出现在几部萨迦里，
　　它至今在冰岛依然常见。如果是
在人民吃香肠喝淡啤酒的国度
　　我应该是珍品，活生生的奇迹，
　　真正的纯粹，远离种族玷污[1]，
事实上我是那伟大的白种野蛮人，
北欧型，千千真万万确的雅利安人。

在以二十分来衡量美的游戏中，
　　如果朋友们给我打八分我已很划算
（要是从历史角度评比你仍然表现出众）；
　　我的脑袋看上去像盘子上的鸡蛋；
　　我的鼻子不太糟，但不直挺；
我没有合规的眉毛，而我两只眼睛
生得实在太近，谈不上好看。

美，我们被告知，无非是粉饰的面相，
　　但公众仍然真心最喜欢这样；
灵魂美应当足够，这我懂，
　　金锭在光明磊落的胸中。

---

[1] "人民""种族玷污"原文皆为德语。种族玷污指异族通婚导致种族纯粹性受损。

但我的呢，是法兰绒马甲里的咔嗒响；
我无法想象我的本我究竟有何意图，
给我一双肥脚和一个大屁股。

除了抒情诗和诗剧——
　欧文[1]对它们似乎感到可憎而不是嗟嘘，
而斯帕罗[2]则未能理解它们的语法——
　我还有某些无害的嗜好；我视读
　慢乐章还算不错，也许还可以自夸
我用于弹奏的时间，大多数
是弹奏古今圣歌集中的赞美诗旋律。

根据品味来判断品格。在我眼中
　谁是伟人？我跟你一样熟悉那位巨公。
"那还用说，但提、歌提、莎司帕[3]，三位
　最高的古典大师。"你该问我谁
　写出刚好是我想写的趣味。
我停下来听而我听到的作者
是弗班克、波特、卡罗尔、李尔[4]。

那么幻想呢？我的阿尼玛[5]，可怜的姑娘，
　她必须接收我的第二自我发送给她的梦乡，

1　爱尔兰剧作家和剧评家。
2　英国评论家，他和欧文都不喜欢奥登与伊舍伍德合著的诗剧。
3　指但丁、歌德、莎士比亚。这句引语来自乔伊斯的《芬尼根的守灵夜》。
4　波特和卡罗尔都是儿童文学作家，李尔是谐趣诗作者。
5　生命、灵魂。

他不是国王,而是一个神奇的潜水员。
　但是当我因为流感而恶心晕眩,
　　我演奏协奏曲,以我自己的华彩段;
而在高烧上升时发现这会更恰当
如果咏叹某部大歌剧的爱情二重唱。

我的恶行呢?我绝不希望坐牢。
　我不是集团成员[1],我绝不跟任何
自以为喜欢聆听的学究交流心得。
　在回答来信时我都清楚意识到
　　我自己很懒散;我应该更严加
整理自己的衣服;我的承诺总是不可靠,
例如大大减少抽烟,还有别老是啃指甲。

我憎恶自负和一切权威;
　那副受害人有理的样子也使我对
自鸣得意的有教养少数派感到心惊。
　左翼朋友告诉我:"不断革命
　　终结于反革命。你将注定
持续被抛弃,至死都还
在做一个自私、左倾的老自由派。"

"不,我是我,而那些抨击
　我的陋习的人也品评他们自己。

---

[1] 指前面提到的牛津集团成员。

也许我直了些,他们自己却是斜的。"

　　莎士比亚如是说,但莎士比亚一定晓得。

　　我可不敢这样说,除非我是自个儿,
还必须在寂静中聆听,直到我踮起脚尖,
"威斯坦永远长不大,实在太可怜。"

因此我在这个九月晴朗的早晨坐下来
　　讲我的故事。另外我也得坦白
我最近得到一个机密消息
　　提醒我伊舍伍德将在下季度出版
　　一本关于我们所有人的书。我认为这是背叛。
我必须尽快,如果我想在他的揭秘
变为既成事实之前也补上一笔。

我父亲的先人都是英格兰中部自由民,
　　直到煤矿开采费给他们带来增进;
我想他们一定是慢条斯理。
　　我母亲的祖宗有诺曼人血统,
　　他们来自萨默塞特,据我所知;
我祖父和外祖父都不约而同
成为英国圣公会的牧师。

父亲和母亲都各有七个兄弟姐妹,
　　尽管一个精神不正常,一个死得早。
他们的父亲都在他们还年幼蒙昧
　　就突然去了天堂,把他们留在人间,

113

在尘世上工作，身上没有余钱；
在巴多[1]，一护士一医生，后者刚崭露头角，
双双感到丘比特淘气的飞箭的灼烧。

这样说来我家既专业又偏"高"。
　世上没有更温雅的父亲，我愿意
以一个馅饼赔整条伦巴第街[2]来担保。
　我们模仿我们爱的人：难怪邻里
　都说我长得和母亲一天比一天相似。
我不喜欢商人。我知道新教徒只会
蹲着，而绝不会真正下跪。

他们都享受心智的快乐；
　书房里的藏书足够让一个
比我更好学的男孩近视；
　我们的老厨娘艾达无疑精通厨艺；
　我的兄长们对我一向善待；
我们住在索里赫尔，当时是个村子；
煤气厂工人是我的最爱。

我保存的最早的记忆
　是一道白石门阶和小猎犬脚上的
一个化脓处，父亲用柳叶刀把它轻切；

---

1 伦敦圣·巴多罗买医院的简称。巴多罗买是耶稣十二门徒之一。
2 伦敦金融中心。这句意思是表示确定无疑，如同说我赢了你只赔我一元，我输了我赔你一亿。

其次是我往咖啡壶里塞烟丝，
　　差点把母亲毒死，幸好无恙；
精神分析家和基督教牧师
都会认为这些事件极其不祥。

我的小头脑被北方神话装满，
　　托尔和洛基[1]的事迹和这类奇谭；
各种故事中安徒生的《冰姑娘》我最喜欢；
　　但相对于任何国王和王后
　　我更爱观察和了解机器：
从六岁到十六岁，不折不扣
我自认是一个采矿工程师。

我总是把矿场想象成采铅，
　　尽管由于没有更好的，铜矿也顺眼。
如今我喜欢在床上有重物压着[2]；
　　我出门总是乘坐地铁；
　　为了集中注意力我总是觉得
小房间最好，窗帘拉下，灯开着；
我就可以从九点工作到喝茶时间[3]，没错。

我必须承认，我比谁都要早熟
　　（早熟儿童长大了对什么都不服）。

1　托尔和洛基分别是北欧神话中的雷神和火神。
2　奥登睡觉时必须有至少三张毛毯压在身上。
3　一般是下午四五点。

115

我的叔叔阿姨们[1]都觉得我让人惶恐,
　　用词都比我应该有的更老成;
　　我在学校的第一句话就是竭尽所能
要撼动女舍监那纪念碑式的稳重:
"我想看到各种类型的男生。"

大战已经开始了:但老师们的监督
　　和大男孩们的拳头对我们才是劫数;
大战无害如印度哗变[2],
　　脑袋挨拳才真正危险。
可是当整个年级有一半写下"美妇"[3],
我们都被指控犯下最该死的罪行,
等于盼望恺撒和匈奴[4]打赢。

影响最大的是不知道哪个保护神
　　派出这么一群混杂的人来教我们。
最出色的都去打仗了,符合国王的期望,
　　剩下的要么是头发灰白的老不死,
　　要么是有着最奇异容貌的怪人。

1　奥登父母各有众多兄弟姐妹,再包括他们的配偶,这些在英文里都统称为 aunts and uncles,中文没有对等的称谓。
2　印度反英暴动。
3　拉丁文 bellum(战争)被误写成 bellus(美妇)。
4　恺撒即德国皇帝。匈奴是指德国士兵,该称呼源于德国皇帝派兵到中国镇压义和团时,对士兵说,要像当年匈奴人打中国那样野蛮无情。第一次世界大战时,英国人开始把德国士兵称为"匈奴",指其野蛮。这里避免用"匈奴人",以示区别。

很多是纤柔娇弱，有几个皮肤蜡黄，
其中一个只好乘出租车匆匆离去。

姓我一定不能写出来——啊，雷金纳德[1]，
　　至少你教给我们的，并没有褪色，
那是我们最早对广大世界的憧憬；
　　你最喜欢的学生们享受的啤酒和松饼，
　　你那些表明你是神枪手的故事，
你的马裤，你那出叫作《浪潮》的戏，
都会被我们一些人带进坟墓里。

"一半是疯子，一半是恶棍。"教职员
　　喝茶时肯定会觉得这家伙最难应付。
一个好校长很快就会发现
　　你的道德品格完全没有谱；
　　你是否拿过学士学位我很怀疑；
但小孩子们感谢你这种人扫除
那些道德教化的绊脚石。

我如何感谢你？因为这仅仅表明
　　（让我再唠叨一下我的老话题），
一位好校长永不会知道的某些事情。
　　一定得有严肃的老师，这不容置疑，
　　但一所预科学校真正的使命是让我们了解

---

[1] 这个被写出来的名字，是奥登在圣埃德蒙学校时期的老师的名字，奥登在散文中也提到过。

117

那个我们很快就要迷失其中的世界：
如今它更像狄更斯而不是简·奥斯丁。

说句实话，我讨厌现代鬼把戏，
  例如清理年轻头脑里的怪点子，
压制我们对幼嫩的青春植物的狂热，
  消除我们对任何种类的杂草的厌恶。
  口号都不好：我能够找到的最好一个
是："让每一个我们照顾的孩子都
尽量发神经，只要孩子还能挺住。"

在这方面，至少我的坏本质
  是冥顽地与一般潮流不合拍；
跟这些新型私立学校也不投契，
  而优秀周刊的读者却把大概
  不是有意生下的孩子送来苦修，
画个灯罩，结婚，养鸽子，
或从事世界宗教研究。

常态女神啊，你爱指挥又要听命！
  多少谋杀假汝之名以行！
现实是你的国家，极权是你的体制，
  散发着防腐剂和一看就能确定
  都是一个模样的羞耻之脸的难闻气息。
你的缪斯不为古典历史知晓，
有着冰球女教师的娇娆。

在你可怕的帝国，没有灵魂能豁免：
　　受你蛊惑的知识分子远远
多于公园里推着婴儿车的女仆，
　　啊，你诱使他们做知识的叛徒，
　　把他们变成文学的虎狼。
但我必须让你在你的办公椅里稍躺，
现在我必须把话题转到我的私立学校上。

人们停止了互相残害，
　　黄油和父亲也已经回来[1]；
我们跟母亲在山上、荒野和沼泽地
　　有家具的房间里度过的假期已远去，
　　远去的还有夏天的星期日晚上，当
一阵奇怪的喧闹从海滨升起，三个男孩唱
"永恒的天父"，又渐渐消失。

国家谈论和平，或自称如此；
　　两性都竭尽全力想看上去一个样子；
道德在通货膨胀期间失去价值，
　　责任由维多利亚伟人们慷慨担当；
　　战后迎来了达达主义的幻视，
鼻孔塞着面包，坐在咖啡馆里，
在最近入土的旧观念死者上方。

---

1 指休战，食物回来了，参军的父亲也回来了。

私立学校我已在别处谈过:
　　浪漫的友谊、班长、恃强凌弱
我都不打算涉及,这是另一回事。
　　谁若是期待这些,将一无所获,
　　我抒唱的对象都必须符合要求。
他们干吗发牢骚?他们有希腊选集[1]
和人类学一切更有风味的珍馐。

我们成长的方式并无多少异殊;
　　就我们所知,生命并不馈赠礼物;
她只交换。儿童与动物和农夫
　　共享的非自我意识
　　在青春期的狂飙中沉寂。
如同其他男孩,糖果已没啥意思,
我发现了落日、激情、上帝和济慈。

我将只回忆一件事,不再多说。
　　我讲过我把采矿工程当作
我心里最想干的事业,但有段时间
　　我的爱好一直在转变;
　　未来的幻影不断涌现;
各种狂热来去如短暂而猛烈的暴风雨,
无论是对摩托车、摄影还是鲸鱼。

---

[1] 古典和拜占庭时期希腊诗歌的选集。

但犹豫突然以明确的目标中断，
　　在某个三月下午的三点半，
当我和一个朋友走在犁过的田野；
　　踢了踢一块石头，他突然
　　转身问我："告诉我，你写诗吗？"
我没写过，并如实说了，但那一刻
我知道自己想做什么。

没有过渡乐段，我就这样直接
　　进入我总谱中标记着"牛津"的主题，
从二十五页到二十八页[1]。
　　我从未听过的审美颤音从弦乐器里
　　升起，尖锐的姿势从圆号里走出来。
木管乐器如一个战前的俄国人饶舌鼓腮，
"艺术"轰鸣铜管乐器，"生活"重捶打击乐器。

一个外省老粗，我的好品味来得慢，
　　爱德华·托马斯我还没开始喜欢；
托马斯·哈代，我仍在聆听
　　他宣扬一只画眉的神性；
　　但艾略特说出那仍未说出的话；
我为了煤气厂和干块茎而撇下
格兰切斯特的钟[2]，英国的秃鼻乌鸦。

1　指奥登 1925 年进牛津，1928 年离开。
2　指涉鲁珀特·布鲁克的怀旧名诗《格兰切斯特教区牧师旧宅》，诗（转下页注）

121

青年人偏狭的确定性我堪称完整
　　当我面对双排纽扣套服的人生。
阿奎那我买了并赞赏但没读过，
　　对《标准》杂志的论断我保持缄默，
　　尽管对阿诺德的论断我随时准备反驳；
教条的声音清晰地传遍各学院：
"好诗总是既古典又庄严。"

艺术就谈这么多。生活当然也有其
　　激情；学生的肉体如同他的想象力
使事实符合理论并且也很时尚。
　　我们是上一代人[1]的尾巴，顶多是
　　他们的穷亲戚，他们古怪、放荡，
成长时他们的父亲正在战场上，
从而给名词"爱"添加新注释。

三年很快过去，而伊希斯[2]
　　流进海里，不管是坏是好；

（接上页注）结尾提到"教堂钟"。这两行是表示奥登选择艾略特式的意象，而放弃较传统的意象。
1　指伊夫林·沃和布莱恩·霍华德那代人。
2　泰晤士河的别称，尤其是牛津河段常被称为伊希斯，也因此，中世纪人们曾误以为泰晤士河是泰晤（泰姆）河与伊希斯河的合称。伊希斯在拉丁语里的意思是"水"。

然后我被送到柏林,而不是迦太基[1],
 父母给的钱装在我钱包,
 我不再从诗歌角度看世界。
我遇到一个小伙子,他叫莱亚德[2],
给我接受力强的头脑灌输新教义。

部分来自莱恩[3],部分来自 D. H. 劳伦斯;
 纪德也有份,尽管当时还不为我所知。
他们教我表达我最深的厌恶
 如果我看到任何人重艺术
 而轻生活和爱和纯洁心灵。
我跟骗子们住在一起但没受侮辱;
纯洁心灵永远不会消停。

他快活;不会被偶然的打击损坏,
 纯洁心灵对所有人都平等地爱,
跟他的私人厕所关系也不赖;
 纯洁心灵从不生病;黏膜炎
 算是一种缺陷,一小抹污点;
决定要学会爱和原谅,
我回家,要为生计着想。

---

1 当圣·奥古斯丁来到迦太基,他发现它"沸腾着不圣洁的爱"。参见 T. S. 艾略特的《荒原》。
2 约翰·莱亚德,人类学家,他向奥登介绍了霍默·莱恩的著作。
3 霍默·莱恩,美国心理学家和教育家。

你从来没有染指的莫过于
　　到寄宿学校教英语。
如今它是一种职业,似乎是那些
　　坐办公椅的人的另一种选择;
　　对崭露头角的作者来说这已成规则。
所以邮差给很多无名天才
送兔屁股和牵线[1]通知书来。

校长是文科硕士,一位赞助人
　　是主教,教师们质素堪称极品;
卫生由一位有经验的女舍监独扛,
　　艺术由校外的女士们担当;
　　食物都有益健康,场地都很宽敞;
总宗旨是训练性格和仪态,
对落后学生提供特殊关爱。

我发现薪酬丰厚且有时间去花,
　　尽管我这好运气别人可能缺乏:
如果是推荐你,我恐怕得谨慎;
　　有些人跟我说,他们忍无可忍。
　　不过,如果你倾向于有点偏激
那就很愉快,因为这能轻易地
被少不更事者当作英雄崇拜你。

---

[1] 原是指为学校招募教师的教育代理机构 Gabbitas and Thring,奥登把它写成了 Rabbitarse and String。

124

此外，这是饭碗，而如今饭碗难找：
　世界上所有的理想都不能喂饱我们，
尽管给了我们的犯罪某种自命清高。
　所以深谙读者心理的报业大亨
　不是雇佣撒旦那些有角和丑怪的侍从
而是聘请持自由派观点的聪明年轻人
来写那些更可怖的社论。

这就把我带到了一九三五年；
　六个月的电影工作是另一件
我暂时讲不了的事。但是，我在这里，
　活着，清楚依然围绕着托利党人
　所属的英国的那种荣耀感的真实来源，
我仅仅得出一个相当乏味的结论
也即谁也不能独自解决人生问题。

我知道——事实并不真的令人不安——
　不能挽回的挽回不了，知道过去不会死去，
知道我们看到什么要看是谁在看，
　我们想什么取决于我们怎样行事。
　当处女擦干身体，羡嫉使她变形，
但"性交后，人哀伤"[1]表明
情人跟性事[2]打交道必须警醒。

1　原文为拉丁语。
2　原文"greens"，富勒注释为"性交"。

船已经把我带到浮码头，旁边
　　是长港湾，那里满是莎草和淤泥，
我乘坐的火车轨距采用英国制；
　　火车头的阴影跃过小树篱；而夏天
已经结束。我签下一向的诺言，
要成为更好的诗人，更好的人；
如果运气好，这回我会当真。

我又回家了，天知道我回来干啥，
　　回来读报纸和想办法维持生计；
我回到欧洲，可能在这里被射杀；
　　"我又回家了，"如威廉·莫里斯所说，
"而我真正关心的人一个也没死。"
现在我有一轮拜访要去做，
因此要完成这封信，只能改日。[1]

1936年9月

---

[1] 奥登在1965年对此诗做了修改，主要是删节。最重要的删节出现在这里。在删节版里，本节诗（第四部分最后一节）被第五部分最后一节取代，本节诗和第五部分其他诗节全部删除。即是说，在删节版里，全诗只剩下四个部分。此后，删节版收录于企鹅出版社《当代长诗选》（1966）、奥登本人的《冰岛来信》第二版（1967）、《长诗选》（1968）和《诗合集》（1976）。

V

秋天来了。草坪落满山毛榉叶；
　发电站承受更沉重的负荷；
重型卡车从黄昏到黎明震撼
　住宅区道路两旁的房子；
　商店充满来临的冬季款式。
舞会已经在隔壁公共浴室开始；
零散的手稿片段布满我卧室地板。

我读到伯明翰有了一次小景气，
　但我听到的可没这么让人宽心；
战争谣言，被英国广播公司证实，
　未来的前景并不诱人；
　谁都不相信繁荣会持久，甚至也
包括温切斯特学院校友，他们的中庸原则
维持了万灵教区杂志[1]。

雇主与雇员之间裂痕已经明显

---

1 在 G. G. 道森担任《泰晤士报》主编期间，由于他是牛津大学万灵学院董事，所以《泰晤士报》有时候会被戏称为"万灵教区杂志"。

如约翰·吉尔古德[1]脸上的鼻子；
新的驱逐舰，那龙骨已经在建，
　　尽管信贷被冻结，资金不好弄；
　　教皇终于变成新教徒并支持
意大利的信心而不是俄国的善功，
觉得在世态中这样更安全。

英格兰，我的英格兰，你
　　一直是我的女家教，有时候是
自由人的母亲，或不如说，人类的
　　严厉保姆，无论怎样，我都是你生养；
　　而所有外国人都同意，大体上
作为一个民族，英国人患了
固着型恋母情结。

不用说我们依然爱你，虽然你过错
　　实在太多；我们最好爱你，因为我们还得
继续跟你一起生活，从朗达河谷
　　或从布里敦山，从罗瑟希特或基尤或摄政街，
　　我们上下打量你然后吹起口哨："哇塞，
母亲今天穿着好古怪，拿贵族院、贫民窟、
蜘蛛抱蛋、折叠座手杖和同性恋来穿戴。"

振作起来！毕竟有几只鸣鸟在歌唱。

---

[1] 英国演员。

首先有六英尺六英寸的斯彭德;
还有已真正展开鹰翅膀的艾略特,
　　而叶芝随意取食巴涅尔的心脏[1];
本书有麦克尼斯的艺术的抽样;
温德姆·刘易斯[2]在视野之外冒烟,
是一个右派的寂寞老火山。

我在消磨时间,因为我想不出
　　这封信寄到哪个地点才不算突兀,
圣彼得转交,还是地狱出版社?
　　我会试试出版社。它是世界文化的债主;
它有一份书单,费伯出版社难以赶超。
因为天堂得到的全是她诸多烦恼的寻找者,
而我想,地狱得到的几乎都是大脑。

在前者,会众在高处集聚,
　　他们早年的成长都顺畅,
从未遭受过一次幼年的创伤;
　　婴儿时期他们是特鲁比·金[3]的乐趣,
他们幸福、可爱,但并无过人智商。
因为谁也不思考除非有什么心结,
或一次财务崩溃导致他吐血。

1　巴涅尔(又译帕内尔)是爱尔兰民族主义者。叶芝曾在《巴涅尔的葬礼》中列举了好几个人,说要是他们"吃了巴涅尔的心(脏)",就会怎样怎样。吃心似乎是说有了巴涅尔的勇气。
2　英国艺术家和作家,漩涡画派创立者,主张艺术和文学应与工业进程建立联系。
3　儿童养育著作的作者。

心结或贫困；简言之就是窘境。
　有些开始工作，借此了解活力；
另一些装死，扮成打瞌睡；
　"那是一艘摩托艇"，疯子们唱起；
　艺术家的行为是最怪异的事情：
他似乎喜欢它，没有它他就活不下去，
却只是为了向我们讲述它，一点也不累。

当罗马在燃烧或他的状态失灵，
　"我们谈谈，谈谈，好伙伴，"[1]他很容易
就会说，"我有这些想法又有什么关系？"
　或我听人这么说，但弗洛伊德不行。
　没有任何艺术家一天工作二十四小时。
在床上，无论死了还是睡了，都很难分清
谁是普通人，谁是高雅之士。

"那智慧的人，倾向那美丽的。"[2]
　爵爷你那没遮过一顶帽子的头额
应感谢爵爷你那只脚甩了个诡计。
　你母亲发脾气怒斥："瘸崽子[3]！"
　后代应为此对她表示激赏。

---

[1] 亨利·詹姆斯在其日记中谈到《象牙塔》时，用法语与他想象中的守护天使交流时说的话。
[2] 原文为德语，荷尔德林诗句。
[3] 拜伦天生瘸脚，他母亲常叫他"瘸崽子"。

要是她太温柔,就肯定会把唐璜
抱走,确保你的道德性命正常。

布莱克笔下那地狱与天堂的婚姻
　　是一个好主意,只可惜不会实现。
你可以选择其一,但不能选择两次;
　　至少在尘世上,你不能改变你的阶级;
　　任一都不是最优,尽管都会及格:
还有别以为你可以像但丁那样描写,
你侄儿那样跳水,你阿姨那样编织。

没有了任何心结的伟大乌托邦,
　　这个憔悴国,在当下无非是梦想,
如同梦想成为混合男女的雌雄体。
　　我非常喜欢沃尔夫的《歌德歌曲集》,
　　但怀疑《伽倪墨得斯》[1]的呼吁会触痛
——那神奇的呼喊及其上升的词锋——
进入晚期阶段的资本主义。

诗人得救了吗?不妨先假设他们得救,
　　再来窥探一下。我看不见任何诗集。
莎士比亚阔气地在酒吧里转悠;
　　弥尔顿在打盹,一看就知;
　　雪莱在玩扑克,跟两个坑人精;

---

[1] 《歌德歌曲集》中临结尾的一首。发出呼吁的是伽倪墨得斯,他渴望把大自然之美拥入怀中。

布莱克给"玩家"牌香烟广告添加夹鼻镜,
乔叟被淹没在最新塞耶斯[1]小说里。

阿尔弗雷德男爵[2]与阿瑟[3]在地板上闲侃,
　　豪斯曼终于用一根吸管
嘬偷来的水[4],而把学问忘干净,
　　勃朗宁抱怨济慈喝酒太任性,
　　而当你一直在写作,他们传递
一首关于华兹华斯和他的领带的四行打油诗,
一首关于派伊[5]的实在下流的五行打油诗。

我希望这封信能抵达你那里,
　　它已经写得太漫无边际,
像序曲[6]或北大道;
　　但现在我得结束我的闲谈。
　　我希望你不介意陌生人来函。
至于长度,我觉得你需要,
你都永生了,不会没时间瞄一瞄。

　　　　　　　　　　　1936年10月

1　英国女作家,擅写侦探小说。
2　指丁尼生。
3　指阿瑟·亨利·哈姆勒,丁尼生诗集《悼念集》的对象。
4　谚语"偷来的水很清甜"。
5　十八世纪末至十九世纪初桂冠诗人。拜伦在《唐璜》里讽刺过他。
6　指华兹华斯的《序曲》。

第三辑 （1933—1938）

夏夜[1]
（给乔弗里·霍伊兰德）

我躺在户外草坪的床上，
织女星明显挂在头顶上
　在六月无风的夜里；
叠叠翠叶已圆满完成
一天的活动；我双脚
　翘向上升的月亮。

很幸运，这个时空位置
被选作我的工作场地；

1　1933年6月某个晚上，奥登遇到一次神秘经验，即所谓的幻象。他为这次经验写了《夏夜》这首诗，但没有明说。三十多年后，1964年，他用一篇未发表过的散文记述他这次经历，并在当年为安妮·弗雷曼特尔的《新教神秘主义者》写导言时，引用了这篇"其真确性我可以保证"的散文，作为"爱筵的幻象"的一个佐证(见《序跋集》)。1965年，奥登在编选其《短诗合集1927—1957》时，把《夏夜》作为第二辑（1933—1938）的开篇，以此纪念"我生命的新篇章"。奥登在那篇散文中写道："1933年6月一个美好的夏夜，我和三个同事，两个女人和一个男人，晚餐后坐在草地上。我们都相当喜欢彼此，但又显然不是亲密朋友，我们中也没有任何人对另一个人有性方面的兴趣。碰巧，我们都没有喝任何酒。我们随便地谈论日常生活的时候，颇为突然和意想不到地发生了某种事情。我感到我自己被一股力量入侵，它是难以抗拒和显然不属于我的，尽管我也接受它。我有生以来第一次确切地知道——因为，多亏这股力量，我正在亲身体会——爱邻居如爱自己究竟是什么意思。我也肯定，我的三个同事也都体会到同样的经验，尽管谈话依旧十分平常。（其中有一位我后来得到证实。）我个人对他们的感觉没有改变——他们仍然是同事，不是亲密朋友——但我感到他们作为他们自身的存在，有着无限的价值，并对此心怀欣喜。（转下页注）

135

夏天性感的微风，
游泳时间和裸臂，驾着车
悠闲地穿过处处是农场的土地，
　　这些对新来者都很舒适。

和同事们平等相处，围成一圈，
我在每个宁静的黄昏坐着
　　迷醉如那些花，它们
被展开的光以其鸽子似的恳求，
以其逻辑和力量把它们
　　从隐蔽的枝叶里引出来。

也许将来我们，虽然已各分东西，
仍能回忆这些当忧虑
　　不看其手表的黄昏；
狮子的悲伤阔步从阴影里走来
把口鼻搁在我们膝盖上，

（接上页注）我带着羞耻回忆很多场合，在这些场合中，我心怀怨恨、恃才傲物、自私自利，但当前这次欢乐盖过了羞耻，因为我知道，只要我被这种精神附体，我实际上就不可能蓄意伤害另一个人类。我还知道，那股力量迟早会消退，并且当它消退，我的贪欲和自以为是又将回来。那次经验的饱满强度持续了大约两个小时，我们便互道晚安，睡觉去了。我第二天早上醒来时，它依然存在，尽管弱了些，并且在大约两天里都没有彻底消失。对这次经验的记忆，并没有防止我卑劣地和经常地利用别人，但是我在这样做的时候，如果我想在自己究竟要做什么这个问题上欺骗自己，就会困难得多。而在几年后导致我重返陪伴我长大的基督教信仰的诸多因素中，对这次经验的记忆和追问其真正意义，是关键性的因素之一，尽管在这次经验发生时，我以为自己与基督教的关系已经永远结束了。"

而死神放下他的书。

此外，那些我心里清楚
我喜欢凝视的眼睛，每天
　都回望我的目光；
而当鸣鸟和升起的太阳
唤醒我，我将跟一个
　没有离开的人说话。

此刻无论南北和东西，
我爱的人已躺下休息；
　月光照看他们所有人：
治疗者和谈笑风生者，
怪人和默默走路者，
　矮胖者和高大者。

她攀上欧洲的天空；
教堂和发电站都同样
　处于大地的固定物中间：
她窥探各个美术馆，
孤儿般茫然观望
　图画里的神奇。

她关心引力，而不会去
注意我们这里；尽管我们
　这些不受饥饿困扰的人

从我们感到安全的花园
仰望，带着一声叹息忍耐
　　爱的种种独裁：

而且平和，不在乎知道
波兰在哪里张开它东边的弓，
　　有什么暴力被施加[1]；
也不问是什么可疑的立法允许
我们在这英国房子里的自由，
　　我们在太阳下的野餐。

爬藤覆盖的墙挺身遮挡
聚集在外面的大批其目光
　　被饥饿恶化的群众；
不让他们的悲惨看见
我们形而上学的隐疾，
　　我们对十个人的善意。[2]

而如今在我们所走的路上
没有一条不是已经显示
　　并非出于我们本意的足迹，
完全可以达到

---

[1] 波兰的暴力指与德国接壤的但泽发生的纳粹和反纳粹暴动，该边境地区形状如弓。
[2] 福斯特小说《漫长的旅程》里的人物说："我相信人性，因为我认识十来个正派的人。"

我们的兴奋所能设想的,[1]
  但我们双手却未曾参与。

因为我们按本性和按训练
所爱的东西,只剩下虚弱力量:
  虽然我们很乐意献出
牛津各学院、大本钟
和威肯沼泽[2]的所有鸟儿,
  但它已经不想活了。

很快,穿过我们满足的堤堰
崩溃的洪水将强行撕开一个裂口,
  然后,比树还要高,
把猝死举在我们眼前,
因为我们眼里的河流梦早就
  遮掩了大海的规模和活力。

但是当洪水退去,
麦子首先穿破黑泥
  以羞涩的青茎露面;
当搁浅的怪兽们躺着喘气,

---

1 这里是说,我们曾兴奋过,设想某种理想的世界。如今我们所走的路都曾留下我们"非出于我们本意的足迹",这非出于我们本意,乃某种大势所趋,我们被推着走。富勒说,不清楚这非出于本意的大势是饥饿的群众的大势还是未来的大势。但显然,这大势应该是我们"兴奋"地设想过的,或与之相关的。只是我们又都是小圈子的,囿于自己的世界的。
2 剑桥附近的自然保护区。

而敲铆钉的声音逼迫
　　它们不灵敏的耳蜗,

但愿这使我们害怕失去
我们的隐私的东西[1],能够无须
　　任何借口,而属于那力量;
如同在非哀悼的歌中
父母被淹没的声音
　　透过孩子鲁莽的快乐叫喊而升起。

在惊恐气氛漫延之后,
愿它出乎意料地使那些
　　焦虑民族的脉搏平静下来;
宽恕照镜子的凶手,
以它坚韧的耐性超越
　　母老虎的快速行动[2]。

　　　　　　　　　　　　1933年6月

---

[1] 后来的版本改成"但愿我们害怕失去的这些愉悦,这隐私",下一节的"它"则相应改为"它们"。门德尔松认为:"我们害怕的不是失去隐私,而是失去使隐私成为可能的爱。"他还认为或者说推测,"这(东西)"和下一节的"它"是指爱。但门德尔松并不是很肯定,很多研究者也无法完全确定"这(东西)"和"它"究竟指什么。使隐私成为可能的,除了爱,可能还有别的。显然,这模糊性奥登也意识到了,所以才改成有点累赘的"这些愉悦,这隐私"。如果我们结合奥登的散文记述,则"这些愉悦"应该是指那个夏夜的神秘经验。而诗中的"那力量"(that strength)也许就是奥登散文中所说的入侵他的"力量"(power),毕竟,是那股神秘力量导致他那天晚上的"愉悦",如同诗中的那力量使麦子破土而出。把这力量称为"爱",也无不可。
[2] "母老虎"原文"tigress her"是古语用法,等于"tigress's"。可参考《请求》注释中的"will his"。

两次攀登

逃离短发的疯狂主管们[1]
和我家里微妙而无用的面孔,
我朝着我们的恐惧群山攀登;
上面,惊险的热岩,洞穴;
无坳,无水;很快我编了个借口
在一个较低的峰上躺倒和气喘,
在一层层偷来生命并美化生命还把它
拿来炫耀的缺陷[2]里凉爽我的脸。

和你一起攀登则轻易如发誓;
我们抵达山顶时一点也不饿;
但我们望眼睛,而不是风景;
只看到我们自己,左撇子[3],迷失:
回到海边,对丰富的内部依然
一无所知。爱给予力量,但夺走意志。

1933年夏(?)

---

1 奥登在向朋友解释时说,"短发的疯狂主管们"是"讲究实际的人,他们留短发,相对于留长发的艺术家"。
2 奥登对"缺陷"的解释:"道德和人格缺陷(在英语里还是一个地理术语,即断层)","缺陷以它们自己的方式完善偷来的生命"。
3 指镜中的自己。

让自己平躺着

让自己平躺着,两膝弯曲,
任阳光照在易接受的柔软肚子上,
或脸朝下,横蛮的脊椎放松,
不再被迫去畏缩或逞强,
是很舒服的;同样舒服的是看着他们经过,
在下面炎热的白色人行道上漫步,
那狗,那拿包裹的女人,那男孩:
心外就有这种闲散的生活。

是的,这里我们都在视线外和听力内。
你可意识到你在装弹药的是什么武器,
那挑逗的谈话正悄悄引向哪里?
我们的脉搏计算但不判断时间。
你跟谁在一起,你转身离谁而去,
你不敢望谁一眼?你知道为什么?

1933 年(?)

五月以光的轻佻

五月以光的轻佻
撩动血管、眼睛和肢体；
单独和悲哀的
都愿意恢复，
而天鹅所欢悦的河流
来了粗心的野餐，
生者白而红。

死者遥远而戴兜帽
在他们的封闭处休息；但我们
已经逃离模糊森林，
森林里儿童相聚，
白色的吸血天使轻飞；
我们眼睛阴暗地站着，
危险的苹果已被拿走。

真实世界展现我们面前；
年轻人的动物行动，
对死亡的共同渴望，
尽兴者和愁眉者；
垂死的大师终于痛苦地
得到仰慕者圈子的理解，

不义者行走大地。

而那使乌龟和狍
没耐烦,使金发者
躺在黝黑者身边的爱
激励我们的血液,
在恶与善面前
亲昵和外表
是多么不足。

1934 年

文化预想 [1]

野兔在早上很快乐，因为她不能读
猎手那醒着的思想。树叶很幸运
不能预测秋天。真的很幸运，
泛滥、受苦、透不过气的水母
在池塘里激增蔓延，舔着荒原的沙砾：
自然力的感官治疗、
冬眠和毛发生长带来缓解；
或者最好莫过于矿物星体悄悄分解成光。
但是人，能够凭记忆用口哨吹曲子，骨子里知道
死神随时会使他中断如剪嘴鸥的叫声的人，他会做什么？
我们将向你展示他做了什么。
他的安乐窝和安宁所是多么惬意，
早晨桌上的新书，草坪和下午的露天平台！
这里是游乐场，他可以忘记自己的无知，
在君子协定的范围内运作：二十一宗罪在这里有某种牌照。
这里是灌木丛，准备战斗的勾勾搭搭的情人们
可以用他们的调戏之手互相暖身；
这里是念咒的场所和狡猾的雕刻师的作坊。
美术馆充满音乐，钢琴家在琴键上掀风暴，
伟大的大提琴师在其乐器上受难，

---

1 本诗来自奥登与伊舍伍德合著的诗剧《皮下狗》。

这样便没人听见哨兵的大叫
或人数最多者和最穷者的叹息，或他们身体的倒地声——
他们的生命也随着那闷响而隔绝了蛇和无面孔的昆虫。

1935 年（？）

八月

（给克里斯托弗·伊舍伍德）

八月属于民众和他们喜爱的岛屿。
轮船每天悄悄驶近来接受
码头感情激动的欢迎，而且很快
陡峭的石头峡谷的奢华生活，
由激情或由本性善良而生下的
城市蜡黄的椭圆形面孔，
就纷纷被等候着的四轮马车接走，或暴露
在不另眼相看的大海边上。

在光的哄诱下他们过着梦想自由的生活；
也许会爬上那条通往沼泽的曲折老路，
玩跳山羊游戏，进咖啡馆，穿着
虎皮斑纹上装和鸽形鞋。
小湖上的游艇是他们的；
鸥女[1]打听他们，乐队向他们
发表巨大声明；他们控制
娱乐的复杂机器。

所有能激发作家的幻想或得到

---

[1] 随舰或海军基地附近的妓女。

感官享受认可的类型，全都在这里了。
而我，每次和那些家庭一起吃饭，
那个动物性的弟弟和他严肃的姐姐，
或早餐后在摆着花盆的台阶上望着
失败者和面貌损毁者鱼贯而过，
都会想到你，克里斯托弗，并希望你那
矮胖整洁的身体和巨头在我近旁。

九年前，在狂野的丁尼生
变成化石的那座南方岛屿上，
我们都还是半男孩，谈论书本并称赞
尖酸者和质朴者，我们背后仅有
拉毛灰泥的郊区和昂贵的学校。
嗅到我们的草皮味，远方的狗吠
成了艺术家的愿望的精美装饰；
然而鹿正快速地在树林里飞驰。

我们的希望依然寄托在间谍生涯上，
崇拜眼镜和旧毡帽，
我们发现的秘密全都
不同凡响和虚假；谁咳嗽
那便是煤气厂焦煤，谁大笑
那便是卧室里下雪；很多人戴假发，
海岸警卫队员传递爱情信号，
从诺曼塔发现敌人踪迹。

五个夏天过去了而此刻我们从阳台
眺望波罗的海：只能用爱来形容。
一个无畏的吻肯定可以治愈
千百万的发热，一次轻轻的摩擦
可以治愈来自炽烈核心的冷漠拒绝。
是否有一条巨龙把工厂都关闭了
而整座饥饿的城市用犹太人喂它？
爱应该可以凭其驯兽师的眼神降服它。

原谅那刻意的品味，竟然拒绝
高尔夫球俱乐部的小酒和教区牧师的茶；
原谅那神经质，虽然歌鸫也无法抚慰它，
但它却能对镶板房里的私人笑话这类
并非更微妙的诱惑，那属于流浪汉
和疯子的孤独活力，做出即时反应；
相信双人床上的低语：
原谅这些和每个软弱的怪念头。

因为形成我们的兴趣和我们本身的
成长的铸型形象如今已消散。
如今无线电更大声地咆哮
其警告和谎言，如今已经不可能
让形体优美者舒适地飞掠，
或要求我们生活中
湖岸美丽的孤独更长久，或寻找
冻结的平原的火炉和闲逸。

母亲的宝贝儿子那双互相紧靠的眼睛
看不见可以做些什么；我们再瞧瞧：
看见丑闻正抬起她的尖膝盖祈祷，
美德站在十字架前忏悔，
绿手指开始认真处理分类账[1]，
勇气被派往他那艘渗漏的船，
瘦弱的真理被辞退，不给评语[2]，
狂热的虚假得到极力推荐。

贪婪无耻地炫耀她赤裸的金钱，
爱的所有奇妙的滔滔不绝沦为
收藏家的一个俚语，机灵穿着皮袄，
美悲惨地到处搜寻食物，
荣誉为算计而自我牺牲，
理性被平庸扔石头，
自由遭权力严重虐待，
公正被放逐，直到圣杰弗里节[3]。

因此在这个危机和灰心时刻，
还有什么比得上你那支严格和成人的笔，
可以用来警告我们远离色彩和安慰，
花哨的乏味作品，揭露

---

[1] 绿手指：指种植花木蔬果的农艺技能。这里暗示自然技能被用于金融苦差。
[2] 指雇员离职时原雇主的品格评语，以便出示给新雇主，类似推荐信。
[3] 指没有终结。因为并没有一位圣杰弗里，或这样一个节日。

学院和花园的邂逅阴影，
使行动紧迫并使其本质清晰？
谁能给予我们更近的洞察力，去抵抗
扩张的恐惧，野蛮的灾难？

这就是我给你的生日祝愿，因为此时
我正坐在四楼卧室的狭窄窗边，
抽烟至深夜，望着倒影
在港湾里伸展。那些屋子里
小钢琴已经盖上，时钟敲响。
而一切都受历史的危险洪水
支配着，它永不会睡去或死去，
并且握住一会儿，手就会灼伤。

1935年8月

在这岛上

看，异乡人，此刻在这岛上
跳跃的光为你发现的愉悦，
在这里站稳，
保持寂静，
这样大海的晃摇声
也许就会像一条河流
穿过你耳朵的渠道回荡。

在这小片旷野的尽头停一下，
白垩崖垂向浪沫，它高耸的壁架
对抗潮水的扯拽和冲撞，
卵石滩尾随着猛吸的激浪乱
爬，海鸥在峭壁上
寄栖了一会儿。

船在远方犹如流动的种子
带着紧急的志愿差事各自离去；
而整个全景
确实有可能进入
并浮游在记忆里，就像此刻这些云朵
飘过这面港湾镜子
而整个夏天悠闲地漫步在水里。

1935 年 11 月

让华丽的音乐[1]

让华丽的音乐用
　长笛和小号称颂
美对你脸庞的征服：
在那片肉和骨之地
她帝国的旗帜从
城堡高高地飘起，
　让炎热太阳
　照亮，照亮。

啊，但那无人爱者永远
　有力量哭泣
和猛击：时间会给他们时机；
他们隐秘的孩子们
穿过你呼吸的警惕
走向不可原谅的死神，
　而我的誓言瓦解
　在他的容貌面前。

1936年2月

---

[1] 后来成为《十二首歌》之三。

无波纹的湖里的鱼 [1]

无波纹的湖里的鱼
披着澎湃的色彩,
冬天空气中的天鹅
有一层白色的完美,
伟大狮子行走
穿过他纯真的小树林,
狮子、鱼和天鹅
依存并消失在
时间颠覆性的波浪上

直到有阴影的日子结束,
我们都要哭泣和歌唱
责任的有意错误,
时钟里的魔鬼,
为赎罪或为运气
而小心表现的善;
我们定会失去我们的爱,
把嫉妒的眼神转向
每一只活动的野兽和鸟儿。

---

[1] 后来成为《十二首歌》之五。

为蠢人的言行而发出的叹息
扭曲我们狭窄的日子；
但我必须祝福，我必须赞美
你呀，我的天鹅，你拥有
冲动的天性赋予
天鹅的所有才能，
庄严和骄傲，
昨夜还应该添上
你主动的爱。

1936年3月

秋歌 [1]

现在树叶快速飘落,
保姆的鲜花不会持久;
保姆们都已经去了坟墓,
而婴儿车继续滚动。

窃窃私语的左邻右里
把我们从真正的愉悦摘走;
而活跃的手必须孤单地
冻结在分离的膝盖上。

数以百计的死者在背后
木然地跟着我们的轨迹,
手臂以虚假的爱的态度
僵硬地抬起来责备。

挨饿穿过无叶的树林,
巨人奔跑互骂着抢食,
夜莺喑哑无声,
而天使不会降临。

---

[1] 后来成为《十二首歌》之六。

寒冷、难耐，前面
高山抬起可爱的头，
它的白瀑布能给在最后
忧烦中的旅客带来祝福。

1936 年 3 月

扫烟囱的人 [1]

扫烟囱的人
　　洗他们的脸但忘了洗脖子；
守灯塔的人
　　让灯光熄灭任船只沉没；
生意兴旺的面包师
　　任几百个面包卷在烤炉里烧；
殡葬承办人
　　给棺材贴上小字条说："等我回来，
我有个爱情约会！"

深海潜水员
　　割断靴子咕噜咕噜浮到水面上；
火车司机
　　把快列开到隧道里停下；
乡村牧师
　　在圣咏中途匆匆从侧廊离去；
卫生巡视员
　　腋下夹着粪坑盖急急逃走——
要去赴爱情约会！

1936 年 3 月

---

[1] 本诗来自奥登与伊舍伍德合著的诗剧《攀登 F6 峰》。

他这样的死 [1]

他这样的死恰当又精彩；
生命就应该这样终止！
他无法计算也无法畏惧
床上所受的羞耻，
力量一天天衰竭
而勇气渐渐消退。
永远有魅力，他将错过
侮辱性的瘫痪，
毁坏的心智的混乱，
溃疡的耐心迫害，
坐骨神经痛的不宽容，
癌症的狡诈推进；
在死者中间听不到
对手出色的论文被诵读，
同事不以为然的咳嗽
和赞美的不断脱落；
不知道杰出之士身上
激情如何失去兴趣；
美从骨头上溜走，
剩下僵硬骷髅。

1936 年 4 月（？）

---

[1] 本诗来自奥登与伊舍伍德合著的诗剧《攀登 F6 峰》。

秘密终于揭开 [1]

秘密终于揭开，如同终归要揭开的那样，
美味的故事已成熟得可以告诉亲密朋友；
在茶桌上和广场上舌头有它的欲望；
静水流深，亲爱的，没有无火之烟。

在水库的尸体背后，在河湾沙丘上的鬼怪背后，
在跳舞的女人和猛喝酒的男人背后，
在疲惫表情、偏头痛和叹息之下
总有另一个故事，不止于显而易见。

修道院高墙里突然传出的清亮歌声，
接骨木树丛的香味，大堂里的渔猎画，
夏天的槌球比赛，握手，咳嗽，接吻，
都有见不得光的秘密，有私人理由。

1936 年 4 月

---

[1] 本诗来自奥登与伊舍伍德合著的诗剧《攀登 F6 峰》。后来成为《十二首歌》之八。

催眠曲 [1]

把你沉睡的头，我的爱，
人性地靠在我不可信的臂上；
时间和狂热消耗尽
有思想儿童们的
个性美，而坟墓
证明孩子的短暂：
但在我怀里直到黎明
让这沉睡的生灵躺着，
会死，有罪，但在我眼里
是完全美。

灵魂和肉体无边界：
维纳斯给恋人们，当他们
躺在她宽容的着魔斜坡上
处于半昏半醉状，
送来了庄严的幻想，
有超自然的同情，
普遍的爱和希望；
而一种抽象的洞悉力
在冰川和岩石间唤醒

---

[1] 卡彭特说："这是他（奥登）所有抒情短诗中最著名的。"又说，奥登在编选《短诗合集》时差点把它删去，是他的伴侣切斯特·卡尔曼劝他别删。

隐者的感官狂喜。

确定性，忠诚性
随着午夜敲响而飘逝
如同钟的震荡，
而时髦的疯子们叫出
他们迂腐沉闷的喊声：
所有可怕纸牌预测的
每一分每一毫的代价
都必须付出，但今夜
一个低语，一个思绪，一个吻
和一个眼神也不能错失。

美、午夜、幻象消失：
让绕着你这做着梦的头
轻柔地吹拂的黎明风
展现如此一个甜蜜的白天，
眼睛和震颤的心也会祝福，
对这凡人世界感到满足；
干涸的中午将会有
不自觉的力量滋养你，
侮辱的夜晚会让你通过，
并有人类的爱照看着。

1937 年 1 月

被包裹在柔顺的空气里 [1]

被包裹在柔顺的空气里,傍着
鲜花的无声饥饿,
靠近树的秘密潮汐,
靠近鸟的高烧,
带着强烈的希望和愤怒,
直立起嶙峋的骨架,
这个富于表情的恋人,
这个深思熟虑的男人。

在不理不睬的炎阳下,
经过更强壮和漂亮的野兽,
他小心行路,一支活的枪,
带着枪和透镜和《圣经》,
一个好战的探查者,
朋友,鲁莽者,敌人,
随笔家,能人,
能偶尔哭泣。

没有朋友也不被憎恨的石头

---

[1] 曾用过"在生命的叶片下""照他这样""能偶尔哭泣"等标题。这是一首关于人在自然条件下的活动的诗。奥登曾在录音唱片的封套内容简介上写道:"一首关于人的本性的诗。"

散布在他周围各处，
这被称为兄弟者、不孤单者，
这被称兄道弟且被憎恨者，
家里曾教导过他
他的金钱和他的时间
勿枉费给那大多数而沉默者，
那无时间观念者和有根者。

因为母亲消退的希望纷纷
变成他麻木精神的麻木妻子，
很快又被保姆，那个愚钝又溺爱的
背叛者的道德拇指麻木化，
而他，幼稚地，这么快就中了
法定父亲的圈套，继承
那座高耸而富丽的塔楼，
富丽但锁着，但锁着。

并且被从未见过的死人统治，
被虔诚的猜想哄骗，
被扶到疯狂的凳子上，
或凄凉的凳子上，
凶残而头脑清晰地坐着；
他周围游动着各种巨大的美，
因为壮观是他的幻象，
壮观是他的爱。

时间的诚实盾牌上已注定
绵羊必须面对母老虎，
他们忠诚的争端从未治愈，
尽管不忠诚的他，把他
更模糊年代的梦视为
猎人与猎物的和解，
狮子与蝰蛇，
蝰蛇与小孩。

新爱总是背叛他，每一天
在他的绿色地平线上
一个新逃兵开溜，
而几英里外鸟儿们嘀咕着
埋伏和叛变，
他依然必须走向新的失败，
走向更深更广的悲伤
以及悲伤的失败。

1937 年 6 月

航海 [1]

码头上的眺望者站在他的灾星下如此不是滋味地
羡慕的旅行要朝哪里去?
当群山缓慢而平静地划着水游走,而海鸥
放弃它们的誓言?那誓言是否仍承诺更合理的生活?

终于与他的心独处了,旅行者可有
在风的更模糊的触摸中和海的变幻的闪光中找到
别处真有好地方的证据,
像儿童在石头和洞穴里找到的那样确凿?

不,他什么也没发现:他不想抵达。
旅行是假的;假旅行其实是假岛上的
一种病,在那里心不能行动也不会受苦:
他纵容这种发热;他比他想象的软弱;他的软弱是真的。

但有些瞬间,如同真海豚以飞跃和放任
惹来注意,或更远处,一座真岛
爬起来吸引他目光,打破恍惚状态:他想起了
他在何时何地健康正常;他相信欢乐。

---

[1] 曾以"往何处?"的标题,作为组诗《航海》的第一首。

也许这发热有药可治,真旅行是一个终点,
那里心与心相遇并且确实是真的:远离这片
把虽然会变但总是同样的心分开的海;然后
到处走走逛逛,加入假假真真,但不能受苦。

1938 年 1 月

斯芬克司[1]

它从雕塑家的手中诞生时
是否健康?就连最早的征服者
也看到一张病猿脸,一只包绷带的爪,
这块遭入侵的热土地的一个怪物。

这有着受折磨的执拗命运的狮子,
它不喜欢年轻人,也不喜欢爱或学识:
时间损害它如同损害一个人;它卧着,
庞大的屁股朝着抢眼的美洲。

并且见证。受伤的巨头不指控
也不原谅任何东西,尤其是成功。
它说出的答案对那些叉着腰面对

它的烦恼的人来说没有一点用处:
"人们喜欢我吗?"不。奴隶使狮子
觉得好笑:"我要永远受苦吗?"对。

1938 年 1 月

---

[1] 后来成为组诗《航海》的第三首。

旅行者

把远方展示在面前,
站在一棵奇特的树下,
他寻求不熟悉的敌意地点,
他试图看的是那些不会

要求他留下的国度的陌生感;
并尽他一切力量争取保持原样,
依然是那个爱远方另一个人的人,
有一个家,用他父亲的姓。

然而他和他的,都总是预料中的:
他离开轮船时海港触动他,
柔软的,甜蜜的,易于接受的;

城市像一个簸箕容纳他的感情;
人群一声不吭为他让出空位,
如同大地忍耐人的一生。

1938 年 1 月

南站[1]

从南方驶来的无特征快列进站，
围绕检票口汇集的人群，一张
并没有被市长安排军号或穗带
来欢迎的面孔：游移的眼神
被嘴巴隐约的警惕和怜悯分散。
雪正下着。抓紧一个小皮箱，
他轻快走出来，去传染一座
其可怕未来也许刚抵达的城市。

1938 年 12 月

---

[1] 全称为布鲁塞尔南站，是布鲁塞尔的主要火车站。

爱德华·李尔

被朋友遗留在意大利白色海滨
独自吃早餐,他的可怕恶魔从他
背后升起;夜里他对着自己哭泣,
一个肮脏的风景画家,恨自己的鼻子。

残酷而爱打探的他们如军团
又多又凶像狗群:他对德国人和船
感到烦不胜烦;关爱在几英里外:
但在泪水引导下他成功抵达他的遗憾。

受到的欢迎实在惊人。花儿摘他的帽子
并故意带偏他,好把他介绍给钳子;
恶魔的假鼻子引起满桌哄笑;一只猫儿
很快使他狂舞华尔兹,让他紧握她的爪子;
词语把他推到钢琴前去唱滑稽歌。

而儿童们像移民涌向他。他变成一块土地。

1939 年 1 月

一个暴君的墓志铭

圆满,大致就是他的追求,
他发明的诗歌很容易理解;
他熟悉人类的愚蠢犹如手背,
对军队和舰队也很有研究;
当他笑,可敬的参议员们爆出笑浪,
当他哭,孩子们死在街上。

1939 年 1 月

第四辑　新年书信（1940，选段）

然而时间可以[1]

然而时间可以缓和它的音调
当它单独跟一个人说话,
而太阳曾以它中立的眼睛
在整个华丽的八月从天空
监视地球的行为并看见
它褐色和绿色表面的奇怪交通
也遵循某种隐秘力量:
一艘船突然改变航道,
一列火车异常地停站,
一小群人打砸一家商店,
悬置的仇恨在可见的
战争行为中逐渐明显,
含糊的集结畏缩于
将军们清晰的粗糙计划,
同一个太阳正是在
波兰地面上爆发战争的
那个早晨点亮美国并照临
我们演奏布克斯特胡德一首

---

[1] 节选自第一章,总第 30—54 行。

帕萨卡利亚舞曲并感到他使我们心灵
成为一座声音城邦的地方，照临
除了赞同找不到任何东西的地方，
因为艺术已经把意识和情感
和理智安排得井然有序
而它完美的有序也使我们
增进我们本地的理解力。

大师们[1]

向人类展示人类尚未
找到的秩序的大师们，
要是学究们对你们的个性
所做的论断属实，那会怎样？
你们应该得到更大的荣誉
如果你们这些比别人更弱的人
拥有那份比你们肮脏、破烂、
自大的生命活得更长久的勇气，
如果贫困或丑陋，
身体差或社会上不成功
把你们从生活中猎取出来演示
怎样过另一种生活；
然而活猎物最终还是在
这场游戏中变成猎人，
而往昔狂野的复仇女神
也终于被追本溯源
在巧妙的通灵术中被捕捉住
变成慈善、愉悦、增益[2]。

1　节选自第一章，总第99—126行。
2　这是指艺术家的转化能力，甚至把黑暗的负面力量转化为正面的。

如今盛大、壮丽而平静，
你们不变的存在消除了
一个个郁闷世代的怒气，止息了
意志的畏惧和烦躁，
你们最后的转化对着
成长者和弱者讲话，
对做梦说"我是行动"，
对挣扎说"勇气。我成功"，
对哀悼说"我仍在。宽恕"，
对生成过程说"我是。活着"。

今夜一个纷扰的十年终结[1]

今夜一个纷扰的十年终结,
陌生人、敌人和朋友再次
站在荒原上的路标下疑惑,
那里的崎岖山路分岔通往
四面八方的寂静溪谷,而他们
努力要辨认路标上
写些什么但不能,
也无法猜测那面突出的
悬崖在哪个方向。
透过黑漆漆偶尔
能听见一声嘀咕,
听见在山地结霜的紧张中
迷途者沉重的呼吸;
在他们脚下远方他们所来之处
依然摇曳着微弱的红焰,
在一种生存被摧毁之处
巨大虚空里显露一丝暗光;
时不时会有大自然转身

---

[1] 节选自第二章,总第319—363行。

望向她整个系统燃烧之处
并以一声不服气的最后呻吟
把她的未来震惊成石头。

摆脱恐怖、淫乱和骄傲,
了解我们是谁、在哪里
和怎么样,是多么地困难,
毕竟我们是一颗不大的恒星的孩子,
虚弱、落后,抓住一颗
理智的古老行星的花岗岩裙子,
她是我们文静而古板的保姆
处在德西特[1]膨胀的宇宙中;
延伸我们的想象力,去根据我们的
身份地位来生活,是多么地困难。
因为我们都被一个暗示侮辱,
也即我们每一刻都在死去,
我们每一个伟大的我
不过是一个过程中的一个过程
在一个永无尽头的场域里;
恰如人们合理地觉得奇怪
我们竟被我们改变的所改变,
奇怪没有任何事件发生两次,
没有两种生存
能一模一样;我们宁愿

---

[1] 荷兰天文学家。

成为我们父亲的完美拷贝,宁愿相信我们的固定观念是某种固定现实的原样。

魔鬼[1]

魔鬼，一点也不奇怪，
——他的生意是自我推广——
是第一流的心理学家，
他保留一份严谨的名单，
帮助他处理棘手的交易，
掌握每一个顾客的所想所感，
他的学校、宗教、出生和教养，
他在哪里用餐，他正在读谁，
每一个名字都加了标注
指出误引了什么引文，
并朝着每一个作者的脑袋
扔某个最喜爱作者的话，
"艺术？嗯，福楼拜谈到艺术家时
并没有说：'他们活在真实中[2]。'
民主？去问波德莱尔：
'一种比利时精神[3]，'一种煤气

---

[1] 节选自第二章，总第528—589行。
[2] 原文为法语。福楼拜这句话是在看到一个美满的中产阶级家庭时的感叹。
[3] 原文为法语。伊舍伍德在其所译的波德莱尔《秘密日记》的序言中说，波德莱尔讨厌布鲁塞尔，并在表达他对一个男子的鄙视时说，他是"一种比利时精神"。奥登为该译本写了导言。

和蒸汽和桌灵转[1]的脏东西。
真理？亚里士多德有眼力：
'在人群中我是神话的朋友。'"
接着，当我抗议时，他露出
一个明白人的神态
把一本里尔克塞到我手里。
"你知道《哀歌》，我可以肯定
——啊那小生灵有福了，
总是留在子宫里[2]——子宫
在英语里是坟墓的同韵词[3]。"
他继续踮着脚在房间里走动，
打开收音机，留心听
伊索尔德对黑暗的渴望[4]。

但他所有的策略都受到
他创造的问题所支配，
因为作为把造物一分为二的
伟大的宗教分立者，
他做了造物永远做不到的事，
用统一中有多样化的愿望
来激励造物，
但是，尽管他宣誓效忠罪治[5]，

---

1 桌灵转是一种通灵术。
2 原文为德语。
3 英语里子宫是 womb，坟墓是 tomb。
4 "渴望"原文为德语。
5 "罪治"，即用罪恶来统治，相对于"法治"。

这做法却把他置于
一个含混如同任何
爱尔兰政客[1]的位置,
因为,被夹在相反的需要中,
他注定失败如果他成功,
而他那神经官能症的渴望
以其自造的悖论嘲弄他
既想当神又想当二元论者。
因为,如果二元性存在,
神会发生什么事?如果
任何地方有任何文化
含有不同于他自己的文化的价值观,
它怎么有可能被证明
他的价值观不是主观的或
整个生命都是一种战争状态?
而如果一元论观点是正确的
怎么有可能战斗?
如果爱被消灭
那就剩下仇恨可以被仇恨。
同时说两件事,
在两条战线上发起进攻
又要表明深信不疑,
这就需要各类更华丽的辞藻,
而没有谁比他更懂得
富于多音节词的雄辩术。

---

[1] 指既要效忠爱尔兰,又要效忠英国。

我们希望[1]

我们希望；我们等待国家
消失得干干净净的那一天，
期盼理论向我们允诺
将会到来的太平盛世：
没来。专家必须设法
详细阐述所有的原因；
同时至少门外汉知道
没有谁像那些忽视自己的
歪鼻子的人那么快地迷失；
知道那些模仿大师言谈举止的人
自己会越变越小，因为
他们害怕成为自己，或不敢问自己
什么样的行动才适合他们的任务；
知道一丝恐惧的痕迹也会
对人的魅力构成致命威胁。
逻各斯之光产生效应，
但不是以理论预期的方式，
因为，矮生突变体由于怀疑

---

[1] 节选自第二章，总第767—786行。

而不育和生病，遂被撵出了厄洛斯编织的中心体。[1]

---

[1] "那些伟大理论（这里被称为'逻各斯'）的能量的作用，被形容为如同宇宙光线，可导致染色体突变，但这些不育的突变体遭到中心体的细胞机制的排斥，中心体筛选被传递给下一代的遗传物质。逻各斯和厄洛斯依然无法和解，而厄洛斯是城市建造者，唯有他能够决定建造什么和如何建造。"（门德尔松）"中心体的存在被奥登拿来证明对真确性的探索（也即扔掉非真确性的'矮生突变体'）是逻各斯运作的一个标志。"（富勒）

然而地图和语言和名字[1]

然而地图和语言和名字
都有意义和它们专有的归属。
有两种地图册：一种是
公共空间，行为在那里完成，
在理论上是我们所有人共享的，
在那里我们被需要和感到渺小，
是工作和消息的广场，
在那里每个人都有权利选择
他的职业、他的角落和他的方式，
并且，再次在理论上，可以说
他愿意为保护谁而付出代价，
而忠诚是我们为我们
愿意居住的地方提供的帮助；
另一种是私有产权的
内部空间，每一个人
都被迫去拥有它，就像
这空间所赖以形成的他自己的生命，
他的意志和需要的风景，

---

[1] 节选自第三章，总第 1034—1066 行。

在那里他无疑是君主，
他的行为造就他的国家，
在那里他巡视他童年种植的
森林地带，农场则是所作所为
被记忆和被感觉的地带，
而即便他发现它是地狱
他也不能离开或造反。
两个世界描述他们的奖赏，
一个以切线，一个以弦，
每个人都生活在一体中，所有人都生活在别人中，
这里所有人都是国王，那里每个人都是兄弟：
在政治中人的堕落
从天然自由开始，
这时无论爱权力还是爱懒散，他也
像伯克那样认为两者都一样。

世界忽略他们[1]

世界忽略他们；他们是少数。
粗心的胜利者永远不知道
他们小道消息的谣言会成真，
他们警告声的字母表
是所有人都有理由学习的
普通语法；因为他们的猜测获证明：
是推动者被推动。
无论我们转向哪里，我们都看到
人成了他的自由的俘虏，
那可测量的，把测量者
接管了，完全由他自己的行动
所引发，可利用的事实
变成他的行动的利用者，
而偶然则是他的灵魂的选择；
乞丐被他的钵赶到街上，
男孩们被工厂训练来
过护士般的不寻常生活，给
无助的机器喂食，女孩们被嫁给了

---

[1] 节选自第三章，总第1279—1331行。

打字机,老人爱上了
他们永远得不到的价格,
家庭被一台收音机勒索,
儿童被贫民窟继承,
白痴被巨大数目。
我们看见,我们受苦,我们绝望:
那些羡慕自治的野兽的
无处不在的全副武装的儿童
现在知道他们至少是受束缚的,
激动的人们[1]毫不怜悯
大肆破坏古城,
堕落者们把大堆荣誉抛撒给
失明的基督和疯狂的圣母,
妓院里的灵知者们把肉体
视为世俗和转瞬即逝,
富人们在鸡尾酒会上
辩论哪种科技
用于强制执行
劳动纪律最有效,
什么样的波斯装饰品[2]仍可以
维护他们的尊荣,
确保活死人继续
入葬、欢闹、吃饭,

---

[1] "激动的人们"原文为德语,也是歌德一部著作的名字。亦译为《骚乱者》《煽动者与被煽动者》等。
[2] "波斯装饰品"语出贺拉斯"我受不了这种波斯装饰品,小伙子"。

被忽视者们
处于倒霉的一边
在他们的棚屋里
被合理的仇恨毒害,
以上种种都是共同命运的不同症状。
所有人都在早晨的镜子里看见
一个被统治的种族的成员。
每个人都认出了李尔[1]所见,
他和瑟伯[2]都喜欢画
中性的轮廓也即
工业人的计划和图标,
不关心政治者害怕
一切必须服从的东西。

---

1 指谐趣诗人和滑稽画家李尔。
2 美国讽刺作家和漫画家。

独裁和势力的洪水[1]

独裁和势力的洪水
来自一个双重源头:
柏拉图关于才智的谎言中
认为所有人都柔弱除了精英
哲学家,他们一定很强大,
因为他们懂得善,他们决意不作恶,
在抽象词中同心协力,
凌驾低等的无政府群氓;
或卢梭关于肉体的假话,
它重新刺激我们的骄傲
去想象所有人都相同
且具有强烈非理性。
然而,尽管社会谎言
在梦想家眼中变重叠,
但那使山中充满溪流
溪流灌溉相反梦想
梦想被群众轮番喜爱的雨水
依然来自同一团云。

---

[1] 节选自第三章,总第 1376—1443 行。

在自我的大气层

和更上面的恐惧高处

错误的粒子形成

劈杀牧羊人的雷暴,

而我们的政治危难

从她[1]的自我意识降临,

她冷峻的精神淫念[2]

不是把她的自由

看作来自生命的礼物,

用它来服务、启蒙和丰富

全体生灵并使全体生灵利用

她的自由意志的功能去选择

这个世界教育其盲目欲望

所需的行动,

而是看作孤独地过一种完全

属于她自己的阁楼生活的权利,

不受妨碍,不受指责,不受监视,

自我认清,自我赞美,自我依恋。

一切都按她的愿望发生直到

她问自己为什么她会选择

这个而不是那个,或谁会在乎

她死了或去了别的地方,

---

1 指"自我"。
2 奥登在与这首诗差不多同时写的一篇文章《异教徒》(1939)中曾谈到:"诗歌与科学的相对地位以一种古怪的方式颠倒过来;现在反倒是科学家们展示了马修·阿诺德的谨慎和自我批评,而诗人们则展示 T. H. 赫胥黎那种完全的教条式自信,那种精神淫念。"

而根据她自己的假设
她完全没能力回答。
于是她突然恐慌起来；瞥见
镜子里的面容显现
可怜的空洞光彩。现在
她如何能够逃避自我厌恶？
骄傲还有什么可做的，
除了一头栽进泥坑里，
自由还有什么可做的，除了自杀，
自主还有什么可做的，除了自绝？
一个自我折磨的女巫，逆向地
纺织她整个的虔诚，
她带着猥亵的喜悦崇拜
那否，那绝不，那黑夜，
那没有一个我的无形体群众，
那午夜女人和大海。
喧嚣的蒸汽时代的天才，
喧嚣的瓦格纳，把它搬上舞台：
一个精神英雄[1]，带着
感官快乐吸吮他的伤口，
他的知识生命得知他的末日
已注定，便感到满足，
存在是为了受苦；随着
歌声的永恒潮汐漂流，

---

[1] 指瓦格纳歌剧《尼伯龙根的指环》中的齐格弗里德，下面的"巨大玩偶"也是指他。

那巨大玩偶狂呼死亡或母亲,
这两者互为同义词;
而消极如在梦中的女人
则救赎、救赎、救赎、救赎。

无论我们如何决定去行动[1]

无论我们如何决定去行动,
决定都必须接受这个事实
即机器如今已经摧毁了
我们曾经享受的本地习俗,
血脉和民族的纽带
已被个人联盟取代。
我们再也不能从左邻右舍
或班级或聚会可能发生的事情中
学习我们的善,或作为个人
拒绝去选择我们的
爱、权威和朋友,去评断
我们的手段和计划我们的目的;
因为机器已经大声喊出
并在人群中大肆宣扬
那个永远真实但只有
少数人知道的秘密,
迫使所有人承认
孤单是人的真实状况,

---

[1] 节选自第三章,总第 1525—1546 行。

每一个都必须孤单向前
寻找心中那块宝石,
那个"没有不的乌有乡"[1]
也即社会的公正。

1940年1月至4月

---

1 来自里尔克《杜伊诺哀歌》之八,奥登在《解说》中注明并引用原诗片断。该片断大意如下:

> 我们面前从来,哪怕一天,也没有
> 有鲜花永恒地盛开的纯粹空间。
> 永远是世界,永远不是没有不的乌有乡:
> 那纯粹的,未被监管的,那你呼吸
> 并永恒地知晓但不渴求的。

关于奥登的《解说》,见下页注释。

在普通人眼里[1]

在善于观察生活的普通人
　（抱歉我这么说）眼里
知识分子这个词使他想起
　一个对妻子不忠的男子。

---

[1] 奥登为《新年书信》写了篇幅多一倍半的《解说》,但很多论者认为这与其说是解说不如说是补充或扩充。解说中既有散文和评论,也有诗,也引用了别人的散文、评论和诗。其中一些诗,后来被独立收入诗集里,例如《隐藏的法则》,或合并到例如某些《短章》里。这首和后面两首均来自《解说》。

谁建造监狱国家?

谁建造监狱国家?
躲避他们命运的自由人。
战争可会停止?
只要他们安静就不会。

我找不到的中心

我找不到的中心
为我无意识的头脑所熟知,
我没有理由绝望
因为我已经在那里。

我的问题是如何不希望;
不动者动得最快;
我只有在直到我看清楚我是
因为我想迷失而迷失才迷失。

如果做不到这点,也许我应该
如同某些教育家也会的那样
让自己满足于这个结论:
理论上没有解决方案。

所有关于我有什么感觉的声明
例如我迷失了,都很不真实:
我的知识终结于它开始之处;
篱笆比人高。

第五辑 （1939—1947）

悼念叶芝

I

他消失在死寂的寒冬：
溪流冻结，机场几乎无人，
积雪模糊了公共场所的雕像；
水银柱沉入垂死日子的口中。
我们拥有的仪器都同意
他逝世的日子是个寒冷阴暗的日子。

远离他的疾病
狼群继续在常青的森林中奔跑，
乡村的河流不受时髦码头的诱惑；
哀悼的活唇
使诗人的死亡与他的诗篇分开。[1]

但对于他，这是他作为自己的最后一个下午，
一个有着护士和传言的下午；
他身体的各省全部叛乱，
他心灵的广场空空荡荡，
寂静侵袭郊区，

---

[1] 意思是说，诗人死了，诗活着，依然口口相传。

他的感觉之流截断；他变成他的仰慕者们。

此刻他被播散在一百个城市，
完全交给了陌生的爱戴，
在另一种树木中寻找他的幸福，
在异域的良心准则下受惩罚。
死人的言辞
在活人的脏腑里被修饰。

但在明天的重要和喧嚣中，
当经纪人在交易所大厅咆哮如野兽，
穷人遭受他们已经颇为习惯的痛苦，
而每个人在自己的躯壳里几乎相信自己是自由的，
将会有千百个人想到这个日子
像某个人想到某一天做了某件不大寻常的事。
我们拥有的仪器都同意
他逝世的日子是个寒冷阴暗的日子。

   II

你像我们一样傻；你的天赋却比这一切长久：
有钱女人的教区，肉体的腐烂，
你自己。疯狂的爱尔兰把你刺痛成诗歌，
现在爱尔兰的疯狂和气候依然没变，
因为诗歌没有使任何事情发生：它留存

在它生长的山谷,绝不会有任何
官吏想涉足;它继续流向南方
从孤立的牧场和忙碌的悲伤,
从我们相信并葬身的原始城镇;它留存,
一种发生的方式,一张口。

   III

土地啊,请接纳一位贵宾:
威廉·叶芝躺下长眠。
让这爱尔兰容器放好,
它已清空了它的诗篇。

时间无法容忍
勇敢和清白的人,
并在一星期里漠视
一个美丽的身体,

却崇拜语言和原谅
每一个它赖以生存的人;
宽恕怯懦、自负,
把荣耀献在他们脚下。

时间以这种怪异的借口
原谅吉卜林和他的观点,

还将原谅保罗·克罗岱尔,
原谅他,因为写得出色[1]。

在黑暗的噩梦中,
全欧洲的狗都在狂吠,
尚存的国家都在等待,
为各自的仇恨所囿;

知识蒙受的羞耻
显露在每张面孔,
同情的海洋深锁
和冻结在每只眼睛里。

跟上,诗人,跟上,
跟到那黑夜的底端,
仍以你从容的声音
引导我们欢欣;

继续耕种诗篇
把诅咒变成葡萄园,
在痛苦的狂热中
歌唱人类的不成功。

---

[1] 这行里的"他"是指叶芝。"写得出色"除了指叶芝,就句子结构而言很可能也同时包括吉卜林和克罗岱尔;就整节诗而言,则肯定指他们三个都是因为写得出色而被原谅,原谅他们的右翼观点(从当时奥登的左倾观点看)。

在心灵的荒漠里
让治疗的泉水喷涌，
在他那时代的牢狱里
教自由人都懂得赞美。

1939 年 2 月

无名公民

（纪念 JS/07/M/378 此大理石碑由国家建立）

统计局发现他是
一个未曾被官方投诉过的人，
而有关他品行的报告都同意
就一个旧词的现代意义而言他是个圣徒，
因为他所做的一切都是服务广大的社群。
除了参加战争之外他一直
在一个工厂干到退休，从未被解雇，
而是满足他的雇主富奇汽车公司。
然而他绝非工贼或观点怪异，
因为工会报告说他按时交会费，
（我们听说他的工会很可靠）
而我们的社会心理工作者发现
他跟同事很合得来，还喜欢喝一杯。
报界相信他每天都买一份报纸
并说他对广告的反应从各方面看都很正常。
以他的名义所买的保险单也证明他样样都买，
而他的保健卡显示他进过一次医院但平安离开。
"生产商研究"和"高级生活"两项调查都宣称
他对分期付款的好处有足够的敏感，
拥有现代人所需的一切：
留声机、收音机、汽车和电冰箱。

我们那些研究舆论的分析家都满意
他对当年的时事有中肯的意见；
和平时期，他爱好和平；战争爆发，他就入伍。
他结婚并为全国人口添加五个孩子，
对此我们的优生学家认为符合他那一代父亲的标准，
而我们的教师报告说他从未干涉过他们的教育。
他自由吗？他快乐吗？这个问题很怪诞：
如果有什么不对，我们早就应该听说。

1939 年 3 月

先知们 [1]

也许我一直知道它们说什么:
即便是那些最早的信使,它们从
它们逗留的书本里走进我的生活,
那些美丽的机器,它们不说话
但让那小男孩崇拜它们并学习
它们长长的,其硬度使他感到自豪的名字;
爱是一个它们从不大声说的词,
如同一幅图画不能回答什么。[2]

后来当我寻找好地方,
那些废弃的铅矿便让自己被发现;
平峒的面孔没有表示遗憾,
生锈的卷扬机也没有教
显然太机灵的我说"太晚了":
它们的缺乏羞怯恰恰是在赞美
我不知道的东西,我凝视的缘由,
而它们的缺乏回答则是低语"等一下"

---

1 "这是奥登写给其伴侣切斯特·卡尔曼的最早的诗之一。诗中试图表明诗人对卡尔曼的爱是有预兆的,不是被早年的人类之爱预示,而是被诗人小时候对废弃的铅矿和挖掘铅矿的机器的崇拜预示。"(富勒)
2 指奥登儿时还不会看书的时候就被书里关于这些机器的图画迷住了。稍后他开始读书,了解它们(本诗开头)。再后来他寻找"好地方"时,便亲身遇见它们。

然后逐渐教我而不带丝毫强制，
而它们周围所有风景都显示
它们对完全荒芜表现出的平静
正是你存在的证据。

    这是真的。
因为现在我已经从那张再也不会
回到书本里却要求我付出整个生命的面孔
得到回答，它也正是那地方，
我只要一触摸就会被激发成拥抱，
从来不存在虚有其表的容貌。

            1939年5月

像一种天职[1]

不是像那个梦幻般的拿破仑,谣言的恐怖物和中心,
在他的乘骑面前所有人群分开,
他为一根纪念柱举行落成仪式然后撤离,
也不是像那个普遍令人喜爱和风趣的游客,
对他来说气候和遗迹最重要,
也不是任何因为运气或历史或逗乐
而总是受欢迎的人,
别像那样进来:让这些都离开。

当然,要拥有异乡人的快乐权利:
大使们肯定可以用有关歌剧
和各种人物的知识来娱乐你,
银行家会征求你的意见,
女继承人的脸颊总是朝着你微倾,
群山和店主都接纳你,
你可以到处自由走动。

但殷勤和自由远远不够,
对一个生命来说。它们

---

[1] 曾用过"心的领土"和"别客气,就当是在自己家里"等标题。富勒认为,这些被放弃的标题比较清楚地表明这是一首情诗,也是写给卡尔曼的最早的情诗之一。

通往一张只是看上去像婚姻的床；
即便是有分寸且保持距离的赞赏
对千万个显然一无所求的人来说
也会变得像一种见惯的病。这些都还算成功；
它们存在于顷刻之间。

但总是在某处，谈不上有特别不寻常之处，
几乎在水和房屋的风景中任何一处，
永远站着需要你的那个人，
他的哭声不成功地对抗交通
或鸟儿的喧闹，他是那个
充满想象力的受惊孩子，他只知道
你是叔叔们所说的谎言[1]，
但他知道他必须成为未来，知道只有
温顺者继承大地，并且既不
迷人、成功，也不是一群人；
独自在夏天的噪音和宅园中，
他的涕泣攀向你的生命像一种天职。

1939 年 5 月

---

[1] 意思是说，这"孩子"纯真，对爱情有着宗教般的信仰（或"你"的出现使他有了这种信仰），而无论爱情或信仰，在"叔叔们"看来都是谎言。

法律像爱 [1]

法律,园丁们说,是太阳,
法律至上,
所有园丁都服从,
明天、昨天、今天。

法律是老人的智慧,
无能的祖父们虚弱地训斥;
孙儿们都伸出高音的舌头,
法律是年轻人的五官。

法律,祭师使了个祭师脸色
对非祭师的众人解释说,
法律是我祭师的经书里说的话,
法律是我的小讲坛和尖塔。

法律,法官不屑一顾地
说得既清亮又极其严肃,
法律是我从前对你们说的,

---

[1] "奥登在论克尔凯郭尔的文章里说:'上帝的爱根本不是法律,即是说,属于……的法律是美学的,为了……的法律是伦理的。'(《序跋集》)对这种区别的意识使恋人们避免使用其他社会成员的枯燥断言('法律是'),而仅仅表明'一种怯懦的相似性'('像爱')……说法律'像爱'即是说人类的爱如同人类的法律,是容易犯错的。"(富勒)

法律是我料想你们知道的，
法律是但让我再解释一下，
法律是法律。

然而遵守法律的学者写道：
法律既无错也无对，
法律仅仅是罪行
被地点和时间惩罚，
法律是人们在任何时间
任何地点穿的衣服，
法律是早安和晚安。

其他人说，法律是我们的命运，
其他人说，法律是我们的国家，
其他人说，其他人说
哪里还有法律，
法律已经离去。

而大声的愤怒人群总是
非常愤怒非常大声地说
法律是我们
而柔软的白痴总是柔软地说是我。

如果我们，亲爱的，知道我们知道的
法律并不比他们多，
如果我知道的我们该做或不该做什么

并不比你多,
除了大家无论是可喜地
还是可悲地同意
法律是
并且所有人也都知道这点,
如果因此而认为把法律
等同于另一个词是荒谬的
那么跟很多人不同
我就不能再说法律是,
我们也就不比他们更能压制
那种想猜测的普遍愿望
或越出我们自己的位置
滑入一种不相关的状况。

虽然我至少可以
把你和我的虚荣
局限于怯懦地表明
一种怯懦的相似性。
不过我们还是可以夸口:
我说像爱。[1]

像爱我们不知道哪里和为什么,

---

[1] 诗中三次出现没有宾语的"法律是"(law is),表示法律仅仅"是"(存在),如同法律是法律。同时,不带宾语的"法律是"又像一个句子的未完成状态,到了"像爱(,)我说"(Like love I say)才算完成:Law is like love I say [法律像爱(,)我说]。在中译里,则有点变成"法律是……我说像爱"。

216

像爱我们不能勉强或逃离,
像爱我们经常哭,
像爱我们很少守住。

1939年9月

我们的偏见

沙漏对狮子的咆哮低语,
钟楼日日夜夜告诉花园
时间可以容忍多少谬误,
它们怎样错在永远都对。

然而时间无论喧闹或深沉鸣响,
无论它奔泻的激流多么快速,
都未曾拖延过一头狮子的跃起
也未曾动摇过一朵玫瑰的自信。

因为它们似乎只关心能否成功:
而我们按照词语的声音选择词语
并根据问题的尴尬程度判断问题;

而时间总是大受我们欢迎。
我们什么时候不是宁可兜个圈
也不愿直接走到我们所在的地方?

1939 年 9 月

1939年9月1日 [1]

我坐在第五十二大街
其中一个下等酒吧
疑虑又害怕
当聪明的希望已到期，
低俗而不诚实的十年失效：
愤怒和恐惧的电波
在地球上那些明亮
和黯淡的土地上循环，
侵扰我们的私生活；
那不宜提及的死亡味
冒犯着这九月的夜晚。

---

1 关于本诗的详尽解读，可参考布罗茨基评论集《小于一》。标题日期是希特勒入侵波兰的日期。这首诗受瞩目，部分原因是奥登本人对它的态度，以及对它的删改。1939年9月7日他在日记中写道："完成战争诗。相信还可以，但太过心烦意乱，难以做任何批评性的判断。"稍后在给《纽约客》编辑的信中他也说了类似的话。本诗最终发表于《新共和》杂志上，并收入诗集《下一次》(1940)。1945年《诗歌合集》和1950年《短诗合集》均删去了最后一节。1946年回复弗朗西丝·布兰塔诺要求选这首诗或其片段编入诗选《探索的精神：我们时代文学中的宗教》时，奥登写道："你引用的诗行（引用不完全准确）来自这首诗的第一个版本，叫作《1939年9月》，收入《下一次》。经修订后收入我的《诗歌合集》里时，它们被删掉了。因此，如果你能够不引用的话，我将很感激。"当奥斯卡·威廉斯再版其诗选《新袖珍美国诗选》，要求恢复被删的诗节时，奥登同意，但特别提出最后一行应改成"我们必须相爱和死去"。这处变动据说是听取了西里尔·康诺利的意见。1948年奥登访问伦敦时，康诺利在一本书上写道："西里尔给威斯坦：我们必须相爱和死去。"1957年奥登在给劳伦斯·勒纳的信中说："只让你知道，我厌恶那首诗。"（转下页注）

准确的学问可以
发掘这整个冒犯，
从路德直到现在
它驱使一个文化疯狂，
看一看林茨[1]出了什么事
是什么巨大的心像[2]制造
一个精神变态的神祇：
我和公众都知道
学童们都学了些什么，
谁要是被邪恶侵袭
就用邪恶来回报。

（接上页注）它是那种最糟糕的辞令并且太过故作虔诚。我试图以删掉在我看来是最虚假的诗节来拯救它。（我们必须相爱或死去根本就是不真实的。我们必须相爱和死去。）但删节也没帮助。整首诗必须报废。"此后他都拒绝再版这首诗。1960年约翰·霍兰德编诗选《风雨》，要求授权收录这首诗，奥登回复："你恐怕不能再版《1939年9月1日》。我非常不认可它。"另参考本书附录中奥登1964年为布鲁姆菲尔德编纂的《奥登书目文献》所作的序。1967年娜奥米·米奇森在杂志上发表文章《青年奥登》，其中写道："我发现自己最近无法像以前那样读他（奥登），尽管他可能做了另一次对我来说难忘的飞跃。但也许这个写了《双方付出代价》的人绝不应该去美国。然而如果他不那样做的话他就不会写《1939年9月1日》。可是什么时候他对这首诗紧追不舍，把最重要的诗节从他的《诗歌合集》中删掉？我不知道。"奥登写信（但显然没寄出）做出回应："我离开英国去美国的理由（艺术上的）恰恰是为了（阻止）自己写像《1939年9月1日》这样的诗，这是我所写的最不诚实的诗。一种沿袭自英国的残迹。治愈自己需要时间……当然，我不知道如果你（确实）读过我任何诗的话，到底是哪些，但如果你所说的难忘是指像《1939年9月1日》这样的诗，那我祈求上帝我不要难忘。"（综合自门德尔松和富勒）

1 希特勒曾在林茨上学。
2 "心像"是荣格心理学术语，指父母在小孩心目中的形象在小孩成年之后仍无意识地保存着。

流放的修昔底德知道
一篇演讲能说的一切，
关于民主政体，
以及独裁者们的作为，
他们对一座冷漠的坟墓
倾吐老年的垃圾；
他在书中分析过的一切，
那被赶走的启蒙，
那成了瘾的痛苦，
管理不善和悲伤：
我们全都要再遭受一次。

每一种语言都争相
把徒劳的托词倾倒进
盲目的擎天大厦利用
它们充分的高度宣告
集体人的力量的
中立的空气里：
但谁能活得长久
在欣快症的梦里；
望着镜子他们看到
帝国主义的面孔
和国际坏事。

酒吧里一张张面孔

紧守着它们划一的日子：
灯光一定不可熄灭，
音乐一定要永远响着，
所有的习俗都共谋
将这个堡垒臆想成
家中的摆设，
免得我们看出自己身在何处：
迷失在闹鬼的树林里
从未有过快乐或满意的
害怕夜晚的儿童。

重要人物喊出的
最浮夸的好战废话
仍不如我们的愿望粗俗：
疯子尼金斯基
对佳吉列夫的评语
道出常人的真实心态；
因为在每个女人和男人
骨子里繁殖的错误
都渴望那不能拥有的东西，
不是爱大家
而是被独爱[1]。

---

1 奥登这首诗似乎在相当大程度上受到了他当时正在翻阅的患有精神分裂症的俄国伟大芭蕾舞演员和编舞家尼金斯基的《日记》的启发或触动。这两句即出自尼金斯基："有些政客是伪君子，如同佳吉列夫，他不要爱大家，只要被独爱。我要爱大家。"佳吉列夫是俄罗斯芭蕾舞团创办人和艺术评论家。

从保守的黑暗
进入道德的生活
涌来密集的上班乘客,
重复他们早晨的誓言,
"我要对妻子忠诚,
我要更专心地工作",
而无助的管辖者醒来
继续他们强迫性的游戏:
谁可以解救他们,
谁可以让聋人听见,
谁可以替哑巴说话?

我只有一个声音
去拆掉折叠的谎言;
耽于酒色的普通人
脑中罗曼蒂克的谎言
和使大楼摸到高空的
当权者的谎言:
没有国家这回事
也没有人独存;
饥饿不允许选择
无论对公民还是警察;
我们必须相爱或死去。

在夜空下一筹莫展

我们的世界躺在昏迷中；
然而，遍布于各处，
总有讽刺的光点
闪现于正义
交流讯息的地方：
但愿我，虽然跟他们一样
由厄洛斯和尘土构成，
被同样的消极
和绝望围困，能呈上
一柱肯定的火焰。

        1939 年 9 月

下一次

对我们而言就像对其他易逝的事物,
就像不能数数字的无数鲜花
和所有那些不需要记住什么的野兽,
我们也是活在今天。

这么多人试图说现在不行,
这么多人忘了怎样
说我是,而如果他们能说,
将会迷失在历史里。

例如以那种旧世界的优雅
在适当地点对适当旗帜鞠躬,
像古人一边沉重地爬楼梯一边
咕哝着我的他的我们的他们的。

仿佛时间还依然像从前他们
所意愿的那样拥有财产
仿佛他们不再希望属于什么
他们就错了似的。[1]

---

[1] 门德尔松有如下阐释:那些咕哝着"我的他的"的人表现得好像那些有着丰富的财产和物业的失去的历史条件是他们的意愿使然似的。但耶稣所预示的当下这个纪元(按奥登《多产者与吞噬者》的说法)奖励互惠和(转下页注)

难怪这么多人死于悲伤，

这么多人死时孤独；

尚未有人相信或喜欢谎言[1]：

下一次有别的生活可过[2]。

1939 年 10 月

（接上页注）分享资源。而具有悖论意味的是，咕哝者不想属于当下却是对的，因为当下已经不再是一个能够"属于"（例如属于有适当旗帜的民族）的时代。但咕哝者宁愿犯错（放弃任何属于当下的愿望），因为否则的话他们就不得不承认存在着一个可以是他们"属于"的世界，而这将会给他们带来难以承受的道德义务的紧迫性。

1 "这么多人死于悲伤，因为他们无法相信他们是试图靠着谎言过日子。很多人孤独是因为他们试图生活在其中的过去只对那些真正生活在过去的人感兴趣。"（门德尔松）也许可以更简单地说，诗人认为这些人向往过去或他们所向往的过去是一个谎言。但客观地说，无论诗人或这些人都不相信也不喜欢谎言。

2 意思是说我们不能下一次吧下一次吧永远推迟下去，而不活在此时此刻，不活在当下。下一次自有下一次的精彩。

抱着她越过水面[1]

抱着她越过水面,
  把她放在树底下,
那里野鸽昼夜都白,
  而风从每一个方向
同意、同意、同意地歌唱爱。

把金戒戴在她手指上,
  把她紧贴到你心上,
湖里的鱼拍它们的快照,
  而青蛙,那歌王子
惬意、惬意、惬意地歌唱爱。

街道都将涌向你的婚礼,
  房子都转过身来看,
桌子椅子说合适的祝愿,
  而快马拉着你的婚车
满意、满意、满意地歌唱爱。

1939 年底

---

[1] 本诗是为歌剧《保罗·班扬》而作,后来成为《十首歌》之四。

探索（选）[1]

十字路口

两个在这里相识和拥抱的朋友已消失，
都是走向各自的错误；一个耀眼地
成名旋即在一场喧闹的谎言中毁灭，
另一个被某种乡村的迟钝拖延着，
某种需要时间去死的当地积弊：
这空荡荡的交叉点在阳光中闪亮。

所有码头和十字路口也是这样：谁能说清楚，
这些决定和告别的场所
会被整个冒险引向什么样的羞耻，
什么样的临别礼物能给予那位朋友保护，
当他已如此确定他的拯救需要
败坏的土地[2]和凶险的方向？

---

1 奥登最初发表这组诗时，加了一段按语："探索的主题发生于童话故事、诸如'金羊毛'和'圣杯'之类的传奇、少年冒险故事和侦探小说。这些诗是对它们所有的常见特征的感想。诗中指涉的'他'和'他们'应被视为既是客观又是主观的。"又在别处说："难道这些元素不是每一个都对应我们主观生活经验的某一方面吗？"富勒认为这组诗是在描述个人对"真正的幸福和存在的真确性"的探索。在更大程度上，"他"和"他们"对应了自我通过对假道路的拒绝而发现自己的存在的真正立足之地。

2 奥登曾对人解释说，败坏的土地"不完全是荒废的土地，而是曾经肥沃但如今已经毁坏"。

所有风景和所有天气被恐惧冻结，
但根据传说，从来没有人想过
所需的时间使这种事情不可能发生；
因为即便是最悲观的人也会
给他们每年所犯的错误设限。
那还会剩下什么可以背叛的朋友，
什么需要更长时间来赎罪的欢乐？然而
没有额外日子，谁又能完成
这根本就不需要时间的旅程？

旅行者[1]

他的郊区没有任何窗口点亮那间卧室,那里
一次小发烧听见巨大下午在嬉闹:
他的草地增多;不过,那座磨坊[2]不在那里
而是继续整天在爱的背后碾磨。

他穿过累人的荒野的所有哭泣途径
也都找不到他的诸圣遗迹被拘留的城堡;
因为断桥截停他,还有某个焚毁过
邪恶遗产的废墟周围的黑暗树丛。

要是他可以忘记一个孩子想成熟的野心
和那些让他学会洗漱和撒谎的机构,
他就会说出他以为自己太年轻而不能说的真话,

也即在他叹息的地平线上,整个天空,
现在如同以往,每一处都只等待着被告知
它是他父亲的屋子,讲他的母语。

---

1 又名"朝圣者"。
2 奥登曾对人解释说:"磨坊。(意大利哲学家、神学家、诗人)坎帕内拉所谓的 il molino vivo,也即自我关注的持续不断的运动。"

城市

在他们的童年所来自的乡村
寻求必然性,他们曾经被告知
必然性本质上都一样,不管
它怎样被寻求或被谁寻求。

不过,城市没有这样的说法,
但欢迎每一个孤身来到的人,
必然性的本质像悲伤
完全跟他们自己的相称。

还给他们提供如此多,每一个
都找到某种诱惑来管治自己;
并安顿下来掌握成为无名者

所需的全部技艺;午餐时间
坐在喷泉边沿附近晒太阳;
看着乡村孩子抵达并大笑。

第三次诱惑[1]

他调动所有相关器官细察
王子怎样走路,主妇和孩子说什么;
重新打开他心底的坟墓了解
使不遵守者死去的是什么法律。

然后不大情愿地得出他的结论:
"所有书斋哲学家都虚假;
爱另一个只会徒增混乱;
怜悯之歌就是魔鬼之舞。"

然后向命运低头并取得成功,
摇身变成一切生灵之王:
然而,在秋夜噩梦里发抖,看见

一个有着他自己扭曲的面貌的形体
从一条废弃的走廊徐徐向他逼近,
哭泣着,变得庞大,喊着悲痛。

---

[1] 奥登曾在《多产者与吞噬者》中描述了三次诱惑,分别是童年的诱惑、青春期的诱惑和成年的诱惑。

普通人

他的农民父母辛劳而死
为的是让宝贝儿子离开吝啬的土地,
跻身于任何一种高尚职业,只要它
鼓励浅浅地呼吸,并能致富。

他们深情的野心造成的压力
使他们羞怯而爱乡村的儿子害怕
没有切合的职业足够好,
只有英雄配得起这样的爱。

于是他在这里,没带地图或补给,
远离任何像样的城镇一百英里;
沙漠怒目凝视他充血的眼睛;

寂静咆哮着不悦:俯视下面,
他看见一个普通人的影子
企图出类拔萃,于是跑开。

有用者

逻辑过强者被巫师迷住,
后者以雄论使他改信石头;
窃贼快速吸收财富过多者;
名声过盛者独自疯狂,
接吻把男性过度者变残暴。

作为代理人他们很快失去有效性;
然而当他们似乎就要失败时
他们的工具价值对那些仍能服从
自己意愿者而言,却按比例增加。

盲人可以摸着史前巨石柱走路,
野狗迫使懦夫奋起反抗,
乞丐协助缓慢者轻松旅行,
就连疯子也能够做到以寂寞的
胡言乱语,传达不受欢迎的真理。

幸运者

要是他聆听过博学的委员会，
他大概只会找到不该去找的地方；
要是他的狻犬能服从他的口哨，
它就不会刨出那座被埋没的城市；
要是他解雇了那个粗心的女佣，
密码就不会从书本里跳出。

"那不是我，"他边喊边健康而震惊地
跨过一个先行者的头骨；
"一阵荒谬的叮当声从我头脑里响起，
便导致聪明的斯芬克斯目瞪口呆；
我说服皇后是因为我有一头红发；
这次可怕的冒险有点儿沉闷。"

于是有失败者的折磨："是我无论如何都会遭殃，
还是如果我相信恩典我就不会失败？"

235

英雄

他闪避他们抛出的每一个问题:
"皇帝跟你说些什么?""留点余地。"
"世界最大奇迹是什么?"
"乞丐树下[1]的赤身人乌有。"

有些人咕哝:"他是为了追求效果而含糊其辞。
英雄有名声,就应该有义务。
他太像个不起眼的杂货店老板。"[2]
很快他们又直呼他的名字。

看得出,唯一不同于那些
从未冒过生命危险的人之处,
是他对细节和琐事的着迷。

因为他总喜欢修剪草坪,

---

[1] 出自谚语"经过乞丐树下回家",意思是走向毁灭或没落。乞丐树下指乞丐聚集处,暗示无栖身之所。对这句诗,奥登曾对人解释:"这是英谚的说法,指拒绝回答一个无礼的私人问题。"富勒说,经过乞丐树下回家,就是走向毁灭,于是乎一个无法适应的人最终沦为赤身裸体,就变成了"世界最大奇迹"。

[2] 奥登把克尔凯郭尔心目中的理想基督徒描述为"婚姻幸福,看上去像一个乐呵呵的杂货店老板,受邻居尊敬"(《序跋集》)。

把液体从大瓶子倒入小瓶子，或透过小块彩色玻璃片看云。

水域

诗人、传神谕者和智者
像不成功的垂钓者
坐在领悟的池塘边,
把错误的要求放在
他们的兴趣的矢径[1]上做诱饵;
入夜时满口垂钓者的谎言。[2]

随着时代无处不陷于暴风雨中,
似圣人者和不诚实者
都紧紧抱住虚弱的假设的筏子;
激怒的现象在席卷而来的
浪潮中,使劲要溺死
受苦者和受苦。

片片水域渴望听到我们提出问题
然后就会释放它们被渴望的答案,但是。

---

[1] "矢径是一条想象中的线,把行星与其轨道中心连接起来。因此成了垂钓者的钓丝,把它伸入'领悟的池塘'里的兴趣的焦点。"(富勒)
[2] "因为垂钓者不敢想象鱼已游走。"(富勒)

花园[1]

在这些门内所有打开发生：
白色叫喊着闪烁着穿过它[2]的绿和红，
那里儿童玩七宗认真的罪
狗相信它们的高身份们[3]死了。

这里青春期把时间能够在石头上
画的完美圆圈敲碎成数字，
肉体原谅分裂因为它把另一个
肉体的同意时刻变成它自己的。

所有旅程死在这里；愿望和重量被升起：
在某个老处女的荒凉周围常有
玫瑰扔掉它们的光荣像扔掉披风，

寒碜者和伟大者，以谈话出名者

---

1 奥登对人解释说："花园里有一个日晷。自我意识和抽象能力随着青春期而来。花园里的恋人们能相爱是因为他们都意识到孤立。"
2 "它"指花园。
3 富勒说，"高身份"指狗的主人。狗暗喻身体，高身份暗喻超我。

说话时在黄昏的凝视中满脸通红
并感到他们意志力的中心已转移。

1940年夏

黑暗岁月 [1]

每天早上从一个无时间的世界回来
五官向一个时间的世界敞开：
  经过这么多年，光
  依然新颖和充满浩瀚的野心，

但是，从她自己那非正式的世界转换过来，
自我感到迷惑而且不想要
  今天早上闪亮的新颖性，
  也不喜欢喧嚣或人们。

因为在这充满野心的一天的门后
站着怀有庞大怨恨的影子们，在它
  包来的知觉海洋外
  畸形的海岸警卫员们陶醉于预感；

低语着的编织者 [2]，悄悄在这个世界出没，
严重损坏文学和赞美的信誉。

---

1 诗集《双重人》（其中包括《新年书信》和《探索》）的最后一首，在诗集中标题为"尾声"，后来又曾改为"1940年秋"。

2 富勒说，编织者（websters）指命运女神。门德尔松说，"低语着的编织者"是难解之谜，词典上的意思是 weaver（编织者），可能暗示蜘蛛。他还引述说，研究者尼古拉斯·詹金斯认为可能是指英国驻纽约新闻处处长韦伯斯特（C.K.Webster），此人对奥登离开英国极为不满。

夏天比我们预期的糟糕：
现在秋天的寒冷已来到水上，

小生命们退休，依靠储蓄和它们
积攒的少量淀粉和坚果度日，很快
　　就会沉睡或旅行
　　或死去。但今年我们童年的城镇

正和树林一起改变肤色[1]，
很多与我们共享行为的，将会
　　把一撮撮碎粒添加进
　　坚定的生命的营养链，

就连我们那消除不了的也衰微
成最低生命迹象，互抱取暖，
　　硬嘴巴软嘴巴者挤成一团
　　在怠惰中等待，只在一片

忧患和死亡的黑暗中呼吸，
而暴风雪毁坏花园，古旧的
　　怪异豪宅不再安全，磨坊水轮
　　生锈，堤堰慢慢崩塌。

炽热的自我是否会一如从前

1　富勒说，这里是指担心伯明翰遭轰炸。

试图再次迁徙到她的老家,
　　到厄洛斯的空中花园
　　和几个月的神奇夏天?

本地慢列车已经停驶,
异端的玫瑰失去它们的香味,
　　而她幽会的康沃尔溪谷如今
　　挤满了粗鲁的恶棍,

父亲的破帽无法把他们挥走,
而这个被幻想支配的插曲把我们所有人
　　引回到迷宫,那里我们
　　要么被找到要么永远迷失自己。

我们需要什么标志才能被找到,我们如何
用意志力使意志知道我们必须知道?
　　荒原是一片先知们的郊野,
　　但是谁见过耶稣,谁只见过

犹大这深渊[1]?岩石又大又坏,
死亡在逐渐稀薄的空气里太坚实,
　　学识在窄门里尖叫,那里
　　事件与时间交换,但不能

1　亦可译为"犹大这地狱"或"地狱犹大"。

分辨什么逻辑必须听从和不听从命运，
或我们被允许遵守什么法律：
  现在没有禽鸟，捕食性的
  冰川在阴冷的黄昏里闪耀，

而死亡触手可及。然而
不管什么情况或过错，
  让嘴唇为将要发生的无论什么事
  作出正式的悔罪，

记忆的时间见证需要的时间，
积极和消极的途径穿过时间
  互相拥抱和鼓励
  在交叉路口的瞬间，

以期高傲的精神会在它能够的时候
带着赞美遵守它的世俗焦点，
  承认一个不朽的，一个
  无限的实质的种种属性，

而慵懒的肉体的败坏结构
对着来自太初的道发出
  响亮的回声，而闪亮的
  光被黑暗所领悟。

1940 年 10 月（？）

隐藏的法则

隐藏的法则不否认
我们的或然性法则,
但把原子和星球和人类
当成它们是的样子,
在我们撒谎时不回答。

这就是任何政府也不能
把它编成法典的原因,
文字的定义损害
  那隐藏的法则。

它极端的耐性不会试图
在我们想死时阻止我们:
当我们在一辆车中躲避它,
当我们在一间酒吧里忘记它,
这些就是我们被惩罚的方式,
  被隐藏的法则。

1941 年 1 月（？）

亚特兰蒂斯

拿定了主意
 　要去亚特兰蒂斯，
不用说你便发现了
 　今年只有愚人船
要做这一次航行，
由于预测将会有
 　力量异常的飓风，
 　因此你必须准备好
行为足够古怪，被当作是
 　那群男孩中的一个，
至少表现得像喜欢
 　烈性酒、胡闹和喧嚣。

要是很可能会发生的风暴
 　驱使你在爱奥尼亚
某个古老海港城
 　抛锚一个星期，接着要跟
她的风趣学者们交谈，那些
已经证明不可能存在
 　亚特兰蒂斯这样一个地方的人：
 　学习他们的逻辑，但要注意
他们的微妙性泄露了

一种单纯的巨大悲伤；
因此他们会教你怎样
　　去怀疑你也许会相信的。

稍后，如果你搁浅
　　在色雷斯的陆岬，
那里一个赤裸的野蛮种族
　　整夜举着火炬
疯狂地随着海螺壳
和刺耳铜锣的响声跃起；
　　在那个多石头的未开化海岸
　　你要脱光衣服跳舞，因为
除非你有能力
　　彻底地忘记
有关亚特兰蒂斯的事，否则
　　你就永远完成不了你的旅程。

再说，要是你去淫逸的
　　迦太基或科林斯，参加
他们没完没了的淫逸；
　　要是在某个酒馆一个骚女人
一边抚摸你的头发一边说
"这是亚特兰蒂斯，小宝贝"，
　　请屏息聆听
　　　她的人生故事：除非
你现在就熟悉

每一个试图冒充
亚特兰蒂斯的避难所，否则
　　你如何辨识真实的它？

假设你最后停靠在
　　亚特兰蒂斯附近，开始
那可怕的腹地跋涉，
　　穿过肮脏的树林和冻结的
苔原，所有人很快迷路；
如果被遗弃后，你站着，
　　到处都难受，
　　石头和雪，寂静和空气，
请回忆那些高贵死者，
　　尊重你所处的命运，
旅行和折磨，
　　对立和怪异。

怀着喜悦蹒跚向前，
　　而即便这时，也许甚至
实际上来到了最后的
　　山口，如果你累倒了
而整个亚特兰蒂斯闪烁
在你底下然而你
　　下不去，你也应该依然
　　自豪于竟然能够有机会
用一种诗意视域

窥视亚特兰蒂斯：
见到了你的救赎，
　　就应该感激和安息。

所有小家神纷纷
　　开始哭泣，但现在
该告别，该出海了。
　　再见，亲爱的朋友，再见：但愿
道路主人赫尔墨斯
和四个矮卡比里[1]，
　　永远守护和侍候你；
　　但愿亘古常在者[2]
为你必须做的一切
　　提供他隐形的指引，
升起他脸上的光
　　照临你，朋友。

1941 年 1 月

1　希腊神话中的水手守护神。奥登对人解释说："卡比里在希腊神话里。也在《浮士德》第二部里。"
2　指神、上帝，出自《但以理书》。

我们相当熟练地掌握辩证法 [1]

我们相当熟练地掌握辩证法,
往下流的溪水怎样变成向上爬的树,
现在我们不是的有一天将会是,
为什么某些相异者相吸,所有相似者相斥。
但何时发出改变状态的信号
是否要由生灵或他们的命运来决定?

就算我们有可能成为伟人
甚或可期望生活富裕,
我们怎么知道这是命运的要求
如同韵脚把真理强加于诗人?
我们需要急匆匆扑向我们的生活吗?
事情必然会在适当的时候发生

并且没有两个生命会保持相同的节拍,
随着年事渐高我们的岁数加速,
每个细胞内部变化过程的步骤
会在我们感到不适时深刻更改,
我们原生质黏液的运动

---

[1] 这是奥登未发表过的诗,收录于2022年出版的《奥登作品全集:诗歌卷 II》,门德尔松编,属于"发表出版前放弃的诗"。这部分诗"已达到完成或几乎完成的状态,而奥登似乎从未把它们拿出来发表或出版"。

会修改我们关于命运的整个看法。

没什么是无条件的,除了命运。
对它下赌注是浪费时间,
跟它斗争则是无可饶恕的犯罪。
我们的希望和恐惧一定不能落伍,
没有任何地区能把自己也包括进去,
评断我们的判刑无异于活在地狱。

不过,假如结果表明我们的钟
实际上竟然已由命运敲定?
一种平静的态度会非常好
假如我们当时有在聆听。
我们敏锐地怀疑我们已经迟了,
我们全神贯注的神情只是假动作,

我们实际上逐渐喜欢上我们的积垢,
并且依我的判断,根本就不在乎
我们等待谁或要等待多久。
无论我们服从什么,它都变成我们的命运,
使那些漂亮小鸟掉进罗网的是时间,
就我们当下而言,我们只是太舒适。

1940—1941 年

教训

在我第一个梦中,我们在逃亡,
跑得很累;有一场内战,
一个山谷充满盗贼和受伤的熊。

农场在我们背后燃烧;向右转,
我们立刻来到一座高屋,它的门
敞开着,在等待它失散已久的继承人。

一个老职员坐在卧室楼梯上
写东西;但当我们踮着脚尖经过时
他抬起头口吃地说——"走开"。

我们哭泣,求他让我们留下:
他抹了抹夹鼻眼镜,犹豫,然后
说不行,他没有权力准许我们;
我们的生活没有条理;我们必须离去。

  *

第二个梦开始于五月的一处林子;
我们一直在笑;你的蓝眼睛很善良,
你优美的裸体没有鄙视。

我们嘴唇相遇,希望全世界都好;
但是它们一碰,突来的火焰和强风
就把你抓走并再次放任我

聚焦于一个辽阔的蛮荒平原,
绝对平坦、绝对死寂和完全干透,
那里没有什么会受苦、犯罪和生长。
在一张高脚椅上我独自
坐着,一个小主人,问为什么
我手中那又冷又坚固的东西
会是一只人类的手,你的手。

　　*

最后一个梦是:在参加某次比赛
或危险测试之后,我们要去出席
一个隆重的宴会和一个胜利舞会。

我们的坐垫是深红色天鹅绒做的,所以
一定是我们赢了;虽然大家都有冠,
但我们的是金冠,其他的都是纸冠。

每一个著名贵宾都俊美、睿智或有趣,
爱隔着无价玻璃杯对着勇气微笑,
而烟火成百成千熄灭,表达

我们习得的粗心大意。
乐队开始演奏；在整个绿色草坪上
一片纸冠之海站起身跳舞：
我们的金冠沉重；我们没跳舞。

　　*

我醒来。你不在那里。但当我穿衣服时
焦虑变成羞耻，感到三个梦都是
想发出一个斥责。因为依我看，难道
每一个梦不正是以各自的方式试图
教我那想爱你的意愿懂得，任何
想要爱的人，如果他们想要他们
被赐予的爱，就不可能是这样的结果？[1]

1942 年 10 月

---

[1] 三个梦都没有好结果。"爱的意愿不可能,是因为爱是一个礼物,需要恩典"（富勒）。"爱是任何人想要爱才被赐予的东西,这不同于想要被另一个人爱"（门德尔松）。

罗马的灭亡

（给西里尔·康诺利）

码头被阵阵浪潮冲击；
雨在寂寥的旷野
抽打一列弃置的火车；
逃犯们拥挤在山洞里。[1]

女礼服越变越花哨；
皇室财库的特工搜捕
潜逃的欠税者，追入
各省城镇的下水道。

民间的魔术仪式
催寺院妓女入睡；
所有文人都保留
一位幻想中的朋友。

孤僻清高的加图也许
要称颂古老的戒律，
但肌肉粗硬的海军士兵
为食物和薪水哗变。

---

[1] 暗指基督徒受迫害。

恺撒的双人床很温暖
而一个无关紧要的职员
在粉红色官方表格上
写下"我的工作很讨厌"。

生来没有财富或同情，
小鸟们双脚鲜红
伏在它们的斑蛋上，
注视每一座患流感的城市。

全都在别处，大群
大群的驯鹿穿越
绵延数里的金色苔藓，
无声而又快速。[1]

1947 年 1 月

---

[1] W. P. 尼科利特在 1972 年一篇关于此诗的文章中写道："我自己的解读，有幸在奥登先生最近一次巡回朗诵期间得到他善意的核实。我的看法是，驯鹿的运动是北方民族转变中的迁徙格局所致，这些北方民族的迁徙最终造成垂死的罗马与日耳曼部族发生直接冲突，而这注定要使罗马遭受致命打击。"奥登在 1966 年所写、死后才发表的长文《罗马的灭亡》里则说："罗马帝国的衰落，原因众说纷纭：经济的种种毛病、出生率下降、亚洲草地枯竭导致野蛮民族迁移、基督教等等。"

在施拉夫特餐厅

吃完了"蓝盘特色菜"
到了喝咖啡阶段,
她坐着搅动杯子,
一个似乎无形状的身影
难以界定其年龄
戴着不惹眼的帽子。

当她抬起视线很明显
我们的全球狂怒,
我们由罪恶和机器
构成的国际喧嚣
和大量濒死之人
并没有被操心。

七重天中哪一重
要对此负责呢她的微笑
并不确定但表明
无论它是谁,一个值得
下跪一会儿的神
已暂时栖身休息。

1947 年 7 月

第六辑 长诗选段（1941—1946）

暂时

　　如果因为[1]

如果因为政治局势
有很多家庭没有屋顶,而男人们
在乡下游手好闲既不醉也不睡,
如果所有航行都取消直到另行通知,
如果眼下在信中说太多是不明智的,以及如果
在普遍低于正常的温度下
两性目前是弱者和强者,应该说
这在每年此际并非不寻常。
如果这些就是我们应懂得怎样去对付的。洪水,大火,
草地的干枯,王子们的受约束,
公海上的海盗活动,肉体痛苦和财政悲伤,
这些毕竟是我们熟悉的困厄,
我们以前都经历过很多很多回了。
如同在自然界,那里空间的占领是真正和最后的事实,
时间则在顺从的兜圈中自动转回来,
而这些属于自然界的事件
一而再地发生但只是一而再地经过,
逐渐变成它们形式上的对立面,

---

[1] 节选自第一章"降临节"第二部分。

从剑到犁铧、棺材到摇篮、战争到工作，因此，把坏事和好事合起来看，由千万种有可能发生的古怪事情编织的图案笼统而一般地讲是恒定不变的。

宣叙调[1]

如果肌肉能感到厌恶,也依然有一个虚假动作要做;
如果心灵能想象明天,也依然有一次失败要牢记;
只要自我能说"我",就不可能不反抗;
只要有偶然的美德,就有必然的堕落:
花园不能存在,奇迹不能发生。

因为花园是唯一存在的地方,但你不会找到它
  直到你到处寻找过它并发现无处不是荒漠;
奇迹是唯一发生的事情,但对你来说它不会明显
  直到所有事件都被研究过并且没有任何发生的事情是你不能
    解释的;
而生命就是你注定要拒绝的命运,直到你同意死去。
因此,不视而见,不听而闻,不问而呼吸:
不可避免的事情是似乎仅仅会碰巧发生在你身上的事情;
真实是使你觉得真的很荒唐的东西;
除非你肯定你是在做梦,否则它肯定是你自己的梦;
除非你惊呼"一定有什么错",否则你一定错了。

---

[1] 节选自第一章"降临节"第四部分。

感觉[1]

我刚逃离一片狂怒的风景：
那里树林震颤于那些狩猎一种
雌雄同体动物的驼背们的叫喊；
一个燃烧的村庄沿着一条小巷狂奔；
带着梯子的昆虫们攻占一个处女的屋子；
在一个充斥着野餐的绿色圆丘上
一群乌合之马踢死一只海鸥。

---

[1] 节选自第二章"天使传报"第二部分。这是"感觉"的话。

直觉[1]

对最后一刻之前那一刻的回忆
就像一剂让人打哈欠的麻醉药。我观察过
一个荒废的行业的昏暗
深谷。导管,水池,运河,
在杂草中困顿;发动机和熔炉
在腐朽的工棚里发锈;而它们的强大使用者
则转化成一堆堆海绵般的烂醉肉体。
在码头和落满尘埃的荨麻深处
躺着意志的废墟;霉菌的领地
扩展成帝国,当偏西的太阳
使空气变阴冷;没有一点声音干扰
秋天的黄昏除了一阵呼噜的鼾声
在它们被淹没的状况上空轰响如
呜咽而没有悲伤的大海。

---

[1] 节选自第二章"天使传报"第二部分。这是"直觉"的话。

思想[1]

　　我近来的同伴
比你的三个幻象还糟糕。我所到之处
纠缠的鬼影都是些无立足之地的形体，
广大省略的面积，消极颜色的
辽阔地区；比任何尖声都高，
一个音符永远继续着；一个尴尬的总数
黏在一个小数的结巴上，
而几乎重合的点已经如此缓慢地
接近了以致它们永远不会相遇。
那里没有什么可以声明或建构：
生存是一件陈旧的厌烦事。

---

[1] 节选自第二章"天使传报"第二部分。这是"思想"的话。

信仰[1]

不可改变神态或言语，
你俩一定要跟从前一模一样；
约瑟和马利亚应该是一对夫妻，
　就像没发生过任何事情。
有一个自然世界和一种人生；
罪使视域破裂，而不是使事实；
因为例外者总是平常
　而平常者总是例外。
一辈子都选择最困难的事情
把它当作容易的，这就是信仰。

---

[1] 节选自第三章"约瑟受诱惑"第二部分。这是"叙述者"的话。

如果我们从不孤单或永远太忙[1]

　　如果我们从不孤单或永远太忙,
也许我们甚至会相信我们知道是不真实的东西:
但没人上当,至少并非总是上当;
在我们浴室里,或地铁里,或午夜时分,
我们非常清楚我们不是不走运而是邪恶,
清楚我们飞去寻求庇护的某个完美国家
或完全无国家的梦,是我们的惩罚的一部分。
　　因此让我们痛悔而不焦虑,因为
力量和时间不是诸神而是来自上帝的易朽礼物;
让我们承认我们的失败但不绝望,
因为所有社会和时代都是转瞬即逝的细节,
传递一个永久的机会
也即天国也许会到来,不是在我们现在
也不是在我们未来,而是在时间的圆满中。
让我们祈祷。

---

[1] 节选自第四章"传唤"第四部分。这是"叙述者"的话。

马利亚在马槽[1]

啊闭上你明亮的眼睛,免得被我
警惕的眼睛危害;受它的阴影保护
逃离我的照顾:你从我温柔的凝视里
能发现什么,除了怎样陷入恐惧?
爱越是否认就只能越是肯定。
　　闭上你明亮的眼睛。

睡吧。从那孕育的子宫你学到什么
除了你父感觉不到的焦虑?
睡吧。我给的这肉体或我的母爱
能为你做什么,除了诱你离开他的意志?
为什么我被选中来教他的儿哭泣?
　　小宝贝,睡吧。

梦吧。在人类梦里尘世升上天堂,
那里没人需要祈祷也不会感到孤单。
在你生命中这最初几小时,啊你是否已经
选中了必然属于你自己的死亡?

---

[1] 节选自第六章"在马槽"第一部分。

你还要多久就踏上你的悲痛路?

梦吧,趁你还能。

希律考虑屠杀无辜者[1]

因为我感到迷惑,因为我必须决定,因为我的决定必须遵从本性和必然性,那就让我向那些我必然是通过他们而造就我的本性的人致敬。

向命运女神——为了她使我变成郡王,使我躲过暗杀,使我在六十岁依然头脑清晰消化良好。

向我父亲——为了他给我提供钱财,满足我对旅行和学习的嗜好。

向我母亲——为了她给了我一个直鼻子。

向伊娃,我的有色保姆——为了她使我养成有规律的习惯。

向我的兄弟,桑迪,他娶了一个高空杂技演员,死于酗酒——

---

[1] 节选自第八章"屠杀无辜者"第一部分,标题是奥登最初在杂志上发表时使用过的标题。这是希律听闻基督诞生,为了确保不遗漏,而下令屠杀所有婴儿前的独白。奥登写历史或古代题材时,经常交织现代场景。奥登在信中向父亲解释《暂时》时说:"例如我们对希律的了解是,他是一个希腊化的犹太人和政治统治者。所以我相应地让他代表达知识分子对基督教的永恒反对——他们认为基督教以主观性替代客观性,以及政治家对基督教的永恒反对——他们认为基督教把国家视为仅仅起了负面作用的东西(见马可·奥勒留)。"希律这个独白开头部分的致敬,即是模仿奥勒留《沉思录》开篇。卡彭特说:"希律被描绘成一个理性的自由派人文主义者——其观点在奥登看来是行不通的——他无法在没有证据(证明基督是神的儿子)的情况下相信,因此只能被迫不快乐地下达大屠杀的命令。"门德尔松说:"奥登的希律混合了自由主义和古典斯多葛主义,后者是另一种没有为无条件(相信)留下任何余地的哲学立场。"奥登曾在为《现代坎特伯雷朝圣者们》一书撰写的文章(无标题)中说:(转下页注)

为了他如此强烈地驳斥享乐主义者们的立场。

向斯图尔特先生，绰号鲤鱼，他指导我研究几何学原理，使我懂得洞察悲剧诗人们的谬误。

向莱特豪斯[1]教授——为了他关于伯罗奔尼撒战争的演讲。

向驶往西西里的船上的陌生人——为了他给我推荐《决心岛上的布朗》[2]。

向我的秘书巴顿[3]小姐——为了她承认我的演说听不清楚。

没有看得见的无序。没有犯罪——还有什么比一个工匠的孩子的诞生更无辜？今天是一个完美的冬天日子，寒冷、明亮和绝对静止，牧羊犬的吠叫传到几里外，伟大的野性群山逼近城墙耸立着，心灵感到强烈的警醒，而今天傍晚当我站在这个高悬于城堡上的窗口，整个由平原和群山构成的万象景观里没有任何痕迹显示帝国受到一种比鞑靼人骑着奔驰的骆驼入侵或罗马禁卫军谋反更可怕的危险的威胁。

大平底船正在河流码头卸载土壤肥料。软饮和三明治也许在客栈里以合理的价格被享受着。私家小园地已经变得很普及。通往海岸的公路直接越过山顶，卡车司机不再携带枪支。事情

（接上页注）"自由派人文主义过去未能产生它所承诺的普世和平与繁荣，甚至未能阻止一场世界大战。"富勒敏锐地指出："把希律描绘成这样一个自由派人文主义者，对希律来说也许是恭维（而这个笑话是一个好笑话），但对自由派人文主义来说就绝不是恭维了。"

1 原文为 Lighthouse（灯塔）。
2 原文为 Brown on Resolution。应该是指 C. S. 福雷斯特的小说 *Brown on Resolution*（《决心岛上的布朗》），只是原文没有用斜体字（表示书名）。没有书名号，直译就变成"布朗论决心"（或"解决"，原文的另一层意思），也即一个叫作布朗的人论决心（或解决）的著作。
3 原文为 Button（纽扣）。

正开始取得进展。已经很久没有人盗窃公园的长凳或残害天鹅了。这个省里很多儿童从未见过一只虱子,店主从未遇到过伪币,四十岁的女人从未躲在阴沟里除非是为了好玩。是的,在二十年中我还是有点作为。还不够,当然。离这里几里远的村子仍相信女巫。没有任何一座城镇有一家好书店能盈利。我们可以期望在屈指可数的时日里人们将有能力解决阿喀琉斯与乌龟的问题。但这仍然只是一个开始。二十年间黑暗已经被逼退几寸。毕竟,什么是整个帝国,整个方圆数千平方公里范围内就有可能过理性生活的帝国呢,如果相对于把它包围着的辽阔地区的茫茫野蛮人之夜而言它不是一小撮光,四面八方全是充满着狂怒和恐怖的漫漫荒野,那里蒙古白痴被尊为神圣而生下双胞胎的母亲立即被处死,那里用喊叫来治疗疟疾,那里有着卓越勇气的战士听从歇斯底里的男扮女装者的指挥,那里切得最好的肉只预留给死者,那里如果人们见到一只黑鸟当天就不再工作,那里人们坚信世界是由一个三头巨人创造的或坚信星辰的运动是由一头暴戾的大象的肝脏操控的?

然而即便是在这一小撮天知道用多少悲痛和流血换来的文明之地范围内,也不得不禁止十二岁以上的人相信妖精或相信"第一因"存在于必死和有限的物体中,仍然有那么多人缅怀以前那种无序,留恋所有激情都沉溺于狂热的放纵的日子。被沉闷追逐的恺撒奔向他的狩猎小屋;在首都的郊区,社会渐渐变得野蛮,被丝绸和香水腐化,被糖和热水软化,被剧院和迷人的奴隶变得无礼;并且无论哪里,包括本省,每日都有新的先知冒出来,重弹野蛮人的老调。

我什么都试过。我禁止售卖水晶和占卜板;我对纸牌扣以重税;法院获授权判处炼金术师到矿场当苦役;桌灵转和摸隆块[1]是法定的犯罪。但都收效甚微。我怎能寄望大众理智起来呢，当例如据我所知我自己的护卫队长也戴着避"邪眼"的护身符，而城中最富有的商人每次做重要交易都要先问问灵媒？

面对那种充满渴望的狂野祈祷，立法是帮不上忙的，那祈祷从我保护的这些家庭里无日无夜地涌出："上帝啊，将正义和真理拿掉吧，因为我们无法理解它们，不想要它们。永生会烦死我们。离开你的天堂，下到我们这水钟和篱笆的地上来吧。成为我们的叔叔。照看婴儿，逗乐爷爷，陪夫人去看歌剧，帮威利做功课，把穆丽尔介绍给一个英俊的海军军官。像我们这样有趣和脆弱吧，我们就会爱你如己。"

理性帮不上忙，而现在就连诗歌上的妥协也不再发挥作用，所有那些讲述乔装成一只天鹅或一头公牛或一阵大雨或不管是什么的宙斯跟某个美丽姑娘上床并生了一个英雄的可爱童话故事。因为公众已经变得太老练了。在所有迷人的隐喻和象征之下，它觉察到那个严厉的命令："像英雄那样行动起来"；在神圣本源的神话背后，它嗅到人类真正的卓越之处，也即责备它自己的卑微。因此，它以一声怒吼，把诗歌踢下楼梯，然后派人去找预言。"你姐姐刚刚侮辱了我。我请求一个应该尽可能像我的上帝。上帝有什么用，如果他的神性包括做些我做不了的难事或说些我听不懂的聪明话？我想要和打算得到的上帝必须是某个我一眼就能认出来的人，而不需要等待看他说什么或做什么。他一定不可以有任何超凡之处。请立刻让他现身，拜托。我讨厌等待。"

今天，根据早上来见我、学究气的脸上露出狂喜的咧嘴而

---

[1] 摸隆块，指颅相学中摸头盖骨的隆起部位。

笑的那三人[1]来判断,这件工作显然已经完成。"上帝已经诞生了,"他们喊道,"我们已经亲眼见到他。世界得救了。别的都不重要了。"

你根本不需要是一个心理学家,就能明白如果这个谣言不立刻扑灭,不用几年它就有能力传染整个帝国,你同样不需要是一个先知就能够预测如果真是这样传染开来的话后果将是什么。

理性将被天启取代。理性法则,也即任何人只要受过必要的心智训练就可觉察到而且对所有人也同样适用的客观真理将被弃置,知识将沦为一场主观幻象的暴动——营养不良诱发的腹腔神经丛里的感觉,高烧和药物引起的天使形象,瀑布声启发的梦境警告。整个宇宙起源论将被某种被遗忘的个人怨恨创造出来,完整的史诗用私人语言写成,学童的乱涂乱画被抬得比最伟大的杰作还高。

唯心主义将被唯物主义取代。普里阿普斯[2]只须搬到一个好地址,把自己称为厄洛斯,就可以变成中年妇女们的宠儿。死后重生将是一场永恒晚宴,所有客人都是二十岁。唯物主义的大众们那种想找某个看得见的偶像来崇拜的需要,将偏离爱国主义中和市民或家庭自豪中的正常而健康的出口,转而涌入完全非社会的、没有任何教育能够抵达的渠道。神圣荣誉将给予银茶壶、浅洼地、地图上的名字、家养宠物、废弃的风车,甚至在极端情况下——而极端情况将变得越来越普遍——给予头疼,或恶性肿瘤,或下午四点钟。

怜悯将取代公正,成为最重要的人类美德,所有对惩罚的

---

1 指三贤人(东方三博士)。
2 男性生殖之神。

恐惧将会消失。每个街头闲荡者都将恭喜自己："我是这样一个罪人，上帝也必须亲自下来救我。我一定是个魔鬼似的家伙。"每个骗子都将据理力争："我喜欢犯罪。上帝喜欢宽恕犯罪。世界确实被安排得羡煞人。"每个年轻警察的野心将是确保一次临终忏悔。新贵族将仅仅由隐士、流浪汉和永久残疾者构成。外粗内秀者、肺痨病妓女、孝敬母亲的土匪、善于跟动物相处的癫痫症姑娘将成为这出新悲剧的男女主人公，而将军、政治家和哲学家将变成每出闹剧和讽刺剧的取笑对象。

当然不能允许这类事情发生。必须拯救文明，即使这意味着派来军队，如同我觉得理当如此。多么可怕。为什么最终文明总是要叫来这些职业收拾者，对他们来说，指示他们去消灭毕达哥拉斯还是消灭一个杀人狂魔反正都一样。天哪，为什么这个可怜的婴儿不出生在别处呢？为什么人们不能理智呢？我不想成为一个可恶的人。为什么他们看不出一个有限的上帝这种想法是荒唐的？因为这是荒唐的。仅仅为了辩论起见，那就假设这不是荒唐的，这个故事是真实的，这个孩子以某种难以解释的方式竟然既是上帝又是人，他长大成人，活着，死去，而没有犯过一次罪，那又怎样呢？这会使生活更好吗？相反，这会使生活糟糕、糟糕多了。因为这只能意味着：一旦上帝向他们展示怎样做，他将期望每一个不管有钱没钱的人都过一种在肉体上和在尘世间无罪的生活。如此一来人类真的就会坠入疯狂和绝望。而此刻对我来说这将意味着上帝已经赋予我权力去摧毁他本人。我拒绝上当。他不可能玩弄一出这么恐怖的恶作剧。为什么他这么不喜欢我？我像奴隶一样工作。你随便去问一个人。我毫无遗漏地阅读所有官方快报。我进修演讲术课程。我几乎没接受过贿赂。他怎么竟敢让我来作决定？我努力做好人。我每夜刷牙。我已经有一个月没有性事。我反对。我是一个自由派。我要大家都快乐。我希望自己没有被生下来。

海与镜

因为在你的影响下 [1]

因为在你的影响下死亡是不可想象的:
　　在穿过冬天树林的步行道上,一只鸟的干尸
会以崭新的影像刺激视网膜,
　　一个陌生人在喧闹大街上悄悄昏倒
是非常活跃的揣测的开始,
　　每当某个亲爱的肉体消失
就真实体会到悲伤;多亏你的效劳,
　　寂寞者和寡欢者都活得生机勃勃。

但现在这些沉甸甸的书对我都没用了,因为
　　我所到之处,文字都没有重量:所以
最好是让我把它们迷人的高论
　　都交给大海的无声溶解,
大海不滥用什么,因为大海不重视什么;
　　而人总是高估一切,
然而当他知道价格与它的估值挂钩,
　　却痛苦地抱怨他被毁了,他当然是被毁了。
因此国王们奇怪他们拥有百万臣民

---

[1] 节选自第一章"普洛斯彼罗致爱丽儿"。

却不明白他们中任何人的想法，引诱者们
真心地对自己无能力爱他们有能力占有的人
　　而感到迷惑；难怪很久以前，
在与鬼魂们交易时，我因拿一座城市，
　　拿共同的温暖和动人的物质，换取一个礼物
而在一艘敞篷船上痛哭。如果跟青春
　　一样邪恶的老年看上去有任何更明智之处，
那也只是因为青春依然有能力确信
　　它可以做任何错事而不受惩罚，而老年
则太清楚它未曾做过任何不受惩罚的错事；
　　孩子跑去花园里玩，深信
家具将继续上它的默想课，
　　五十年后，如果他还玩，他将
先请求它允许他走开一会儿。[1]

---

1 奥登对人解释说，"家具"等等，是说"孩子觉得，物件是他能够信任的人；成年人有小孩没有的必须去工作的责任感和义务感"。

当我回到几个海洋外的家里[1]

  当我回到几个海洋外的家里,在米兰,
并意识到我将永远不能再见到你了,
  在那里,也许并不会对不再有趣
感到那么可怕,而只是一个老人
  跟别的老人一样,眼睛容易
在风中流泪,脑袋在阳光下打盹,
  善忘,不灵活,有点儿邋遢,
并且喜欢这样。当仆人们把我扶到花园中
  某个遮蔽良好的角落的椅子里,
给我披上围巾盖上小毛毯,我是否能够
  阻止自己告诉他们我在做什么——
独自航行,在七万哗深的海上——?
  然而如果我说出来,我将一声不响沉入
无意义的深渊里。我可以学习受苦
  而不对受苦说几句讽刺
或好笑的话吗?我从不怀疑真理的道路
  是一条沉默的道路,亲昵的闲谈
也是一次强盗的埋伏,就连优美的音乐

---

[1] 节选自第一章"普洛斯彼罗致爱丽儿"。

也是骇人的唐突；而你，当然没有告诉过我。
如果我诚实地坚持不懈，每一刻都努力，
　并且运气好的话，也许到死神宣读
他的难题，我就可以渐渐懂得
　月光与日光之间的差别……

唱吧,爱丽儿[1]

唱吧,爱丽儿,
甜蜜地,危险地,
从那又酸
又消沉的水里,
清亮地从
那打盹的树里,唱,
来迷醉、来斥责
这颗狂怒的心,
就用一首比这粗糙世界
更光滑的歌,
无感觉的神啊。

精彩地,轻轻地
唱离别,
唱肉体和消亡,
不焦虑的神啊,唱,
向人,意思是我,
当他此刻,意思是永远,

---

[1] 本诗为第一章结尾,普洛斯彼罗告别爱丽儿。

在或不在爱着，
无论那是什么意思，
颤抖着踏上
那进入不安的
寂静旅程。

但要是你未能保住你的王国[1]

但要是你未能保住你的王国
并且像从前你父亲那样，遇到
被思想谴责和被感觉嘲笑的场合，
那就相信你的痛苦：赞美灼热的岩石
烤干了你的欲望，
感谢潮汐的严苛处理
将你的骄傲溶解，
旋风也许会安排你的意志
而洪水也许会释放它
去寻找沙漠中的泉水、大海中
果实累累的岛屿，那里肉体和心灵
终于解脱，远离不信任。

---

[1] 节选自第二章"配角，低声地"。

米兰达的歌[1]

我亲爱的人是我的就像镜子是寂寞的,
就像穷人和悲哀人对好国王是真实的,
而绿色高山总是坐在大海边。

那黑色人从接骨木背后跳起来,
翻了一个筋斗挥着手跑开;
我亲爱的人是我的就像镜子是寂寞的。

女巫发出一声尖叫;她分泌毒液的身体
融入光中就像流水离开泉眼,
而绿色高山总是坐在大海边。

在他的十字路口,老年人也为我祈祷;
在他消瘦的脸颊欢乐的泪水流淌:
我亲爱的人是我的就像镜子是寂寞的。

他吻醒我,而没人感到难过;
太阳照亮船帆、眼睛、卵石和一切,

---

[1] 节选自第二章"配角,低声地"。门德尔松认为这首维拉内拉诗是奥登所有抒情诗中最微妙和精细的。

而绿色高山总是坐在大海边。

因此,想想我们改变中的花园,我们
紧密相连如同围成一圈跳舞的儿童:
我亲爱的人是我的就像镜子是寂寞的,
而绿色高山总是坐在大海边。

卡利班致个别观众[1]

那么，陌生的年轻人，你已经决定从事这个魔术师专业了。某处，在一个盐沼中央或家庭菜园尽头或一辆巴士顶层上，你听见被囚禁的爱丽儿求救，于是现在你有一张解放者的脸从每天早晨修脸的镜子里恭喜你。当你没戴帽子走在寒冷的大街上，或坐在一家廉价餐馆的角落里喝咖啡吃炸面圈，你的秘密已经把你与吼叫的商人和做交易的群众分隔开来，带着入迷的厌恶望着乱哄哄乱碰乱撞鱼贯而过的令人难堪的逐利的手肘和处于爱交际的求财状态的迷茫的眼睛。夜里你醒着躺在单人床上意识到有一股力量可使你熬过寄宿公寓的墙纸或你家中昂贵的中产阶级的恐怖。没错，爱丽儿很感激；他确实一叫就来，他确实告诉你他在楼梯上无意中听到的全部闲谈，他透过钥匙孔窥

---

[1] 节选自第三章"卡利班致观众"，本选段是卡利班对观众中的个别观众（作家、诗人、艺术家）说的话。标题系译者所加。在奥登看来，卡利班代表大自然，他有个性化的力量但没有表达的力量；爱丽儿代表精神，他有表达的力量但没有个性化的力量。在本选段中，爱丽儿的求救意味着艺术的召唤，释放爱丽儿意味着释放作家的想象力。爱丽儿是忠实的仆人，最初两者的关系非常融洽，但慢慢恶化。作家到一定的时候，想摆脱爱丽儿，因为作家想得到普通的人类拥抱而不是把所有人都转化成艺术素材。但是，在长期滋养了艺术想象力之后，很难摆脱它。危机之后，他只能陷于惩罚性的孤独中。本章刻意使用亨利·詹姆斯式的繁复风格，有人认为这比奥登自己的风格更奥登，奥登对此感到惊喜。奥登自称本章是"我的'诗艺'，如同我相信《暴风雨》是莎士比亚的'诗艺'，也即我在尝试某种在一定程度上荒唐的东西，以期在一部艺术作品中展示艺术的局限"。所谓"诗艺"，是指贺拉斯式的诗学剖析。

见的全部勾当。他真的愿意促成你提出的任何要求,而你也很快就懂得应该发出哪些命令——谁应该在打猎事故中丧生,哪对夫妻应该被送去铸铁造的避难所,哪种气味会刺激一个挪威工程师,怎样把年轻主人公从乡下律师事务所送到公主的欢迎会,什么时候把信件放错位置,应该在哪里使内阁大臣想起他的母亲,为什么那个不诚实的仆人必须成为消化不良的牺牲品却能够免于患上普通感冒。

随着快活而富有成果的几个月流逝,尽管有烦躁的沮丧日子,尽管有尴尬的误解时刻或不如说回顾起来已经是快乐地消除和克服的时刻,可也恰恰是因为它们,你渐渐确定无疑地掌握要诀,最初如此新颖和困惑,那种神奇与熟悉之间的关系,其职责是以生动的具体经验维持你观念上的无穷胃口。而随着几个月变成几年,随着你创造奇迹的浪漫经历变成一种经济习惯,那使你自己也坦白承认并且不带同情地感到茫然不知所措的发生在我们贫困而沉闷的广大世界上的善或恶的遭遇,那对你来说并不完全熟悉的人类极度兴奋与极度疲惫的整个周期中的反常阶段等等,也逐渐变得稀少。没有任何不管多么纤小的感知,没有任何不管多么微妙的观念能躲得过你的注意或妨碍你的理解:在进入任何房间时你立即就能认出谁是把吃了一半的水果扔掉的浪费者,谁是整个夏天都把水果装瓶腌制的保存者;当乘客排队步下轮船的舷梯你可以准确地猜测哪个行李箱里藏着猥琐小说;你只需要谈论五分钟天气或临近的选举就可以诊断出任何坏情绪,不管表面多么自信,因为那时候你的眼睛已经瞄到谎言取得平衡的瞬间嘴唇的颤动,你的耳朵已经闻到跃动的双腿决意要去阻止的心脏的低声抽泣,你的鼻子在爱的呼吸上探测到那种预示着他的早死的厌倦迹象,或开始在学者大脑基部上闷燃着的将于几年后随着一声骇人的大笑而爆炸的绝望:在每一种情况下你都可以开出对治的处方,立刻知道何时是温和的因而该采取补救,何时只需要轻柔的音乐和一个漂亮姑娘,何时必须果断采取手术,何时除了政治上的失宠或财政上或情欲上的失败之外做什么事情都不会有任何成效。如果当眼睛、耳朵、鼻子、综合判断等等全都是他的,而你的则只是那种想知道的原始愿望的时候,我却似乎把这些力量都归功于你,那也是因为这是一种修辞习惯而已,这习惯是从你那些主要是青少年和女性仰慕者那里学来的,他们对于他们其实应该感谢和赞赏谁都天真得一无所知,而你也因为这只是乏味的准确性问题而懒得去纠正他们。

不管怎样,这种搭档取得了辉煌的成功。你们继续合作,夺取更大也更快的胜利;累积的成果越是重大,风格就越是驾轻就熟,即使在苍白的说教的最坏的时候也显得合情合理,而在最好的时候则是庄严宏伟的丰富红艳的个人鲜花,直到有一天,而你当时或后来都无法确定究竟是哪一天,你那奇异的狂热达到它的危机,从此也许会非常缓慢地开始消退。最初你无法说清楚到底发生了什么或到底是怎么回事;你只有一个模糊的感觉,觉得你们之间已经不再像从前那样顺利和甜蜜。酸楚的沉默开始出现,最初只是偶尔发生,但逐渐地变得越来越频繁和拖长,那是些你一生中怎么也不会要求去制造的糟糕情绪,而他一声不吭地站在一边等待命令只会莫名其妙和疯狂地使你心神不定,直到没多久,使你大感诧异的是,你听见自己在问他想不想去度个假,然后又震惊于你极度失望的感受,因为他,这个迄今为止如此即刻和不顾一切地领会你最轻微的暗示的精灵突然木讷地说"不"。事情就这样从恼火的坏演出变成绝望的最坏，直到你在绝望中意识到你们别无他法只能分离。为了这个不是滋味的任务你凝聚所有力量，结果却只能勉强结结巴巴地或大声地喊出"你自由了。再见"，但让你错愕的是那个在所有狂喜岁月里其服从一直堪称完美的精灵现在却拒绝退让。你怒气冲冲大步走向他，盯着他眨也不眨的眼睛，突然停下，整个人呆住了，恐怖地看着那双眼睛里反映的并不是你以前总是预期会看到的东西，一个征服者面对一个征服者，双方都许诺众多高山和奇迹[1]，而是一个对你来说实在太不熟悉的攥着拳头的叽叽咕咕的怪物，因为这实际上是你第一次遇到你拥有的唯一对象，他不是一个顺从于魔术的梦而是那个你不得不承认属于你自己的坚固得不能再坚固的肉体；你终于跟我[2]面对面了，并惊慌失措地发现我在任何意义上都远远不是你爱吃的菜；在批评家眼中是如此奇妙和顺从地出现在你每一页虚构出版物中的那种镇定和那种因为完全理解所以完全宽恕的平静而善良的本性是多么地欠奉。

---

1 "许诺众多高山和奇迹"，一个法语习语直译成英语的句子，意为许诺众多好处和令人羡慕的惊喜事物。
2 指艺术家开始面对自己的反面：暴戾的卡利班的凶残和野蛮。

卡利班致一般观众[1]

人生的旅程——那种潦倒的幻灭形象仍然可以把它的特征表达出来——无限地漫长而它种种可能的终点则无限地彼此远离，但实际用于旅行的时间却又无限地少。旅行者计量的小时乃是他在三四个决定性的短暂交通时刻之间休息的小时，他只需要有这些短暂时刻就足以使他整个旅途畅通无阻；他观察到的壮丽或枯燥的风景乃是他从月台或岔线瞥见的；他激动或尴尬地想起的事件则发生在等候中或厕所里，排队买票时或包裹房里：正是在这些随机联系的杂乱地点，在那种预期的坐立不安的气氛中，他交友和树敌，他承诺、坦白、接吻、背叛，直到要么因为他一直期待的人出现了，要么因为他生气了，发誓要带着当初那个一起走，或因为他获得一张免费车票，或仅仅因为被误导或自己搞错了，一列火车抵达而他就这样登上去：它长鸣——至少他后来以为他记得它长鸣——但他还没来得及眨眼，它就已经再次停下来，而他就站在那里紧抓着破旧的旅行袋，被完全陌生的气味和噪音包围着——而它们强烈的气味和噪音又多么熟悉——那更接近蛮荒之地的辽阔而重要的连绵一片，那寂静而残破的终点站，而他将在适当时候被放置在那里，

---

[1] 节选自第三章"卡利班致观众"，本选段是卡利班对观众中的一般观众说的话，标题系译者所加。普通人进入成年后，必须面对他们是什么与他们应该是什么之间的差异。他们必须在"习惯之乡"与"确定性之乡"之间做出选择。

邋遢而孤身一人。

没错,你已经有了一个明确的开始;你已经离开你很久以前在农业外省的家,或远在城郊冻原的家,但不管你是已经在这附近停留多年还是刚刚气喘吁吁地乘坐那些一分钟一分钟不断抵达的本地慢列车的其中一列来到这里,这仍然是你唯一的总站,偶尔有快列严肃而阴郁地从这个堂皇地一般的地方开往某处,而这里仍然有可能让我提议你不要再走得更远了。毕竟,你将不会感到比你现在修过脸吃过早餐的状态更好,这里有餐馆和理发店可供无限保养;你将不会感到比你现在更安全,因为现在你知道你有车票,你有准备就绪的护照,你没有忘记收拾你的睡衣裤和一件额外的干净衬衣;你将永远不会再拥有跟你在这些贴满海报的大堂拥有的对所有充满当下的或历史的兴趣的神圣迷人的景点了如指掌的同样机会——坚持要到达某处将必然要排除别处;你将永远不会看见比你在这周围看到的更欢快更多姿多彩的人群,与你一起感受那些对他们来说兴奋的事情仍有可能发生的人的那种跳动的、被压抑的兴奋。但是你一旦离开,不管朝着哪个方向,你的下一个停靠站将远在这个如此民主地挺身维护你希望做演员的权利的习惯之乡以外,而深深地置身于那些同样陌生、不舒服和暴虐的,要么失败要么成功的确定性之乡的范围内。

附笔

（爱丽儿致卡利班，提词人应和[1]）

别再流泪了但可怜我，
你的跛行投下的飞快
而执着的影子[2]，终于被逮住，
无助地爱上你，
优雅、艺术、着迷[3]，
　着迷于这
　单调的必死性；
别让我受侮辱，
忠实于你的缺陷：
我可以歌唱而你回答
　　　　……我

不奢求什么免得你损坏
这双眼睛里的完美，
它们全部的奉献
都任由你的意志摆布；

1　"提词人应和（或回声，或重复）"其实只有一个字，就是诗中的"……我"（…I）。
2　"影子"句指上句的"我"。
3　"着迷"句指上句的"你"。

别诱惑你盟誓的同志,——只有
　　当我是我我才能
　　把你当你来爱——
为了我的伙伴孤独,
为了我的健康有病:
我将歌唱如果你哭泣
　　　　　　……我

别希望说再见,
因为我们的昏睡已达到
即便上天的仁慈也不敢碰,
地上残暴老实的大鼓也不能;
这很久以前已注定,
　　我们都知道为什么,
　　都能够,唉,预言,
何时我们的虚假会分裂,
我们会变成什么样,
一声蒸发的叹息
　　　　　　……我

　　　　　　　　　　1942 年

焦虑的年代

最好是这样而不是野蛮人的暴政[1]

最好是这样而不是野蛮人的暴政。
历史时不时讲述
蓄意的恶行,智慧无非是
一句没有动词的感叹语,
不信神的人如绿雪松生长
在正义废墟上。被铁铲掀开的
缄默的土地用一层层被抢掠的庙宇
和死去的平民发出警告。他们曾安居
在它们被耕种的中央,他们心灵晴朗,
他们五官分明;他们肉体依托
在美丽骨头上;他们轻松地
度过人生;他们爱他们子女
并动用他们所有感官来给
细节世界增添乐趣。波浪和鹅卵石,
野猪和蝴蝶,白桦和鲤鱼,被他们
描绘成人物,仿佛有名有姓的
邻居的肖像;你从他们那里了解到
一片叶子有何感受。黄昏时分在湖边

---

[1] 节选自第一章"序幕",诗中人物安布勒回答昆特。昆特说:"这世界需要一次洗涤和一周休息。"

他们歌唱天鹅和离别,
温顺,不好斗,如同月亮升起
和芦苇瑟瑟;仪式指定
品味和质感;打动他们的更多是
香味的光谱而不是斯巴达式的道德,
艺术而不是行动。但是,哪里会料到,
当钟声在开花的月份絮叨,
近视的学者在运河小路上定义
他们的术语,而仰慕者们把年轻的心
怀着的希望公开的时候,突然从北方,
从黑冻原,从玄武岩和地衣,
矮壮的外围民族,散发酸腐味,
骑着马,肚子里急需
猎物和牧场,沿着绿草路线而下
沿途追踪,来取猎他们所属的
一连串微笑的城市。剑和箭粗鲁地
跟他们的平静搭讪;他们的气候
知道火和恐惧;他们倒下,他们流血,
没留下一只睁开的眼;全部消失:
这之后他们只有彻底被遗忘。

那倒不如让我们[1]

   那倒不如
让我们考虑穿越时间的旅行者
那无休止的当下吧,他疲惫的心灵
偏向宏大,因为他的肉体必须
夸张着来存在,他被希望控制,
充满占有欲,寻求他自己那个
逃遁的自我却又害怕找到它
当他从生到死跌跌撞撞经过,
被疯狂威胁着;他那羞怯或吹嘘的
存在模式,乃是同时既外在
又内在于他自己对
个人形态的要求。他纯粹的自我
必须陈述并迎接他的本我——
那个使他感到他在思想,感到他的过去
就是现在预定好的死亡的力场——
还必须问他是什么然后才成为什么,
并通过省略和强调来创造意义,
渴望成为别的。一切存在的事物

---

[1] 节选自第一章"序幕",诗中人物马林的对白。

都对人重要；他在乎发生什么
并感到是他的过错；一个堕落的灵魂，
有能力去放置，去解释他的世界里的
每一个什么，但为什么他既不是
上帝也不是好人，这一有罪感
是难以解决的最后事实，给他私人的
需求核心、他著名的目标注满了
不可理解的综合恐惧，恐惧于
自己不是他知道在这世界存在之前
他就被意志力驱使去成为的东西。

我十六岁的时候[1]

  我十六岁的时候
每晚睡觉前总是要想象岬角上
那座我希望有一天能拥有的房子。
它的长窗俯瞰大海,
它的草皮平台屹立在阳光充沛的
僻静小湾上。一道螺旋状楼梯
从花园围墙一个绿闸延伸到
下面的悬崖上,那是通往我的海滩的
唯一入口,海滩上游泳者在浅蓝色
波浪旁晒太阳。虽然有一个特殊的,
但各式朋友都是那些自由地向我
倾吐他们的秘密的人;但我钱包里
稳妥地保存着储藏室的钥匙,
那里一块滑板隐匿着的
无人知晓的兴奋会在晚上带我
穿过黑暗直达我下面的船坞,
一间在白垩山壁里凿出的密室,
私人而完美;从那里出发

---

[1] 节选自第二章"七个时代",诗中人物罗塞塔的对白。

独自驾着我的小艇穿过低矮的隧道
驶到外面的海洋,而其他人都睡着,
我微笑歌唱乘风破浪直到黎明,
快乐,不戴帽。

三个梦[1]

I

多么安静;马群
已移入阴影,母亲们
已追随她们迁徙的花园。

锅形冰碛上的麻鹬
预示时间的终结,
悖论的末日。

但单相思的叹息从
那些不能把自己包括进去的
悲惨的贪婪地区升起。

对着池塘打水漂的
长雀斑的孤儿
停止寻找石头,

---

[1] 节选自第三章"七个阶段",分别是马林、昆特和安布勒的对白,但后来奥登把三首诗重新组合,题"三个梦",并作为一首独立的诗收录在诗选里。另,第一首在重新组合前曾独立发表过,标题为"正午"。

并希望自己是一艘汽船,
或乌鲁克和乌玛那位高声的
暴君卢迦尔扎则西[1]。

II

光在圆圆的
山丘上游动,
那里小僧侣们
在黑暗中起床。

虽然猛烈的火山
在他们睡眠中对着
绿色世界低吼,
在他们修道院里

他们坐着把幻象
翻译成
武装的城市的
粗俗行话,

城市里新娘们

---

[1] 乌鲁克和乌玛皆为苏美尔城市,卢迦尔扎则西是苏美尔最后的国王。

穿过大门抵达
而强盗们的骨头
在绞刑架上晃荡。

III

一脸严峻
弯身前倾,
朝圣者们喘着气
爬上陡峭的河岸,
头戴巨帽。

我大喊着朝
另一个方向跑,
欢快,没人追,
开襟衬衣飘扬,
吉他丁丁响。

1946 年

被这些十字路口查问[1]

被这些十字路口查问,我们的共同希望
回答说我们必须分开;成双成对
骑自行车,坐平底船,或踉跄的慢列车,
作为流浪汉或躺在卧铺上,
驶在长满杂草的水域,爬上蜿蜒的乡间路,
沿着罗马人建造的理性大道,
越过或进入,在下面或围绕
阴郁的藓沼或突现的高山,
耕地或湿地或工厂区,
或左或右直到兜完圆圈
我们又再见。

---

[1] 节选自第三章"七个阶段",罗塞塔的对白。

当我戴上手套准备[1]

当我戴上手套准备
另一天的长途驾驶,
眼前风景充满着活力:
百万富翁们的侄女
在露天平台上吱吱喳喳,
农家妻子们在溪边
石头上捶着衣服,
一个医生的丝绸帽
在树篱顶上飘舞
当他在深巷里赶路。

他们和他们的一切都如在家中,
也许会爱或恨他们的年龄
和他们身体尺寸要适应的床;
只有我没工作
除了无穷尽的旅程,欢乐
是车轮的呼啸声,连绵几里的
月光掠过的嘶嘶叫,

---

[1] 节选自第三章"七个阶段",安布勒的对白。

悲伤是瞥见一张其独特美
不能被要求随我
而改变的脸。

或者难道每个人都像我这样
看待他自己,像朝圣的王子,
他的生命属于他的追求,
对真理,对高挑的公主,
对埋没的黄金和圣杯,
对那唯一惦念的重要事情:
它不在此时此地如同这世界,
他在其中穿行探索,而似乎别人
都一个个拥有它的秘密?

光与一片安适之地合作[1]

光与一片安适之地合作,
　　河流随意地蜿蜒
穿过麇集在潮湿牧场上的绣线菊,
　　经过衰朽的宫殿,
那里,挤满观景楼,生来
　　为了骑马和优雅地跳舞的
害怕污名的美好旧家族在眺望。

但在沼泽地的边缘现代化地
　　闪耀着有更直白的心灵的
更实际的人们的更光亮的家庭,
　　而沿着度假者的海岸
分散在酒店与赌场之间,
　　前君主们一边回忆战争
和华尔兹舞的往昔,一边等死。

---

[1] 节选自第三章"七个阶段",罗塞塔的对白。

虽然沙丘仍遮挡着视野[1]

虽然沙丘仍遮挡着视野
　　看不到闪亮的海滨，
但通过某种隐隐
　　不安的刺激感
我已经知道海洋在近旁。

因为风和悲鸣的海鸥
　　正在说些什么，
或试图想说，关于时间
　　和这颗会被肉眼的势利者
不屑一顾的焦虑之心。

---

[1] 节选自第三章"七个阶段"，马林的对白。

年轻英雄的额头[1]

年轻英雄的额头
至今还没被战斗吻过,
但他知道他对命运的反抗
是多么必要,
于是,当他已经平静了,便扬帆
穿过雕刻在悬崖里的
威严面孔之间的峡谷
朝着世界的统治权驶去。

而温柔的大多数也并不
害怕,但是,猫头鹰似的
泰然自若地在他们的玻璃球里的
已婚夫妇们带着深情
向疾驰而过的强盗们
挥手,博学者在肥沃的
平原上,在飞舞的
群花中间放松。

---

[1] 节选自第三章"七个阶段",安布勒的对白。

但那个机缘命令他
说出所有人的痛苦遭遇的
孩子的游戏则不然:
因为他违抗自己的意志
希望自己迷路,而他的恐惧
把他引向大雨倾盆的山谷,
那里有着遮棚似的愁眉的农夫
正郁闷地守卫水闸。

而他的脚步跟着溪流
经过生锈的机器
去到它阴暗的源头,那道有荆棘
阻挡通往冥界入口的
最初的裂隙;
那里寂静祝福他的悲伤,
而最使他畏惧的是那
不应允也不解释的黑暗。

勘探工的谣曲[1]

当劳拉以惯常的姿势躺着
并愉快地仰起她朝北的脸颊，
她那有希望的小密林的誓约多么撩人，
而我一举抵达的随便性又多么丰盛。[2]

---

1 节选自第五章"假面舞会"，昆特所唱的一首"来自一位老勘探工的谣曲"。
2 这首看似文雅又充满性暗示的诗，其实是一首双义诗，其关键词都是矿工行话，另一层意思大致是：

当矿层呈水平状卧着
并令人满意地使其矿脉北侧断层上移，
它那有希望的矿井褶皱多么让人高兴，
我在矿井顶端顺着矿脉方向作业的空间多么宽裕。

宁静的是群鹰的湖[1]

宁静的是群鹰的湖
随着我们的激动而明亮,
一整片布满头骨的天空
随着猩红色玫瑰放光;
人和盐的融化者
羡慕铁的豪饮者:
意义的一面面大胆旗帜
燃烧在日子的主人头上。

---

[1] 节选自第五章"假面舞会",罗塞塔与安布勒的合唱。这首诗使用了北欧古诗"王者体"(dróttkvætt)。除了格律外,还必须有隐喻语或曰指代语,例如以"鲸鱼路"指代大海。奥登对人解释说:"隐喻语是天地水火(空气、土、水、火)。"又说:"前四个隐喻语是四大元素。意义的旗帜、日子的主人可以说是意识和历史。"由此而得知"群鹰的湖"指天空。

然而诗人们高贵的绝望[1]

然而诗人们高贵的绝望
完全不是那回事；这是愚蠢的：
拒绝时代的任务并在
忽略我们的生命时
高喊:"悲惨邪恶的我啊，
我是多么有趣。"
我们宁愿被毁灭也不愿被改变，
我们宁愿在我们的恐惧中死去
也不愿爬上当下的十字架
让我们的幻觉死去。

---

[1] 节选自第六章"尾声"，马林的沉思。

第七辑 （1948—1957）

在途中[1]

在两种恐惧[2]的交叉处被放出来,一个被
　　普通职员和工程师联合选定的点,
在一块湿地,面对汹涌的海洋,从未被恺撒们
　　或某种笛卡儿式怀疑入侵过,我站着,
苍白,半睡半醒,吸入它的新鲜空气,有着
　　如此浓烈的泥土和青草味,劳累和性别味,
但不太久:一位专业朋友就在身边
　　带着微笑把我们领进户内;我们鱼贯跟着,

服从那个专门为可能会被池塘引诱进去
　　或向一个衣衫褴褛者学来恶心诡计的
神经病人和你不能信任的儿童而保留的
　　温情的紧迫声调。透过现代窗玻璃
我欣赏一座我不会被允许去爬的石灰岩山
　　和好像反常地太早出现的落日时分
珍珠似的云朵:也许一个有野心的小伙子会回看,
　　梦想别的地方和我们神一般的自由。

在某处是一些我们实际去过的地方,一些

1　最初标题为"机场"。
2　富勒认为"两种恐惧"可能是指中转机场所联结的两次飞行,也可能是普通职员和工程师对安全的共同担忧。

我们的行为和面孔的亲爱空间，一些在我们记忆中
因为我们已改变而显得像不变的场景，那里商店有名字，
　　狗在黑暗中对陌生人的脚步声吠叫，
庄稼逐渐成熟，牛群在某个地方神
　　或地方女神的仁慈保护下长胖，
他或她的感情被指派给它们，注意它们的需要
　　并在天堂里为它们地位问题的特殊个案做申辩。

也是在某处，各自独特，他的边界
　　把过去与未来分开，抵达和跨越而无须警告：
那座桥，一位年老的摧毁者最后向它致敬，
　　在他背后所有对手都摇尾乞怜，笼子里的
或死去的，在一片愤怒的田野前面；还有那个狭窄的关卡，
　　那里
从阴郁的童年来迟了，一个新创造者焕发光彩
屈服于一种男孩似的狂喜，他上面是哥特式野山峰，
　　下面是意大利阳光，意大利肉体。[1]

但这里，我们在无处，爱或恨都跟
　　日子或大地母亲没有关系；我们的职业
没有在这地方或在彼此身上留下任何痕迹，我们彼此
　　不是在它的围墙内相遇而是作为暴露的对象
供人猜测，是侵略性的生灵，
　　正前往他们的猎物的途中但现在很温顺，

---

[1] 指涉歌德的《意大利游记》。

被要求等待，被一个声音控制，它时不时呼叫
　　某个等级的灵魂到闸口汇集。[1]

它再次呼叫我登上我们的飞机，很快我们便漂浮
　　在一个着魔的拥挤表面之上，一个世界之上：下面
各种动机和自然过程被春天激起
　　而坏事和坟墓翠绿地生长；采石场的奴隶们
违抗他们的意志感到活下去的意志被一只
　　放松的鸟儿的歌声更新，有斑污的城市
透过文盲圣徒们的祈祷而获得宽恕，而随着
　　一条河流的崩溃古老的世仇重又展开。

1950年4月

1　指涉但丁的炼狱。

赞美石灰岩[1]

如果它形成使我们这些变幻无常者
　持续地思乡的风景，这主要是因为
它溶解在水中。留意这些圆形山坡，
　连同它们表面百里香的芬芳，以及下面
一个由洞穴和渠道构成的秘密系统；聆听
　从到处咯咯笑地冒出的一个个泉眼，
每一个都为游动着鱼儿的私池注满并雕刻
　它自己的小沟壑，其小悬崖款待
蝴蝶和蜥蜴；检视这个由种种
　短距离和明确地点构成的区域：
还有什么更像母亲或更适合于她儿子的
　游乐场，这个爱调情的，懒洋洋地背靠
阳光中的岩石，从未怀疑过尽管他有

---

[1] 这是奥登在意大利写的第一首诗。斯彭德认为这是二十世纪"最伟大的诗之一"。奥登在书信和讲座等不同场合曾谈到这首诗。"直到来到意大利我才发现意大利多么像我的故乡奔宁山脉。事实上我正开始写一首诗《赞美石灰岩》，其主题是石灰岩创造了唯一真正的人类风景，也即在那里，政治、艺术等等依然处在一种谦逊而不浮夸的程度上。庞大的平原和巨型的群山对人类心灵暗示了何等可怕的想法。"
"我正在写一首对石灰岩做全面阐释的诗。""然后在1948年，我第一次踏足意大利，并在佛罗伦萨写了一首诗《赞美石灰岩》，它再次与我的童年幻想有关。当然，没有把铅矿也写进去，因为佛罗伦萨没有任何铅矿，但石灰岩风景对我很重要，它是两种截然不同的文化的连接线，一种是我在其中成长的北方新教愧疚文化，另一种是我第一次置身其中的地中海国家的羞耻文化。""然后在1965年，我再次试图直接写这片独特的神圣风景。"

种种缺点但他却被爱着,他的工作就是把他的气力
扩展成魅力的男性?从风吹日晒的露头
　　到山顶的庙宇,从初显的水
到惹眼的喷泉,从一片荒地到一座正式葡萄园,
　　都是些短巧的台阶,让一个希望得到
比兄弟们更多无论是取悦还是取笑的关注的小孩
　　正好可以轻易地踏上。

然后看看那群竞争对手,他们爬上爬下
　　他们陡峭的石巷,三三两两,有时候
手挽手,但感谢上帝,从来不是齐步;或正午
　　在一个广场背阴处参与
滔滔不绝的讨论,彼此实在太熟悉,难以想象
　　还有什么重要的秘密,难以想象
一个其乱发脾气是道德的神
　　不会被一句聪明话或一次肉体交欢
平息:因为,习惯于一块有反应的石头,
　　他们从来不需要在一个火山口爆出
盖不住的愤怒烈焰时畏惧地披上面纱;
　　他们的眼睛适应当地那些什么都可以
通过走路来接触或抵达的河谷的需要,
　　从来不曾透过游牧民族马梳的格子
凝视无限的空间;生来就幸运,
　　他们的双腿从未遇见过丛林的
霉菌和昆虫,那些我们宁愿与它们
　　没有任何共同点的奇形怪状的生命。

因此当他们其中一个变坏了,他心灵的运作方式
 依然是可理解的:成为一个皮条客
或做假珠宝生意,或为了博得全场喝采的效果而把出色的
 男高音的嗓子给毁了,这类事情会发生在所有人身上
除了我们中最好和最坏的……
 这就是为什么,我想,
 最好和最坏的都绝不会在这里待很久而是
寻求骄矜的土地,那里美不那么外在,
 光不那么公共,生命的意义仅仅是某种
疯狂野营的东西。"得啦!"花岗岩荒地喊道,
 "你的幽默多么捉摸不透,你最善意的吻
多么偶然,死亡多么永久。"(未来圣徒
 叹口气匆匆溜走。)"得啦!"黏土和沙砾轻语,
"在我们的平原上有可供军队演习的空间;有等待
 被驯服的河流和用宏伟风格为你
建造坟墓的奴隶:人类柔软如大地而两者
 都需要更改。"(想当恺撒的行政长官们起身离去,
门砰地关上[1]。)但真正的无所忌惮者却被
 一个更冷更老的声音吸引,那是海洋的低语:
"我是那既不要求也不答应什么的孤独;
 这就是我使你们自由的方式。没有爱;
只有各种各样的嫉妒,全都悲伤。"

 他们是对的,我亲爱的,所有那些声音都对,而且

---

[1] 奥登对人解释说,他写这个句子时想到的是戈培尔的一句话:"如果我们失败了,我们会在离开时把历史之门砰地关上。"

仍然是对的；这土地并不是像它表面上那么温馨的家，
　　它的和平也不是某一处事情已一劳永逸地
解决了的地点的历史性平静：一个落后
　　又残旧的外省，由一条隧道
与繁忙的大世界连接，有某种下流的
　　吸引力，这就是它现在的全貌吗？不完全是：
它有一种世俗责任，不管它愿不愿意
　　它都不会忽视，而是质疑
强权假设的一切；它扰乱我们的权利。诗人，
　　以他把太阳叫作太阳、把他的心灵叫作谜团的
认真习惯而受称赞，他被这些大理石雕像
　　弄得心绪不宁，它们如此明显地怀疑
他那反神话学的神话；而这些街头顽童，
　　如此有活力地向科学家求爱，
把他追至有顶篷的柱廊，反驳他对大自然
　　最偏远方面的关注：我，也因为你知道的
和知道那么多而受责备。不要浪费时间，不要被追上，
　　不要落在后面，千万！不要像
那些重复自己的野兽，或某种其行为可以
　　被预知的东西例如水和石头，这些
是我们的公祷书，它最大的安慰是音乐，
　　可以在任何地方演奏，而且看不见，
也不散发气味。只要我们必须预期
　　死亡是一个事实，无疑我们是对的：但如果
罪可以被宽恕，如果身体可以死里复活，
　　那么仅仅为了快乐而把物质改造成

纯真的运动员和打手势的喷泉的
　　这些变更，就是进一步指出：
有福的人将不会在乎他们从哪个角度被看待，
　　因为没有什么可遮掩。亲爱的，我对这两者
都一无所知，但是当我尝试想象一种无瑕的爱
　　或来生，我听到的是地下溪流的
潺潺低语，我看到的是一道石灰岩风景。[1]

　　　　　　　　　　　　　　1948 年 5 月

---

[1] 富勒指出，这首诗充满着对照。除了标题注释中提到的"愧疚文化"与"羞耻文化"的对照外，尚有其他对照，但并非清晰而有系统的对照。因此，诗中的"我们"与"他们"，也许可以视为（1）人类与动物（例如"变幻无常者"与"那些重复自己的野兽"）；（2）艺术家与非艺术家（例如那孩子与他的竞争对手兄弟们，在奥登看来，这种竞争是为了讨好原始母亲，也即非人格化的大自然）；（3）英国人与意大利人（他们对上帝有着不同的概念）；（4）山谷居民与山区居民和游牧民族；（5）情人（奥登和卡尔曼）与"骄矜的土地"的寻求者；（6）人类与雕像。富勒还说，第二节开头的"那群竞争对手"在初稿中是"他们的竞争"，由此可以看出这里把意大利人更紧密地与此前诗行中竞争的兄弟们联系起来。门德尔松认为奥登为这首诗发明了一种全新风格，既能适应具有普遍意义的重大问题，同时又以一种谈话的声音说话，这声音是二十世纪最接近于真实个人语调的声音。这首诗赞美一种惬意而不重要的风景，这地方的意大利村民从未遭遇自然灾害或道德危机。诗中把石灰岩风景当成身体的寓言和身体与终极问题的关系的寓言。诗中的"我"之所以能够被"你"责备，是因为这首诗已经变成一首情诗，而这恰恰发生在诗中承认没有爱的非人类风景的种种优点之际："他们是对的，我亲爱的，所有那些声音都是对的，而且 / 仍然是对的。"当这首诗承认非人性的抽象性的权利的时候，它也辩证地肯定人类的肉体之爱。门德尔松还认为，诗人、科学家和"我"受责备是因为他们拒绝直接正视一个真实的人，还因为他们逃避肉体的坚固现实。

坏天气[1]

西洛可风带来小魔鬼们：
凌晨四点
门砰的一声
宣布他们回来了，
粗鄙文学
和陈旧戏剧
把他们养得倨慢又肥胖，
尼巴尔，疯癫
和愚蠢的妖魔，
图贝尔维卢斯[2]，流言
和恶意的鬼怪。

尼巴尔到写作室
很可能是要来低语
近于优美，
几乎真实；
小心他，诗人，
否则他会从你

---

[1] 奥登曾在唱片的录音中介绍说："在1948至1958年间，我夏天都在意大利度过。这里是两首在意大利写的诗，一首叫作《坏天气》，一首叫作《舰队访问》。"

[2] 富勒指出魔鬼尼巴尔（Nibbar）实应为被称作"伟大戏仿家"的尼巴斯（Nybbas），图贝尔维卢斯（Tubervillus）实应为图特维卢斯（Tutevillus）。

背后窥读，发现
让他高兴的东西：
态度傲慢，
意义模糊，
诗坏。

图贝尔维卢斯到餐室
专心聆听，
等待出击；
小心他，朋友们，
否则他引发你说的话
会有错误转折，
不停的嚼舌
恶作剧地说漏
半逆耳之言，
乐趣变无趣，
笑话生怨。

别低估他们；仅仅
撕掉那首诗，
闭上嘴，
打败不了他们：
把你自己独个儿
限制在你卧室
在那里用淫邪
或自顾自，生产

某个自家未受控的
哀鸣的小淘气
也同样是他们的胜利。

适当的反应是闷坏他们；
让无聊的笔疾步
穿过无聊的通信，
用洋泾浜意大利语
把尖舌饶起，
请社会主义者
理发师猜猜
或君主主义者渔民说说
这风什么时候改变，
智胜地狱
就用人间等闲。

1949 年

舰队访问 [1]

从他们的空心船
水兵来到了岸上,
外表温和,读连环漫画的
中产阶级男孩们;
一场棒球比赛对他们来说
胜过五十个特洛伊。

他们看上去有点失落,在这个
不美国的地方下船,
这里原居民以他们自己的
法律和未来,消磨时间;
他们到这里不是因为
而只是以防万一。

以肮脏手段
用便宜货纠缠他们的
妓女和懒汉至少
是在服务社会怪兽;
他们既不制造也不出售——

---

[1] 奥登曾在唱片的录音中介绍说,这首诗"描写美国舰队访问那不勒斯"。奥登曾在散文集《怒腾的洪水》中说:"岸上的水手从象征角度看是一个来自大海的清白之神,他不受陆地法律的约束,因此可以不带愧疚感地干任何事情。"

难怪他们要喝醉。

但在这海港的猛烈湛蓝上
他们的舰队其实有所得于
它们的无所事事；
没有一个人类意志
来命令它们去杀谁，
它们的结构相当人性

并且远非看上去失落，
它们看上去仿佛是要
成为某图案和线条大师
创作的纯抽象设计，
显然值得它们数十亿
成本的每一分厘。

1951 年

溪流 [1]
（给伊丽莎白·德鲁）

亲爱的水，清亮的水，在你的所有溪流中嬉戏，
当你急冲或闲荡着穿过生命谁会不爱
　　坐在你旁边，聆听你和望着你，
　　这纯粹存在，音乐和运动皆完美？

空气有时候吹嘘，土地邋遢，火鲁莽，
但你的举止总是特别整洁，
　　是大自然夫人家中所有
　　老仆人中言谈最得体的。

谁也不会怀疑自己被你取笑，因为你依然
使用导致半完成的巴别塔每一个砖斗
　　都被放下的那场预料不到的争吵爆发
　　那天之前所使用的同样一些词汇，

依然自说自话：没有任何一个地方不喜欢你；
你弓起躯干，从一个玄武岩岩床跃下，
　　慢跑越过白垩，艰难地向前跋涉

---

[1] 本诗为《田园诗》第七首。奥登对伊丽莎白·德鲁说："把措辞和作诗法维持在与散文只有毫发之差的范围内而又不变成散文，对我来说是一项非常艰巨的任务。"关于诗与散文化的关系，可参考附录中奥登谈《换一换环境》。

穿过红泥灰岩,像一个土著朝圣者,

在所有地段都如在自家,但对他来说我们都应该成为
一座独尊的岩石的崇拜者,被我们的风景
　　分隔开来,把所有其他地层的
　　故事和饮食当作外来者加以排斥。

我们如何能够爱那缺席者,如果你
没有不断从远方奔来,或颇直接地协助,
　　例如当你经过伊索尔特的塔楼,你便漂浮起
　　被通缉的特里斯特拉姆的柳条激情短信[1]?

而游戏人无疑是你的孩子,他使
相同的两岸相对,以此来嘲笑我们的世仇,
　　把壤土从户平转移给姆平[2],
　　而每逢你转个弯他就回来。

增长不能为你的歌添加什么:作为未命名的溪流
你已经跟蚂蚁低语你用雷霆之声
　　对喜马拉雅熊说的话,恰如梵天的儿子
　　从他巨型的长梯下降到阿萨姆[3]。

就连人也不能糟蹋你:他的作伴

---

[1] 指特里斯特拉姆把信息刻在柳条上。
[2] 户平和姆平(又译母平),《圣经》人名,皆为便雅悯的儿子。
[3] 梵天的儿子,指布拉马普特拉河;阿萨姆,印度地名,现为阿萨姆邦。

使玫瑰和狗变粗俗，但要是他赶着你穿过水闸
　　到一个涡轮机那里苦干，或把你
　　留在花园里跳跃以供他娱乐，

你的呐喊也依然天真，水啊，甚至在那里，
你也对他那颗对着不管什么狂怒的肮脏心
　　讲述某种世界，很不一样，
　　迥然不同于这个有各种

嫉妒和护照的世界，一个像
加斯东·帕里斯[1]在俾斯麦的围城枪炮声
　　近在咫尺时以各地学者的名义
　　宣誓效忠的那种城邦。

最近，在所有约克郡山谷中最可爱的山谷，
也就是基斯顿涧发出一声男孩似的叫喊
　　从山边螺旋滑梯跃入斯韦尔河的那个山谷，
　　我伸开四肢躺着，打了一会儿盹，

发现自己正观看着在某个歌鸫们
经常光顾的平静围场里举行的槌球比赛：
　　在那个凉爽的山谷里的所有球手中

---

[1] 法国作家和学者，曾担任法兰西学院院长，"因其自始至终的文雅和慷慨而备受他自己的国家以外的广大学术界喜爱"（《不列颠百科全书》）。"他（帕里）的城邦是一个超国界的人类知识的城邦……摆脱斗争和政治的束缚。"（赫克特）"他曾在1870年巴黎被围困期间发表关于《罗兰之歌》的演讲，宣称科学对真理的追求才是'伟大祖国'。"（富勒）

木槌发挥最出色的是我亲爱的人。

而在它周围的丘陵地带，野性的老人们，
每个都是单狂，各带着铲和锤，
　　搜寻巨石或化石，而观鸟家们
　　悄悄缓步穿过长满苔藓的山毛榉林。

突然间，我们开始在草坪上奔跑，
因为，瞧啊，穿过树林，乘着由
　　两个小火车头拉动的浅金黄色马车，
　　那溺爱凡人的神驶近我们了，[1]

两侧伴随着保镖，那些绿衣长发，
对着雷霆嗤笑，对着晴天哭泣的扈从：
　　他对我们致敬的欢呼表示感谢，
　　并保证某某和某某会有不竭的激情。[2]

他火炬一挥下令我们起舞；
于是我们围成一圈跳起来，我亲爱的在我右边，
　　这时我醒来。但因为我的梦的缘故，
　　那一天似乎幸运而充满启迪，

1　奥登对人解释说："那溺爱凡人的神驶近我们了，正如你猜测的，是厄洛斯。这个幻象及其属性，意在体现某种现代化的彼特拉克式《爱的凯旋》。"
2　奥登对人解释说：某某和某某中任何一个"大概都不是做梦者本人（即诗中的'我'）"。

而你的声音，水啊，也比任何时候更亲爱，仿佛
乐意——尽管天知道为什么——与人类一起奔跑，
　希望，我觉得，最微不足道的人也有
　他们壮丽的姿彩，他们神圣的地方。

1953 年 7 月（？）

它们的高等寂寞人

当我坐在阴影里的沙滩椅上倾听
我的花园制造的所有噪音,
便觉得话语没有被赋予植物和鸣禽
看来只能说颇为相称。

一只没有教名的旅鸫练习
旅鸫国歌[1],它就知道这么多,
而窸窣作响的群花等待某个第三方评说
哪一对,如果有,应该成配偶。

它们没有一个有能力撒谎,
没有一个知道它将会消亡
或有可能带着音韵和脚韵
履行它对时间的责任。

把语言留给它们那些会计算日子
和盼望来信的高等寂寞人;
我们也在哭笑的时候制造噪音:
话语属于那些有诺言要履行的人。

1950 年(6 月?)

---

[1] 奥登对其克罗地亚语译者说:"旅鸫没它自己的歌,而是唱它所属的物种的歌,如同一个国家有国歌。"

急事急办 [1]

醒来,我躺在自己的温暖性的怀抱里,倾听
风暴在冬天的黑暗中享受它的风暴性
直到我的耳朵在半睡半醒时尽其所能
开始运作起来梳理那感叹词的喧嚷,
把它通风的元音和水汪汪的辅音诠释成
一句表明一个专有名词的爱语。

然而,我还没有想好让舌头说什么,
加上粗陋和笨拙使然,它就说起赞美你的话,
把你当成月亮和西风的教子,
有能力去驯服真实或想象的怪兽,
把你生命的镇静视作一个高地郡县,
这里是刻意的绿,那里是代表幸运的纯蓝。

虽然声音大,但它肯定会觉得我寂寞,
于是重构一个特别沉默的日子,
就连喷嚏也可在一英里外听见,还让我
和你并肩走在火山岩岬角上,这时刻永恒
如任何玫瑰的凝视,你的在场确切地

---

[1] 奥登致友人:"患有新的小小的心脏扑动……你很快会在《纽约客》上看到一首诗,既提到扑动,也提到我新的神经忧虑,也即水。"门德尔松说,这似乎简化了这首诗,如同奥登有时候对人解释自己的诗时所做的那样。

如此曾经，如此可贵，如此那里，如此现在。

而且还是在这样一个时辰，当一个
得意地笑着的魔鬼用美丽英语骚扰我，
预言这样一个世界，那里每一个神圣场所
都成了一切有文化的得克萨斯人参观的沙埋地，
充满错误信息并被导游们彻底敲诈，
而温柔的心绝迹如黑格尔学派的主教。

怀着感激，我睡到某个早晨，它不会说
它在何等程度上相信我所说的关于风暴所说的话，
而是悄悄把我的注意力引向已完成的事情
——我那应付狮子般的夏天的蓄水箱
增加了很多立方米——急事急办：
千万人没有爱也能活，但谁也不能没有水。[1]

1957（？）

---

[1] 奥登1972年底在《纽约书评》上发表了一篇向天主教社会活动家多萝西·戴致敬的文章，《多萝西·戴，生日快乐》。文中提到："首先我永远感激多萝西·戴向我转述了我有生以来在诗歌上获得的最美的恭维。她因为参加抗议空袭警报活动而在第八大道与第六大道之间那座老旧的女子监狱里坐牢。那里的囚犯每周洗一次澡。碰巧我一首诗最近发表在《纽约客》上，最后一行是：'千万人没有爱也能活，但谁也不能没有水。'多萝西·戴的一位狱友是一名妓女，她一边走去参加每周淋浴一边朗诵我这句诗。'天啊，'我想，'我没有白写。'"他还在同年秋天接受《巴黎评论》采访时提到这件事。对于以"诗歌没有使任何事情发生"闻名的诗人来说，这确是最美的恭维。

爱得更多

抬头望星星,我十分清楚,
它们才不关心,我是否下地狱,
但在尘世上冷漠是人类或动物
最不令我们感到可怕的际遇。

要是星星用我们不能回报的激情
为我们燃烧,我们有何话说?
如果感情不能平等,
让那爱得更多的是我。

虽然我常觉得我
是星星的仰慕者,它们并不在乎;
不过现在看到它们,我也不能说
我整天把一颗想得好苦。

要是所有星星都陨落或失踪,
我将学会眺望一个虚无的天空
并感到那全然黑暗多庄严,
虽然这可能要花我一点时间。

1957 年(9 月?)

路轨 [1]

自驾者 [2] 也许会诅咒他们的运气,
被卡在最新式的荒原小路上,
但老旧的好火车会依照
铁轨的教义慢慢跑,

而且冒着蒸汽勇往直前
使得我无法被任何
路轨上沿途出现的
诱惑性风景带偏。

引人入胜的山谷逃入
我喜欢的形状的山丘,
尽管要是我真的置身于
一条离开收费公路前往

某个陡峭浪漫点的人行小径,
我将会问哪里可以去兑换
至少一张十美元的支票
或得到家人般匆匆一吻;

---

1 原文为"A Permanent Way",指铁路路面或路轨,意为恒定不变的路。
2 富勒特别注释说,"自驾者"是租车自驾,而不只是那些自己开车的人。

但是，被迫留在我的轨道上，
我可以安稳地放松并梦想
某种爱和某种谋生手段
以适应那树林或溪涧；

而一旦我们已经选择和付款
还会有什么乐趣比得上
一个我们也许会做出的选择
带来的不怎么花钱的愉悦？

1954 年

阿喀琉斯的盾牌[1]

　　她目光越过他肩膀
　　　　寻找葡萄和橄榄树，
　　管理完善的大理石城市
　　　　和汹涌大海上的船只，
　　但在那块闪亮的金属上
　　　　他双手却刻画下
　　一片人工的荒野
　　　　和铅样的天空。

一个无特征的平原，光秃而呈褐色，
　　没有草叶，没有民居的痕迹，
无东西可吃也无地方可坐，
　　然而，汇集在那单调上，站着

---

[1] 奥登在一段录音中介绍这首诗："你们也许记得，在《伊利亚特》中，荷马讲述英雄阿喀琉斯的母亲忒提斯去找诸神的铁匠赫菲斯托斯，请他为她儿子打造一个盾牌。他照做了。他在这个盾牌上刻下你在人间可能看到的最美丽风景，完全没有令人不快的东西。嗯，这首诗表示，赫菲斯托斯可能还刻上了其他东西。你听这首诗时，只需要记得'他'是指赫菲斯托斯，'她'是指忒提斯。"
　　阿喀琉斯是海洋女神忒提斯的儿子，特洛伊战争中的英雄。在围困特洛伊时，他因与希腊联军主将阿伽门农发生争吵而退出战斗，导致希腊联军节节失利。后因好友帕特洛克罗斯被特洛伊大将赫克托尔杀死，连阿喀琉斯借给帕特洛克罗斯的盾牌亦被赫克托尔缴获，阿喀琉斯决定为好友报仇。她母亲忒提斯请火与冶炼之神赫菲斯托斯为阿喀琉斯打造一个盾牌，上面雕刻了精致的风景和场面。阿喀琉斯带着这个盾牌去杀赫克托尔，自己则被特洛伊王子帕里斯射中脚后跟而死。（转下页注）

一大群不可理喻的人，
　　一百万只眼睛，一百万只排队的皮靴，
　　没有表情，等待一个手势。

空中传来一个无面孔的声音
　　被统计数字证明其号召合理，
腔调枯燥而寡淡如同那地方：
　　没人欢呼也没人讨论，
　　他们一队队在尘土飞扬里
操着步离去，忍受一个信仰，
其逻辑使他们在别处遭厄运。

　　她目光越过他肩膀
　　　　寻找仪式的虔敬，
　　装饰着白花环的小母牛，
　　　　祭品和奠酒，
　　但在那块闪亮的金属上
　　　　在原该是祭台的地方，

（接上页注）奥登在这首后期杰作中，描写忒提斯从赫菲斯托斯背后看他制作盾牌。在史诗《伊利亚特》中，荷马详尽描写了雕刻在盾牌上的风景和场面。忒提斯寻找的，就是荷马史诗中盾牌上的风景和场面。奥登把背景设置在后来的，尤其是现代的极权世界，所以忒提斯看到的完全是另一番景象：荒凉、战争、暴力。先是正派人默默看着耶稣被钉上十字架，然后是千百万人一起被无面孔的声音指挥去杀人然后自己被杀："先作为人死去然后身体才死去"。现代的少年世界，与阿喀琉斯的世界形成强烈对比：一切价值崩溃，阿喀琉斯当年杀死赫克托尔之后，赫克托尔的父亲普里阿摩斯在夜里独自冒死去见阿喀琉斯，流着泪向阿喀琉斯讨回儿子的尸体，他的诚意使阿喀琉斯也忍不住为他流泪，而现在的青少年，甚至不知道"一个人会因为另一个人流泪而流泪"。

她借着他闪烁的锻火看到
　　　另一番景象。

倒刺铁丝网围住一个任意的场所，
　无聊的官员在闲逛（一个说了句笑话），
哨兵在流汗因为天气炎热：
　一群正派的普通人
　从外面观看，不动也不语，
当三个苍白的人影被押向前，捆绑在
竖立地面的三根柱上。

世界的群众和大多数人，全都
　承受重量且重量永远一样，
掌握在别人手中；他们渺小
　不能指望帮助也得不到帮助，
　他们的敌人要做的都做了：他们的羞耻
已无以复加，他们失去尊严，
先作为人死去然后身体才死去。

　　她目光越过他肩膀
　　　寻找运动会上的健儿，
　　舞会上随着音乐
　　　快速、快速移动
　　迷人腰肢的男女，
　　　但在那块闪亮的盾牌上
　　他双手没有刻画下舞池，

而是杂草丛生的旷野。

一个衣衫褴褛的顽童，无目的而孤单，
　　绕着那空位游荡；一只鸟儿
飞向安全处，远离他瞄准的石子：
　　少女被强奸，两个少年砍另一个，
　　在他看来是公理，他从未听说过
有任何信守诺言的世界，
或一个人会因为另一个人流泪而流泪。

　　薄嘴唇的盔甲制作者
　　　　赫菲斯托斯蹒跚地走开，
　　那胸脯闪亮的忒提斯
　　　　大惊失色叫出声来：
　　这火神打造了什么样的武器
　　　　来取悦她的儿子，那强壮
　　杀人不眨眼的阿喀琉斯——
　　　　他不久将阵亡。

　　　　　　　　　　　　　　1952 年

老人之路 [1]

越过教会大分裂，穿过我们整个风景，

忽略上帝的代理人 [2] 和上帝的无尾猿，

在他们的鼻子底下，未受怀疑，

---

1 据富勒和门德尔松，"老人"是奔宁矿工对他们的矿井的古代建造者的称呼，也被用于称呼其他古代废墟的建造者，以纪念他们的技能和传统。该称呼在奥登青年时代依然盛行。"老人"还是人类学家艾略特·史密斯笔下的石器时代的"古人"。老人之路的追随者们使自己解除了历史的束缚，尽管他们是在获取一种"自由的权力拒绝给予的自由"。奥登对一位研究者解释说："在英国，乡下人常常把某件古老人工制品说成是老人的，意思是说某个人们一无所知的史前种族。"意大利一家刊物曾翻译过这首诗，还附上奥登在信中对这首诗所做的解释。奥登原信找不到了，门德尔松找人协助，译成英文。大意如下：

"我在英国一直被古代道路迷住：罗马时代或前罗马时代的：看某些特征消失而另一些特征则被较晚近的道路所吸纳；试图了解它们的去向的原因。'轻松下层土和一种简单矿石'（'和'后来被逗号取代）是指凯尔特人的犁很轻，无法耕作最沉重的土壤。因此，熔化锡和铜来制造青铜是一个比后来熔铁更简易的过程。

"'（教会）大分裂'和'上帝的代理人和上帝的无尾猿'显然都是源自中世纪末期罗马与阿维尼翁之间的分裂，但也适用于任何此类分裂，例如铁幕造成的分裂。这首诗的基本理念大致是这样的：各个国家可以对个人实施独裁统治，因为它们（当局）可以预测被管治者的动机和行动。它们的预测（通常是准确的）建立在这样一个基础上，也即被管治者关注他们自己当前的问题和他们自己的想法——换句话说，个人要么与当局的意识形态保持一致，要么反对。保持自由的个人将是其存在不会被国家怀疑的人，因为他们压根儿就不关心国家和漠视国家，他们对别的事情感兴趣。换句话说，个人只有在那些对其他事情感兴趣的时刻才是自由的（因此这首抒情诗的主导意念是，老人之路不是通过搜寻而找到的，而是通过机缘遇到的）。"

2 指教皇。

老人之路伸展，如同过去

当一种轻松下层土，一种简单矿石
仍流行的时候：忠实于他的来由，

它通过阶梯、大门、篱笆豁口，
跨过耕地、林地、牛草地，

经过圣地，来到一种当今没有任何
离经叛道者会被逮个正着的宇宙学神话，

靠近当时如此安全现在轻易地
被孩子们突袭的山顶史前防御工事

（牧羊人使用高山里小片地段，
村庄把狭长地带当作情侣小径），

然后拐上穿过城市的古怪之道，
一会儿是没有排水沟的小偷巷，

一会儿是有绿灯柱和白路缘的
高尚郊区的漂亮新月形地带，

远远避开一座古老的天主教堂，
直接就穿过一座新的市政厅，

不可预期，无论以逻辑或猜测：
然而有些人碰到它，碰到而无恐惧。

没有任何生命能理解它，但没有任何
坚持这条路线的生命会变成囚徒，

而跟着它漫游的人也不会在边境
被某个神权统治者的卫兵们截停，

就这样越过关卡，几乎就在他的探照灯
斜视的范围内但没有更近

（也没有更远从而有可能恰巧被它射到）：
因此有时候在夏天，无阻碍地，

驱邪般阴沉着脸，一个流动补锅匠
拖着脚走过，在衰落的年份

一个鞘翅目昆虫学家慢条斯理地
拨开黄色叶子穿过，而一个青年在春天

一次新刺激之后疾步而过，
他的真自我，紧跟着那臭迹。

老人把他的路留给那些自它
失去目的以来依然爱它不减的人，

347

他们从不过问历史在忙些什么,
因此不能装得好像他们知道:

取得一种自由的权力拒绝给予的自由,
拒绝它的权力,他们自由地通过。

1955 年

真理史 [1]

在遥远的过去存在即是相信，
真理是很多可靠事物中最可靠的，
比蝙蝠翼狮子、鱼尾狗或鹰头鱼
更首先，更总是，最不像那些
被他们自己的死亡怀疑的凡人。

真理是他们的典范，当他们努力建造
一个由耐久物构成的世界，好让自己去相信，
而无须相信陶器和传奇、
拱门和歌曲是不是真的：
真理已经在那里成真。

如今，当真理纸碟般实用，
可以兑换成千瓦，
我们最后的应对是一种反典范，
某种谁都可以指责它说谎的非真理，
一个不需要谁去相信其有的无。

1958 年（？）

---

[1] 曾使用过"在那年代"的标题。

向克利俄致敬 [1]

我们的山丘已顺从,翠绿
　　迅速伸入北方:在我周围,
从早到晚,鲜花不停竞争,
　　颜色对颜色,在一场场它们

全都是赢家的战斗中,而从另外某个节点开始的
　　任何时刻都有可能迎来新一代鸟儿的
另一片部族式呐喊声,它们啁啾,
　　不是要制造效果而是因为啁啾

就是要做的事情。这个五月的早晨

---

[1] 克利俄是希腊神话中主管历史的缪斯。卡彭特说:"这首诗的主题是,对世界和历史这类概念的意识,使人类与动物世界纯粹本能的生活区别开来。"富勒评论道:"克利俄被描写成时间缪斯和沉默女士,事实上就是圣母马利亚。基督的母亲赋予无时间和无形体的事物一种存在,给决定性的声音带来沉默。"奥登给神学家厄休拉·尼布尔写信说:"我把附诗寄你,因为当我写它时我老想着你,你是唯一会理解我的英国国教问题的人:一个人可以给圣母马利亚写一首赞美诗而不故作虔诚吗?新教徒不喜欢她,罗马人想要装腔作势的滥情和呜咽的男高音。因此这里是我的尝试,我把它呈交给你严厉的、神学的和女性的眼光。"他还寄了一份打印稿给 J. R. R. 托尔金,并在信中提到他正准备在英国广播公司电台谈论《魔戒》一事:"我在我的谈话中将不会提及但对我很重要的一件事是,你以奇妙的方式解决了我们大家的一个问题,也即如何写一篇'基督教徒'文学作品而又不使它变得明显或故作虔诚。有鉴于它是用'现代'英语写的,因此带着相当的惶恐,我附上我的一首诗,如你将看到的,它实际上是写给圣母马利亚的赞美诗……"

当我坐下来读一本书,比我所觉察到的
要多的生命意识到我的生命,更明锐的感官
　　注视着一小块不能吃

味道不够好的东西,不安全如
　　很多区域:对观察来说
我这本书是死的,而通过观察,它们活在
　　空间里,对沉默没有意识

如同挑逗的阿佛洛狄忒或她的孪生姐妹
　　悍妇阿耳忒弥斯[1],这对高姐妹,
它们都是她们的臣民[2]。这就是为什么,在她们的双重王国,
　　平庸可以是美丽的,

为什么没有任何事物太大或太小或生错了
　　颜色,为什么一场地震的吼叫
为溪流的低语重新安排一声巨响
　　而不是一阵喧嚣:但我们,任意地,

---

1 阿佛洛狄忒,爱与美的女神;阿耳忒弥斯,月神和狩猎女神。她们是克利俄的反面,统治不存在价值判断的大自然。
2 "它们"应该是前一节的"它们"和再前一节"更多的生命"中的"生命"。保罗·穆尔顿在《诗的终结:牛津讲座》一书中有专章讨论这首诗,在谈到这里的"它们"时表示难以确定,因为"它们"之前两三节诗里有多个复数词,包括"生命""感官""区域"和"通过观察"中的"观察"。另原文中的"它们"是"they",这里译为"它们",因为根据上下文,这里的"they"主要是指动物,可能还有植物。

351

并且无理地,一个个被迫跟你的沉默
 面对面,克利俄。这之后,
没有什么是容易的。我们也许可以随我们喜欢
 做关于阴茎柱的梦或被十二个飞旋的仙女围绕着的
肚脐石[1]的梦,但种种图景
 帮不上忙:你的沉默已经在那里,
在我们与任何照管着万物的
 神奇中心之间。此外,我们真的

这么难过吗?太阳升起时醒来,听见
 一只雄鸡宣告它自己是它自己
尽管它的儿子们都被阉割和吃掉了,
 我对自己能够不快乐感到高兴:如果

我不知道我该如何应付,至少我知道
 双背野兽[2]可能是一个被均匀地
分配的物种但妈妈和爸爸
 不是两个别人。去看

一位朋友的墓,制造一个难堪的场面,
 计算一个人已经不堪回首的那些爱,
并不令人愉快,但像一只无泪的鸟儿那样啁啾
 好像没有什么特别的人死去

---

1 肚脐石:源自希腊语,意为"世界的中心"。
2 双背野兽:参见《异类》一诗的注释。

并且好像闲言都不真实,则是不可想象的:
  如果是这样,宽恕将没有用,
以眼还眼就是公正,而无辜者
  也就不必受苦。阿耳忒弥斯,

阿佛洛狄忒,都是强势者,而所有
  聪明的城堡总管都会谨言慎行,
但你,一切沉默的圣母,你
  从不把话说出来,我们失控了

就会求助于你,我们被发现了
  便凝视你的眼睛,克利俄,
以寻求认可。我该如何描述你呢?她们[1]
  可以用花岗岩来表现

(人们从那完美的臀部,从那大得
  没有嘴角的无瑕疵宽口就能猜测
这是谁的巨像),但艺术可为你
  留下什么圣像?你看上去就像任何

人们不会去注意的女孩,看不出与野兽
  有任何特别相似处。我曾经见过
你的照片,我想是在报纸里,正给
  一个小孩喂奶或哀悼一具尸体:每次

---

1 指阿佛洛狄忒和阿耳忒弥斯。

353

你都无话可说,并且我们可以看到,
　　你也不在你所处的位置观察,而是,
独特历史事实的缪斯啊,用沉默捍卫
　　某个你负有一定责任的世界,一种

没有任何爆炸可以征服的沉默,只有
　　一个恋人的愿意能够填满。很少有大人物
会倾听:这就是为什么你有一大群
　　多余的尖叫声要照顾,以及为什么

起落如坎伯兰公爵,
　　或兜转如拉克西水车,
矮子、秃头、虔信者、口吃者[1]消亡了,
　　如同阿耳忒弥斯的孩子们[2]消亡,

而不是你的。服从你的生命都游移如音乐,
　　现在都变成他们只有一次机会成为的东西,
使沉默发出决定性的声音:听上去
　　容易,但必须契合适当时间。克利俄,

时间的缪斯,要不是你那仁慈的沉默
　　那么就只有第一步是重要的而它
将永远是杀戮,你的善良从未

---

[1] 中世纪一些国王的绰号。
[2] 也是指国王们和勇士们。

被吸取，请原谅我们的噪音

并教导我们回忆：忽略我们
　　所爱之人最微小的过错
是绝对不可能的，阿佛洛忒忒如是说，
　　她应该知道，然而我们知道有人

恰恰这样做。虽然你看似容易接近，
　　但我不敢问你，你是否祝福诗人，
因为你看上去不像曾读过他们，
　　我也看不到你应该读他们的理由。

1955 年 6 月

边界文化 [1]

边界部族,旅行家们报告说,
初次相遇时似乎跟我们自己差不多;
他们把自己的屋子打理得近于整洁,
他们的手表大致符合标准时间,
他们给你端上几乎令人垂涎的膳食:
但没有人说他见过一个边界孩子。

边界部族讲的语言有很多词语
要远远比我们自己的微妙,尤其是
涉及表示某种东西在多大、多小程度上
相当接近于或不完全是,
但没有一个可以被翻译成是或否,
其代词也不区分不同的人称。

在边界部族所说的故事中,
巨龙和骑士以尖牙和利剑互斗,

---

[1] "边界"原文为 Limbo,来自拉丁文"边界",一般译为"地狱的边境""灵薄狱",以及引申的"中间状态""过渡状态""进退两难"等。原意是指既没上天堂也没下地狱的灵魂。富勒因为此诗的标题而把它与但丁《神曲·地狱篇》第四章的"灵薄狱"联系起来。但学者詹姆斯·韦尔登认为富勒被标题误导,奥登此诗应是指涉《神曲·地狱篇》第三章,那里的灵魂既不想反抗撒旦又不愿意效忠上帝。但这也只是另一家之言。为求覆盖上面提及的所有意思,和未提及的其他意思,这里译其拉丁文原意。

但总是差那么一丝毫就击中对手,
丑老太婆和小伙子通过一个关键点,
她早了几秒而他迟了几秒,
一个魔术钱包误解了法定货币[1]:

"从此,"他们的大结局方式总是,
"王子和公主依然差点就结婚。"
为什么边界文化如此显著地,对不确切性
有这种关心、这种爱?是否有可能
一个边界部族男子只爱他自己[2]?
而这,我们知道,不可能完全做到。

---

1 最初发表时作"一个魔术钱包忘记了法定货币"。这里可能是指英国作家托马斯·德克的戏剧《老福耳图那图斯》(1599):命运女神让乞丐福耳图那图斯选择要什么,智慧、力量、健康、美、长寿或财富可任择一样。他选择财富,她便给他一个魔术钱包,无论去到哪里和怎么用,钱包里都永远有十块可作法定货币用的金子。德克的戏剧又是根据德国一个中世纪传奇故事改编的。

2 最初发表时这句诗是"我们是否可以下结论 / '活在边界'意味着'爱他自己'?"。这里的"活在边界"似乎可理解为"活在中间状态",呼应前面注释中所说的既不反抗撒旦也不效忠上帝的状态。富勒认为这"自爱"对应了宗教上的确切性和无私的爱。

将不会有安宁[1]

  虽然和煦晴朗的天气
又一次对你的尊严之郡微笑,
它的颜色又恢复,但风暴已经改变你:
  你将不会忘记,永不会,
那抹掉希望的黑暗,那预言
  你的衰败的飓风。

  你必须和你的认识一起生活。
在很久,在很远,在你之外都有别人
在你从未听说过的阴晦的不在场中,
  他们显然已经听说过你,
他们的数目和性别都未知:
  而他们都不喜欢你。

  你对他们做了什么?
没有?没有不是答案:
你将会开始相信——你怎能抑制得住?——
  你做了,你确实做了什么;

---

[1] 这是奥登对自己说的话。他曾对研究者说:"我不知道为什么某些批评家如此不喜欢这首诗。我无法客观对待它,因为它是我写过的最纯粹个人化的诗之一。试图描述一种非常不愉快的,类似于灵魂的暗夜那样的经验,它在1956年数月间袭击我。"

你会发现你希望自己能逗他们笑,
　你会渴望他们的友谊。

　将不会有安宁。
那就还击,用你所有的勇气,
用你知道的每一种无骑士品质的闪避,
　让你的良心清楚这点:
他们的动机,如果他们有,现在对他们已毫无意义;
　他们为了憎恨而憎恨。

　　　　　　　　　　　1956 年

词语

一个明确表达的句子使一个世界出现,
那里万物按照它说会发生的那样发生;
我们怀疑说话者,而不是我们听到的话:
词语对不真实的词语无词可语。

不过,在句法结构上它必须清晰;
你不能在半途中改变主语,
也不能更换时态来取悦耳朵:
阿卡迪亚式传说[1]也是坏运气的故事。

但难道我们应该整天都想说闲话,
难道事实对我们来说不是再好也不过是虚构,
或如果在押韵的音节中遇到一种魔力,

难道不是我们的命运被言辞的机遇所表达,
就像圈舞哑剧中的乡巴佬,
探险途中置身寂寞十字路口的骑士?

1956 年

---

[1] "最重要的'阿卡迪亚式传说'大概莫过于伊甸园里人类的堕落了。"(富勒)

歌[1]

这么庞大的早晨这么一来它
自己俯临这么多和这样小全都
在圆形和绿装中静伏着的山陵
就可以应付一只反叛的翅膀
当那翅膀想提升其投在任何
湖泊怀抱里的相当大胆的乖顺影子
而湖面风的升起惊跑了任何照管
都打散不了的美的诸部族。

朝着歌攀升它希望为变呆滞的白色
为喋喋不休的荣耀做些补偿
以期之后获得不朽但因为
照亮它的爱所在的山谷的光

---

[1] 这首诗原文由两个长句构成，译文难以完全复制，只能达到"貌似"长句。奥登初稿有几处用了标点符号，发表时删去。富勒说："这是一首关于歌的纯粹性的诗，歌自身企图达致一种词语效果的非凡纯粹性。"门德尔松说，这首诗"再次宣称诗歌除了赞美什么也做不了"，这应该是指奥登著名的"诗歌没有使任何事情发生"。第一节从早晨（大自然）的角度来看歌鸟，早晨可以轻易应付歌鸟反叛的翅膀，歌鸟在跟湖里的投影竞争（让人想起诗人与同行的竞争）；最后两句似是呼应前六句：风（如同早晨）可以轻易惊跑美的诸部族，但（人为的）照管却无法打散它们。第二节聚焦于歌鸟，它向歌攀升，想补偿或修理种种不如意之处（延续前面的反叛），并期望因此而不朽，但它的爱所在的地方，那个山谷的阳光（如同早晨，如同风），并没有显示任何责备（责备变呆滞的白色，责备喋喋不休的荣耀），所以它只好不语了。值得注意的是，"爱"使它醒悟。

是如此缺乏责备的景象它只好以否定它原本要唱的东西告终。

午后祷 [1]

我们觉得不可能的事情，
　　虽然一次又一次被野隐士，
被萨满和女预言家在他们
　　狂迷的语无伦次中预知，
或在某个碰巧的押韵意志和杀死中
　　揭示给儿童，却一次次在我们
明白过来之前发生。我们吃惊于
　　我们行为的轻松和快速
并感到不安：现在刚三点，
　　下午中段，然而我们
牺牲的鲜血已经
　　在草上干了；我们没准备好
寂静来得如此突然和迅速；
　　白天太热，太亮，太静止，
太总是，死者依然太什么也不是。
　　我们在入夜前该做什么？

---

1 本诗为组诗《祈祷时辰》第四首。《午后祷》最初以一首独立的诗收录在诗集《午后祷》（1951）里，后来才作为组诗《祈祷时辰》的一部分收录在诗集《阿喀琉斯的盾牌》（1955）里。天主教会的祈祷时辰分为七段：晨祷、午前祷、午祷、午后祷、晚祷、睡前祷、晨曦祷，各时段亦有不同中译，例如"午后祷"亦译为"申初经"。奥登在1957年给这组诗加了一句题词："牺牲者胜利。"门德尔松认为："《午后祷》——以被《圣经》称为耶稣死亡之际的时辰为背景——是整组诗的转折点。"

风势减弱了而我们失去我们的公众。
　　那总是在任何世界遭破坏、
遭炸毁、遭烧毁、遭砸开、
　　砍倒、锯成两半、劈杀、撕裂时
聚集的无面孔的多数
　　已渐渐散去。这些在墙阴
和树荫里伸展四肢躺着,
　　平静地睡觉,无害如绵羊的人,
现在没有一个能够回忆
　　他为什么叫喊或叫喊些什么,
如此大声,在今天早晨的阳光中;
　　所有人如果被质询就会回答
——"那是一头长着一只红眼的怪兽,
　　一群人看见他死去,不是我。"——
刽子手已经去洗手,士兵们去吃饭:
　　我们被独自留下来,伴着我们的功绩[1]。

和绿啄木鸟在一起的圣母,
　　无花果树的圣母,
黄大坝旁的圣母,
　　把她们慈善的面孔从我们这里
和我们建设中的工程转开,
　　只望着一个方向,

---

[1] "功绩"原文"feat",其古义为"行为",这里是指无面孔的群众面对基督之死的冷漠这一行为依然影响着"我们"——当时和后来的人们。

把她们的目光固定在我们完成的工作[1]上：
　　打桩机、水泥搅拌机，
起重机和鹤嘴锄等待再次被使用，
　　但我们怎可以重复这个？
比我们的行动长命，我们站在我们所在的地方，
　　被漠视如我们自己
某件丢弃的人工制品，
　　像撕裂的手套，生锈的水壶，
废弃的铁路支线，埋在荨麻丛中
　　倒向一侧的损毁的石磨。

这具残缺的肉体，我们的受害者，
　　太赤裸、太好地解释了
龙须菜园的魅力、
　　我们的白垩矿场游戏[2]的目的，以及邮票、
鸟蛋都不一样了，在纤路
　　和凹陷小路的奇观背后，
在螺旋梯的狂喜背后，
　　我们现在将永远意识到
它们引向那行为[3]，在
　　模仿追逐和模仿逮到、
竞跑和扭打和溅泼、

1　"完成的工作"指耶稣被杀害。
2　奥登对其意大利译者解释说："白垩矿场游戏。并不是某种特殊游戏，只不过是我童年最喜欢去的地点——白垩矿场里玩的一种游戏。"
3　"行为"原文"deed"，与前面的"功绩"（feat）相关。"功绩"是"行为"的结果。这里的意思是群众对基督之死的冷漠导致的罪孽感使一切改观。

365

喘气声和大笑声下,
细听紧随而来的
　　呼喊和静止:只要有
太阳照耀,溪水奔流,书卷被写,
　　也就会有这次死亡。[1]

很快干冷的北风将吹动树叶,
　　商店将在四点重开,
空荡荡的粉红色广场里空荡荡的蓝色巴士
　　满座而去:我们有时间
去曲解、辩解、否认、
　　神话化、利用这次事件,
而在酒店床底,在监狱里,
　　在错误的转弯处,它的意义
在等待我们的生命。我们还来不及选择,
　　面包就会融化,水就会燃烧,
大诛杀就会开始,亚巴顿[2]
　　就会在我们的七重门前
搭起三重绞刑架,肥胖的彼列[3]就会让
　　我们的妻子裸身跳华尔兹舞;同时,
最好还是回家,如果我们有家,
　　不管怎样应当休息。[4]

---

[1] 诺思罗普·弗莱对这节诗的评语:"耶稣的生与死,都与我们自己生命中的各种事件同步。十字架受难的阴影覆盖未来的全部历史。"
[2] 《启示录》里的毁灭之神。
[3] 《圣经》中魔鬼的别称,弥尔顿《失乐园》中的堕落天使。
[4] 接下来的两节诗开头的"这样"都是承接这里的"休息"。为便于理(转下页注)

这样，我们做着梦的意志似乎就能逃避
　　这死寂的平静，从而漫游
在刀锋上，在黑白广场上，
　　越过地衣、桌面呢、丝绒、木板，
跨过裂缝和小丘，进入细绳
　　和忏悔锥[1]构成的迷宫，
沿着花岗岩斜坡和潮湿通道而下，
　　穿过不会再闩上的大门
和标明"私人"的房门，被摩尔人追赶
　　和被潜在的强盗监视，
来到峡湾头的敌意村庄，
　　来到有风在松树间呜咽
和有招来麻烦的电话铃响起的
　　黑暗别墅，来到一个亮着
微弱灯泡的房间，那里坐着我们的相似者[2]
　　头也不抬地在写东西。

这样，在我们如此离开时，我们自己被冤枉的肉体
　　也许就能不受干扰地工作，恢复
我们试图摧毁的秩序，我们为了泄愤

（接上页注）解，赫克特认为这里"休息"后面的句号可改为破折号。
1 奥登对其意大利译者解释说："忏悔锥。我很难寄望你知道它们是什么，因为很少有英国人知道。这是一个地理术语，指某些类型的岩石柱或土柱耸立着，而其余的岩石和土则风化剥落。它们的外形令人想起忏悔的异教徒所穿的衣服。"锥本身也是地理术语：锥状地形。
2 指相对于意志的肉体。

367

而糟蹋的节奏：瓣膜闭上
又准确地打开，腺体分泌，
　　血管收缩又在恰当
时刻扩张，精华液体
　　流动来更新被消耗的细胞，
不是太清楚究竟发生了什么，但对死亡
　　怀着畏惧，如同所有此刻望着
这个地点的生灵，像不眨眼
　　俯视下面的鹰，从近旁经过的
有秩序地啄食的整洁母鸡，
　　其视野被青草妨碍的虫子
或从远方怯怯地透过
　　森林的缝隙窥看的鹿。

1950 年 7 月

晨曦祷 [1]

枝叶间小鸟儿们歌唱；
雄鸡鸣起醒来的命令：
在孤独中，寻找同伴。

明亮的太阳照临凡尘的生灵；
他们的邻人变得善感：
在孤独中，寻找同伴。

雄鸡鸣起醒来的命令；
弥撒钟声已经叮当响：
在孤独中，寻找同伴。

他们的邻人变得善感；
上帝保佑王国，上帝保佑民众：
在孤独中，寻找同伴。

弥撒钟声已经叮当响；
滴水的磨坊轮又开始转动：
在孤独中，寻找同伴。

---

[1] 本诗为组诗《祈祷时辰》第七首，也是最后一首。"晨曦祷"又可译为"赞美经"。

上帝保佑王国,上帝保佑民众;
上帝保佑这绿色的世间:
在孤独中,寻找同伴。

滴水的磨坊轮又开始转动;
枝叶间小鸟儿们歌唱:
在孤独中,寻找同伴。

1952 年

第八辑 （1958—1971）

造化女士[1]

臀脂过多,有母猪奶头
        和猫头鹰脑袋,
向她——还会是谁?——一种被艰难时代
        磨炼成肉食动物的
有颏哺乳动物正式献出第一滴
        无辜的血,
从她那里,他的第一次滥交狂欢
        乞得一场倾盆大雨
来加速一个更温暖时代的
        强身谷物:
现在我们很想知道,是谁把我们置于
        她的管理之下?

她绝对不是拘谨古板,
        也没有变得更古板
自从怀疑宗教的各学院听闻
        基督字符[2];
圣布谷鸟[3]的木头教堂为她而建,

---

1 指大自然母亲。她大概相当于统治性欲的女神阿佛洛狄忒。
2 希腊词"基督"头两个字母 chi—rho,相当于英语中的 XP。
3 关于"圣布谷鸟",奥登研究者们没有对此做过任何解释。译者能够找到的一个典故是马基雅维利在其戏剧《曼德拉草》中杜撰的圣布谷鸟。剧中人准备干坏事的时候,一个说"我们的暗号是圣布谷鸟",另一个问"什么(转下页注)

     那里在绿色礼拜天
秃头修道士们举办赞美她的
      无言崇拜活动:
所以请收起你大量的十四行诗,伙计;
      跟她讲述一个
关于不受惩罚的诸神和所有被他们糟蹋过的
      姑娘们的神话故事。

难道我们没有看见她挑选的优胜者
      受她溺爱,被她保护,
得到她厚待?难道这些受宠者
      不是冷心肠?
……一颗炸弹就够了……现在看看,
      谁有可怕想法![1]
兄弟,你比一个寂寞的窥视狂
      或一个每夜都用
医学拉丁语对原始场景[2]表示憎恶的
      处男还糟糕:
她确实不该成为她可能成为的一切但
      她是我们的娘。

你不能跟我们说,你那位使机械化的

(接上页注)是圣布谷鸟",答"圣布谷鸟是法国最受尊敬的圣徒"。因为剧情涉及奸情,故"布谷鸟"的发音有"乌龟"的弦外之音。
1 有投炸弹想法的人,针对的是受宠者。
2 原始场景:弗洛伊德理论中儿童幻想父母交媾的场景。

374

　　　　　　　阿卡迪亚旋转起来的
来自普罗旺斯的疑病症才女
　　　　　　　　值两个便士；
你不会在那座博物馆找到一个固定伴侣
　　　　　　　　除非你更喜欢
跟一个无形状的天使喝茶而不是跟一个
　　　　　　　可爱的怪兽上床：
在你因假正经的表情和灵知派的啧啧咂嘴声
　　　　　　　　而受责罚之前
请先问一下这位为了修理好你而装备你的
　　　　　　　善良女士。

甚至假设（通过指错方向
　　　　　　　　或你自己的恶作剧）
你降落在那块反常的公爵领地，
　　　　　　　她最偏远的领域，
那里四目在两眼中遭遇
　　　　　　　一面危险
如那块使性冷淡的那喀索斯显得愚蠢的
　　　　　　　明净岩石盆地的镜子，
那里丧失了狡诈的舌头对着一个名字
　　　　　　　　结结巴巴，
而普通的扁鼻生物对着一个
　　　　　　　侧面感到脸红，

甚至在那里，当你的害羞引发它的守护者

　　　　　　（其不可说的
　　名字是独一的，让每一颗或真或假的心
　　　　　　　自己去分辨）
来圣化你的求爱仪式，使得
　　　　　　　它配得上一种比
推销员打油诗的驴叫声
　　　　　　　还要庄严的音乐的时候，
也别忘了向那个为你造就一位有着
　　　　　　　同样唠叨
和敏锐的脾性的最亲爱者的粗暴老太婆鞠躬，
　　　　　　　尤其是要感激

她所干的一切肮脏勾当。
　　　　　　　要历经多少百张
合法的、非法的，都是
　　　　　　　无爱的床，
多少说谎的钟情，狡诈的问题，
　　　　　　　更狡诈的答案，
多少恸哭的婚姻，带嘲讽的沉默，
　　　　　　　沮丧、泪水，
多少智障者的嬉闹和全然
　　　　　　　血腥的混乱统治，
才把你们两个撮合在一起
　　　　　　　两个都不早不迟？

　　　　　　　　　　1959 年

林中省思

置身于那些在威严的
裸体社区中过着如此
直立生活的树林的阴影处,
走来走去似乎很没教养

而任何谈话的兴味也显得俗气;
当鸟儿轻率地开始歌唱,
无论你对它们有什么想法,
它们树立了错误的榜样。

无论继续静止,或保持缓慢,
用于摆弄姿态,或轻松应酬,
这些活雕像有哪样不是依赖
它们各种气味和颜色的语言。

因为谁可以争执呢,如果没有
不或绝不这类用语,谁可以
表示反对,当你所要肯定的东西
本来就应当如此?

但树林是树林,一棵榆或橡
已经里外都是了,

因此不能去请教那些
尚须统一意见的亲属。

把所有树信号译成话语,
结果就是一个命令:
"如果你想抵达那个让你知道自己
站在哪里的点,那就不断奔跑。"

一种我们应该抵达的真理
禁止立即就说出去,
而打算说出它的舌头必须设法
做到同时讲两个不同的谎言。

我成长的机会将极微小
如果我以树木般的诚实
向他展示我的手或心,而如果
我失败了,他将会是我[1]。

我们的种族去不到哪里
如果我们没学会蒙混过关
并在我们的意向究竟是什么的问题上
表现得比我们实际了解的更肯定;

---

[1] 门德尔松认为,这里的"他",有可能是指奥登出生之前,他母亲有过一次流产,也即奥登还有一个没有出生的哥哥,如果他出生了,他极有可能就叫作威斯坦·休·奥登。

我们也无须成为警察才懂得
在别人面前一丝不挂是失礼：
我们同类中最禁欲主义的人
只是看上去赤身，而不是裸体。[1]

1957 年

---

[1] 富勒说，相对于自然，人有区分的意识，例如区分赤身与裸体，前者是神圣的象征，并被正面地表达，后者则是亵渎神圣的，并被负面地表达。

步道

我选择这条从这里到那里的道路
当我有耸人听闻的故事要传播、
工具要归还或书籍要借给
道路另一端的某一个人。

回来的途中,虽然我
一脚一趾碰见我的足迹,
道路看上去却焕然一新,
因为要做的事情已经做了。

但是当我为了散步而像散步者
那样散步,我就会回避它:
它所涉及的不断重复
会引起无法消除的怀疑。

是不是有什么善良或邪恶的天使
命令我恰好在我停下时停下?
要是我再走多一公里
会发生什么事?

不,当灵魂的坐立不安
或一层层的积云邀请我去闲逛,

我走的路线就是绕个圈
又回到开始的地方。

它送我回家,这条曲径,
而不需要我原路返回,
它也用不着让我去决定
我到底应该走多长,

却能通过把习性变为成就
而满足一种道德需要,
因为我已经完成了一个圆
当我又一次踏进我的前门。

这颗心,害怕离开她的壳,
也要求在我的个人住所
与任择一条公共道路之间
有一百码的短程可晃悠,

使得当这个也加上去,
直路就变成 T,环路就变成 Q,
允许我在雨中阳光中都可以
把两条步道说成完全属于我,

一条旅行者不会涉足的小道,
路上与我的鞋不吻合的脚印
已经寻找过我,并且很像

是某个我爱的人所留。

1958 年（？）

建筑的诞生[1]
（给约翰·贝利）

从坑道墓穴[2]和猎取鹪鹩王[3]
　到小弥撒和拖车式活动房屋公园，
绝不是碳钟[4]的一声滴答，但我
　不这样计算而你也不：
自行车时代已经是千百万次
　心跳以前的事情，
在那之前对我来说没有之后可度量，
　而只是一种静止的史前的曾经，
那里任何事情都有可能发生。对你，对我，
　巨石阵和沙特尔大教堂，
卫城、布莱尼姆宫[5]、艾伯特纪念碑[6]
　都是同一个老人[7]在不同
名字下的杰作：我们知道他做了什么，

1　本诗为组诗《栖居地感恩》的第一首。约翰·巴林顿·贝利是一位喜欢传统风格的美国建筑师，而不是英国著名文学批评家约翰·贝利。
2　考古学术语。实际上是土著建筑的早期样本。
3　据弗雷泽在《金枝》中的解释，是指民俗中人们在圣诞节前夜以桦树棒猎取金冠鹪鹩（在希腊和罗马被称为小国王）。另外关于猎取鹪鹩的民谣有多种版本。例如童谣："鹪鹩，鹪鹩，众鸟之王，圣斯蒂芬节在森林里被抓到……"奥登曾在他编辑的刊物上发表过民谣《小鹪鹩》一诗，后来又收入他编辑的《牛津轻松诗选》。
4　一种用碳-14来计量文物存在时间的"钟表"。
5　英国乡间大宅，位于牛津郡，是唯一被称为"宫"的民间大宅。
6　位于伦敦皇家艾伯特音乐厅北面，维多利亚女王为纪念丈夫艾伯特而建立。
7　"老人"，见《老人之路》注释。

甚至知道他对他的想法有什么想法，
但我们不明白为什么。（想要明白，你得
　　以他的方式自私，在没有
混凝土或葡萄柚[1]的情况下。）现在轮到我们
　　让未出生者费解[2]。没有任何世界
能够长存下去，但无论是否不朽
　　一个世界依然必须被建立，
因为我们可以从我们的窗口看到的
　　那个不朽共同体[3]
无论如何都在那里：它非常适度
　　而且它从不沉闷但
它还是不太行。它的栖居者包括
　　建造最精致的
住所和纱橱的石匠和木匠，
　　但没有建筑师，如同
没有异教徒和粗鲁人[4]：要对
　　死亡表达不满，要建构
坟墓和庙宇的第二自然，生命
　　就必须懂得如果的意义。

1962 年春（？）

---

1 混凝土十九世纪初才有，葡萄柚十九世纪末才引进英国。
2 因为祖辈使我们费解，例如能否建造一个好世界的问题，所以我们也将使我们的后辈费解（言外之意是除非我们能使他们不再费解）。
3 指自然界的生灵，包括动物和人（作为具有动物本能的那部分人）。
4 大自然迫使其栖居者做适合生存的事情，但她没有审美或道德判断，不认识建筑师或异教徒和粗鲁人。

附笔

距我鼻子约三十英寸
是我个人的边境,
其间所有未开垦的空气
都是私区或自留地。
陌生人,除非我用床笫间的眼色
示意你来建立手足之情,
否则小心不要粗鲁越界:
我没枪,但我会啐。

死神的宣叙调 [1]

女士们，先生们，你们取得了最瞩目的
　　进步，而进步，我同意，确实很有裨益；
你们制造的汽车比停车场能容纳的还多，
　　音障也突破了，也许很快就会
　　在月球上放置投币自动唱机：
但容我提醒你们，尽管如此，
我，死神，仍然是并将永远是宇宙主宰。

我仍然拿年轻人和勇敢者来消遣；只要我高兴
　　登山家就会踩上腐朽的巨砾，
暗涌就会卷走游泳的少年，
　　超速者就会滑出路肩：
　　另一些人我等他们老些
再根据我的心情给他们派发
一个冠状动脉，或一个肿瘤。

我对宗教和种族既开明又通融；
　　税务状况、信贷评级、社会野心
都不影响我。我们将面对面，
　　不管医生给你们什么药和谎言，

---

[1] 本诗为《两首〈堂吉诃德〉抒情诗》之二，素材来自《堂吉诃德》第二部第十一章。

不管丧事承办人用什么昂贵的委婉语：
韦斯特切斯特女舍监和鲍厄里流浪汉
都将与我共舞，当我擂起鼓。

1963 年 11 月

换一换环境[1]

鸡眼、胃灼热、窦性头痛,这类小病
诉说你的名字与你之间的疏离,
建议换一换环境:注意听它们,但让
它们的不舒服的适度性警告你
小心你的梦想的俗艳差使。

留水手胡子,穿僧侣衣服,
或用一种黏着性语言跟一种
石器时代文化做生意,会显得娇惯;
去别处就是退出到处活动;
侧移一步,短短的,就能把你送到那儿。[2]

虽然它的苍头燕雀也许已经
学会另一个流域的方言,
一个断层改变当地的建筑石料,

---

[1] 奥登关于此诗的自剖文章,见本书附录。在与伊丽莎白·迈耶合译的歌德的《意大利游记》完成后不久,奥登把这首诗寄给迈耶,并解释说,此诗写的虽然不是歌德,却是由歌德触发的。奥登在自剖文章中说,诗中的"你"的年龄、性别、社会地位、职业和与面具及自我相关的问题等等,是任何碰巧读这首诗的人的。富勒认为,奥登此说也许不是很老实,因为这首诗采用的非自称的第二人称,在本质上与《将不会有安宁》一诗中采用的相同,而奥登自己承认后者是自述。富勒还说,此诗最后提到的"大公",被奥登说成可指代"社会、文学批评家等等",则足见奥登在诗中是想到文学名声的。

[2] 这两句对"别处"做了微妙而深刻的定义:咫尺之间(短短侧移一步)即是别处。

但是它有牧师，女邮政局长，引座员，
它的儿童都知道他们不用向陌生人乞讨。

在它普普通通的别处性范围内
你的名字就如同镜子作答，你本人
则是你在商店的行为，你给的小费：
它不站在任何一边，因为它两边都是局外，
但以有助治疗的忽视来欢迎双方。[1]

同样地，当你们两个[2]都回到这里（因为你会），
这运气和直觉最初带你来的地方，
它也不会用欢送仪式
向你们的和解致敬，或使你们的不在场
挤满了相干或不相干的逸事。

有关你重新公开露面的研究将不会
像判断疗效所要求的那样，表明
爱、观念或饮食都突然发生改变：
你在别处的逗留将依然是你滔滔

---

1 奥登在自己为此诗而写的笔记中说，"别处"就是一种"如此内在的生命，无法进去视察。（它）忽略你"。门德尔松说，你撤退到那里，而你的名字却依然像往前一样可见。"你的名字就如同镜子作答"：它是任何观察它的人的镜像；他们所见乃是他们自身投射在你身上的东西。"你本人"在进入你的内在的别处的世界期间，是行为性的，而不是道德性的："你在商店的行为，你给的小费。"别处"不站在任何一边"，不管是你的名字还是你。"它两边都是局外，/但以有助治疗的忽视来欢迎双方"——因为你一旦去别处，就已经选择不受其影响。
2 即开头提到的"你的名字"（外在自我）和"你"（内在自我）。

不绝的传记里一个无字的漏句。

狂热的学术研究充其量只会证明
你从某个委员会辞退，或发现
大公写给他侄儿的一封信，
信中除了更重要的流言，还提到
你似乎不像以前那样风趣。

1961 年 9 月

你[1]

过于熟悉的
密实的同伴，
你是否真的非得
总是在那里？
我们之间的纽带
显然是空想的；
然而我无法扯断它。

是否我，生来为了
神圣的游戏，
却非要变成卑微的技工，
以便你可以崇拜
你的世俗面包，
一点也不去思考
时间的价值？

至今我对你性格的
了解仅止于
它较愉快的一面，
但你知道我知道

---

1 这是心灵在跟肉体说话。

那一天将会来到，
你将逐渐变得野蛮
并深深伤害我。

完全愚蠢？
要是你能这样就好了：
但是不，你以那些我曾经
傻得会去相信的品味
来煎熬我。
呸！笨蛋：
我知道你是在哪里学的。

我是否可以甚至在
生物的事实上相信你？
我强烈怀疑你
认可某种积极
真理的教义，
却喂给我虚构：
我永无法证明。

啊，我知道你怎样遇见
一个罪人的头颅，
一个无辜的灵长目动物的
高精密时计怎样
在两个冰川之间
更改它的速度：

这说明不了什么。[1]

谁修修补补又为什么?
为什么我很肯定
不管你有什么错,
错的总是我,
为什么孤独不是
一种化学不适,
也不是一种味道?

1960 年 9 月

---

[1] 这一节说到两个冰川期之间进化的变化使身体有了自我意识:"罪人的头颅"。

阿卡迪亚也有我[1]

谁,现在看到如此
快乐地结了婚的她,
家庭主妇,贤内助,

能想象她曾是那个
尖叫的悍妇,那个亚马孙[2],
大地母亲?

她的丛林生长
已经减缓,她那些过高的
怪兽变得羞怯,

她的土壤粗粗咧咧[3],
那里成排整齐的谷物
很快将日出般蓬勃:

站着或蹲伏着[4],

---

1 原文为拉丁语,是普桑一幅画的标题。画中几个牧羊人,其中一个好像是牧羊女,围绕着一座庄严的坟碑,碑上刻有这句话。有解释说,"我"是指死神,也有解释说,"我"是指墓中人。
2 希腊神话中的女战士。
3 原文"mumbled",意为嗫嚅,但门德尔松认为这里用的是古义。
4 原文"Levant and couchant",这里用的是古义。

被驯顺[1]了的纯种动物
在草地或牧场上啃吃,

一个教堂钟分割白天,
夕阳下沿着小巷
鹅群缓笨地回家。

至于他:
史诗和梦魇讲述的凶蛮者[2]
发生了什么?

没有主教带着斧头
追逐他们的领班神父,
在一个强盗贵族[3]

坍塌的老窝
没带匕首的观光客
在野餐。

我也许可以把自己想象成
一个人文主义者,
要是我能做到不去看

---

1 原文"duanted",意为威吓,门德尔松认为这里用的是古义。
2 指早期的人。
3 指抢劫经过自己领地的旅客的贵族。

高速公路怎样
以不敬神的罗马人的傲慢
碾过风景,

农家的孩子
踮着脚尖经过
藏着动物阉刀的工棚。

1964 年 5 月(?)

哈默弗斯特[1]

四十年来我在地图上向它致敬,
　　地球上最北端的城镇,生产
你能买到的最好深冻鱼条:三天来,
　　我到处闲荡,一个单语的朝圣者,
喝着世界最北端的啤酒厂的啤酒。
　　虽然越出道德圈[2]许多英里,在三个
阳光灿烂的夜晚期间我没有看见也没有梦见任何
　　纵欲狂欢,任何大蠕虫:不过,粗野者——这回是德国
　　人[3]——
留下了他们惯常的印记。我,或任何年过五十的人,
　　还能有多少敬畏之心可以失去?

它是否像它看上去的那样世俗?我也许会这么想
　　除了我的耳朵:在声音方面有些古怪事情
发生。说话声、笑声、脚步声、货车怒吼声,
　　每一个发声都单独响起,短促刺耳,
在它可以被别的发声抵触或混淆之前
　　被截断:一片倾听着的地形
把它们全抓住,一个也没在回声中归还,
　　仿佛我们人类愿意发出的任何噪音落在这么荒凉

1　挪威地名。
2　挪威南方人对北极圈的幽默称呼。
3　1945年纳粹国防军撤退时烧毁了每一座房屋。

这么偏远的地方依然重要似的。
　　这里是一个我们尚未失望的地方。

它用以判断我们的仅有社群,
　　那住院修士、苔藓和地衣,都矢志
静止和缄默:它的岩石几乎什么也不知道,
　　没听说过郁闷的爬行动物帝国,
或马的史诗式旅行,没听说过有关
　　前冰川期海岩群落的故事,那时巨大的
古灌木被芬芳的鲜花击败,
　　大地被色彩征服。说不定它认为
宗教开始于救世军,
　　战争开始于摩托化的愤恨应征士兵。

如此赤裸的地面,可能需要一个世纪才会弄明白
　　我们如何对待那些拥有任何我们欲求取之物的
地区或生灵:使数百万英亩
　　本性善良的表土层感到厌恶
可以说是一个成就,而未能注意到
　　园林植物和农家院场野兽如何看或拒绝
看我们,并把它们全都视为亲爱
　　忠诚的老家臣,则是另一个成就,但为什么
要在此时提及此事?我的闯入没有亵渎它:
　　如果纯真是神圣的,那它早就是神圣的。

1961 年 5 月

巡回朗诵

跟着远洋旅客,
迷失在他们猥亵而自负的路上,
去马萨诸塞,密歇根,
迈阿密或洛城,

我乘坐空中交通工具,
每夜都注定要去实现
哥伦比亚-吉辛-管理公司
那深不可测的愿望;

经过他们的举荐,
我便有借口把缪斯的福音
带给原教旨主义者,修女,
异教徒,犹太人,

一天又一天,每周七日,
所到之处都来不及熟悉,
就从演讲地点赶赴演讲地点,
一路都劳驾喷气或螺旋桨。

虽然我到处受到热情款待,
但实在换得太频繁、太快,

我简直闹不清前天晚上
我到底在什么地方,

除非碰上特殊情况
让你不能不留下印象,
一句不折不扣的蠢话,
一张勾魂摄魄的面庞,

或遇到天赐场合,充满欢乐,
完全未经吉辛计划的安排:
譬如,这里一个托尔金崇拜者,
那里一个查尔斯·威廉斯迷。

所谓成就,于我如粪土,
我也就大大咧咧上讲台,
说真的,千万别问我
报酬是不是太多。

精神可以镇定自若
不断重复同一套老话,
肉体却怀念起纽约
我们那套舒适的公寓。

一个五十六岁的人,见到
午餐时间一变就完全受不了,
更远远谈不上迷恋

恼人的豪华酒店。

《圣经》无疑是本好书,
我总能读得津津有味,
不过我真的不敢恭维
希尔顿的《不用客气》,

也无法若无其事忍受
学生汽车里的收音机,
早餐的背景音乐,或(拜托!)
姑娘在酒吧演奏风琴。

慢着,更糟的是,每当我的飞机
开始下降,亮起"请勿吸烟"的讯号,
这念头就老往心头上冒:
有酒喝吗[1]?

难道这就是我的处境
多像格林的小说!陷得多深!
非得我赶紧从口袋里
抓出一瓶兴奋剂?

---

[1] 富勒说:"巡回诗歌朗诵(哥伦比亚-吉辛-管理公司是奥登的经纪公司)为奥登式体裁——飞机诗——提供了一个滑稽背景,尽管在这里诗人的眼睛与其说是望着下面的世界,不如说是盯着他的手提箱。如果他访问的州是禁酒的,他朗诵结束后能够获得的唯一酒精将是来自他自己的酒瓶。"

另一个早晨来了：我看到
又一批听众的屋顶
在我的飞机底下越变越小，
而我再无缘再见。

上帝保佑他们，虽然
我记不清哪个是哪个，
上帝保佑美国，如此广阔，
如此友好，如此富足。

1963 年 6 月

为玛丽安·摩尔而作的镶嵌画[1]

（1967 年 11 月 15 日她八十岁生日之际）

个人所好的封闭花园
都是些着魔的栖息地，
那里真实的蟾蜍可能抓到一只想象的苍蝇
而气候将为老虎和北极熊
提供方便。

因此在你的花园中央（坐在那里
是人之常情）我们看见你坐在
一棵惑猴树[2]下，戴着宽边帽，
脚下是你为了我们于是通过想象它们
而赋予它们生命的野兽。

你那只凶猛的菊花头狮子，
你那只踮起奇彭代尔[3]爪
直立的跳鼠，你那只举止如同
焦纸团的鹈鹕，你那头散发水味的麝牛，

---

1 本诗为《十一首应景诗》之九。诗中很多意象都来自摩尔的诗或言论，例如她说过诗歌是"一座想象的花园，里面有真实的蟾蜍"。
2 惑猴树：正式译名是智利南美杉，据说树太高，连猴子都感到迷惑，不知道怎么爬。
3 奇彭代尔家具式样以优美轮廓和华丽装饰见称。

你溺爱的鹦鹉螺,

都要应付令它们吃惊的事情,用中西部口音
迎接陌生人,
甚至那个懒汉,那个非象类生物,
他显然是来这里崇拜,且常常
被选中去哀叹。

自我中心,怪癖,他将命名一只猫为
彼得,一款新车为爱泽尔[1],
强调他自己的生日和少数几个
他认为值得的人,如同今天我们强调你的名字,
玛丽安·摩尔小姐,

你挑剔但公正,不会被那些
其性情是要冒犯人的人
所冒犯,你请求眼镜蛇原谅,
你总是准时并且你自己绝不会
用四个 r 写 error[2]。

对那些海豚般优雅如瑞士手推车的诗
我们的感谢应该是好好来一阵

---

1 福特公司一款滞销汽车。福特公司曾请摩尔为这款汽车命名,但摩尔的命名未获接纳。爱泽尔不是摩尔为福特汽车起的名。
2 "error"意为"错误",其拼写有三个"r"。

齐发的吠叫：因为闷声远远不够，例如
"这一切做得多么好，有着多么
无瑕疵的完整性。"

1967 年 8 月

自那

在一个十二月中旬的日子,
我正为自己
油炸香肠,突然感到了
年轻三十年的手指下
方向盘的边缘,
脸颊上拂着一个八月正午
干燥的风,
作为我身边的乘客
你依然是那时的你。

扑扑着穿过一片种蔬菜的
冲积平原,
我们在一阵阵白尘中疾驰,
群鹅尖叫着逃走,
我们差点儿就撞到它们,
以最短的距离
驶向逐渐朝着东边
扩展的群山,
欢乐地肯定入夜时分
欢乐将会降临。

确实如此。在一个铺石板的厨房,

我们享用烤鳟鱼
和臭味芝士：我们在火炉边
闲谈了一会儿，
然后拿着蜡烛爬上
陡楼梯。当场
做了爱：如此平静幸福
很快我们就入睡，
伴着穿过峡谷的
河水的擦拭声。

自那以后，其他种种狂喜
燃烧又消退了，
敌人改变他们的地址，
而战争使众多对我们
如我们对他们般珍贵的
不知名邻居
变得丑陋：
但你的形象周围
没有雾，而大地
依然能惊异。

那么，我还有什么可抱怨，
在一间郊区的整洁厨房里
悠闲地干着琐碎事？
孤独？垃圾！
有真实面孔和风景相陪

407

已经够社交了，
它们友善的样貌
足以让我学会
跟痴肥和一点
名气相处。

　　　　　　　　　　　1965 年 1 月

鸟语

尝试理解鸟儿
　　从四面八方说的话,
我在我所听到的之中
　　认出预示恐惧的噪音。

虽然我确信,它们有些一定
　　代表狂怒、逞强、色欲,
但鸟儿叫出的其他所有鸣声,
　　听上去都像欢乐的同义词。

1967 年 5 月

在适当的季节 [1]

春天、夏天和秋天：这是些我们见到一个先于
我们的认知而存在的世界的日子，花草则具体地
以气味颜色思考它们的，而野兽，全身都是
同一年龄 [2]，在一个行为层面上追求
愚笨的横向生活，因此不能成为
人类想变神圣的阴谋的秘书。

全都被嵌入一个设定的节拍器：因此在五月
还窝在蛋里的小鸟互相叩起出壳！
迷上六月的布谷鸟走调了；当虚胖的七月
调高大地的热度，蝰蛇解开它们
有毒的绳结开始活动；在十月寒意的提醒下

---

[1] 奥登在给不同友人和编辑的信中说："我……对《在适当的季节》颇感自豪，尝试写以重音定节奏的阿斯克勒庇亚德斯诗行。""这首诗谁也不会注意，但作为一种格律练习，我感到自豪，尝试写一首相当于贺拉斯《颂诗》第一卷第一首以重音定节奏的诗。"在接受《美国诗人选自己的诗和往昔的诗》编辑的约稿时，奥登选了《在适当的季节》和托马斯·坎皮恩的《歌二》("Canto Secundo"或"What faire pompe")，因为坎皮恩这首诗是他所知道的仅有的另一首阿斯克勒庇亚德斯诗行。"坎皮恩与我的不同之处是，他无法决定到底是以元音长短还是以重音来划分音步，而我则是纯粹以重音定节奏，完全忽略元音长度。"阿斯克勒庇亚德斯诗行源自古希腊诗人阿斯克勒庇亚德斯。

[2] 奥登曾在其《某种世界：备忘札记书》中摘录埃里克·阿什比的一段文字，里面说植物全身和动物全身的生长年龄是不同的。例如植物的根茎部可能已经有几岁大，其末梢部则只有几天甚至几小时大。而动物全身同时发育生长，到一定程度不生长了，但还继续活着。

年轻叶子们给了老叶子们解脱的一曳。

不过，冬天有在户内对我们自己
望一望的正确时态，有直呼名字者面对面坐着，
是阅读思想的时间，试验新格律
和新诀窍的时间，适合反省
在更温暖月份里记下的事件，直到它们
转变并参与一个人类故事的时间。

那里，大自然的面具对我们要求智慧的呼声
做出反应，放松地咧着多变的嘴笑，
石头、旧鞋活跃起来，带着神圣的征兆，
用它们对其一无所知的神秘仪式的第一人称
向我们点头，带来特殊事物的
唯一隐形源头的口信。

1968 年 8 月

1968 年 8 月[1]

食人魔做食人魔能做的事,
那不是人所能及的行为,
但有一个奖赏他够不着,
食人魔不能掌握言辞。
在被征服的平原上昂首阔步
走在平原上的绝望者和被杀者中间,
食人魔两手叉在臀部上,
口水咕噜噜喷涌。

1968 年 9 月

---

[1] 奥登致编辑:"我对(苏联)入侵捷克斯洛伐克的反应。"

河流侧影[1]

我们的肉体是一条铸造的河流。
　　　　　——诺瓦利斯

源自好战的往昔,云和岩石
雷霆般的迎面撞击,在一个
上冲地层、冰隙与雪崩、山精的国度,
可使呼吸者死亡,

它没入融化线下我们的画面里,
那儿冰斗湖冻结在蹙眉头的冰斗下,
羊铃铛、风衣、钓竿、采矿灯的国度,
已经对那些

变成它的仁慈的外表和姿态感到自在,
像它应该的那样,在依然无名、依然
能跳跃的溪水中流动,穿过任何衰落的国度,
呈螺旋形探索着。

很快达到被命名的规模,并成为

---

[1] 门德尔松认为这是奥登最伟大的后期诗,也是二十世纪最伟大和最奇异的诗之一,通过从北到南的河流暗喻一个人从怀孕到衰朽到可能的复活的过程。"侧影"亦可译为"传略""简介""侧面像""概况"等。

敌对势力之间肮脏内斗的原因，
它沿着陡梯、水渠与涡轮机的国度，
任性地急冲而下，

冒着泡沫穿过一条切入较柔软地层、
夹在昂向天空的险崖之间蠕动着的峡谷，
强盗贵族、拖绳、运输道的国度，
商人的梦魇。

从山麓小丘倾注而出，一会儿呈无声曲流状，
一会儿呈微波辫状，它夸耀着越过一片紧跟臭迹的[1]
老平原，城堡和苹果榨汁器的国度，
它的豪华进程

被颤抖[2]的白杨树护送了一阵子，
然后被烟囱：引领去冷却和清洗
蒸馏器、蒸汽锤、储气罐的国度，
它改变颜色。

被污染，被架桥横贯，被混凝土筑堤，
现在它把一座讲多种语言的大都市切成两半，

---

[1] 原文为"well-entered"。奥登在唱片录音中特别说明："我把平原称为well-entered，这是养狗人的术语，意思是受过良好训练。"这首诗完成后不久，奥登在《在西敏寺发表的布道文》中，再次用"well-entered"来形容牧羊犬。门德尔松在该文按语中说，well-entered是指"狗被引导去完成诸如跟踪某些特殊气味的任务"。
[2] 原文"quibbling"，意为"发牢骚"，这里用的是方言义。

打字纸带、出租车、妓院、脚灯的国度，
总是时髦款式。

随着月亮的盈亏扩张或潜藏，
跟着粉末化的荒废地幔变浑浊，
穿越更平坦、更呆滞、更炙热的轧棉机国度，
它冲刷，接近

潮汐水位线，在那里它卸下威仪，
解体，疲劳地穿过一个三角洲的众沼泽，
撑船篙、猎枪、牡蛎铗的国度，
抵达它的

最后一幕，屈服、消除、赎罪，
在一种任何被抱着睡的迷人小孩都不会
梦见的巨大无定形聚集体里，非国度，
死亡的形象

如同一滴球状的生命露珠。我们的
惊险故事相信，就连讨人嫌的魔怪也可以
被转化为水，那位所有特殊者的
无私母亲。

1966 年 7 月

六十岁序幕[1]
(给弗里德里希·黑尔[2])

远方高地一片暗绿,
护林员照料定栖牧群[3],
浅黄而肥沃的田野在它们下面:
耸在鬃丘[4]脊上,一棵橡树
孤立如杆,喜好阳光。

更容易听得见,更难看得见,
那些有肢生命,移动的,
机械的,暴躁的,
社交的或孤独的,在他们的光阴
仍留存时寻求食物、伴侣和领土。

辐射状的共和国,扎根原地,
两侧对称的君主国,坦率地移动[5],

---

[1] 富勒说,把六十岁说成序幕,是因为如同第八节所言,精神从肉体死亡中发展而成并独立于肉体。
[2] 奥地利作家,著有《欧洲思想史》。
[3] 指在固定地点出没,有别于季节性的流动牧群。
[4] 鬃丘,因状似猪背,又称作猪背岭。
[5] 富勒在评论这首诗时,提到"树(木、林)不能移动(第三节),尽管人可以'搬离'(第五节)"。又说"开头几节中描述的奥地利森林"。按此,则"共和国"(原文复数)并不是指政体,而是树木或森林;相应地,"君主国"(原文复数)也不是政体,而是河流或道路。下一句"按分类属禁欲派和自我(转下页注)

按分类属禁欲派和自我监管，
享受它们的仪式，它们的资料王国，
守它们的肉体法，生活优渥。

几乎是张开大口的哺乳动物中的最年轻者，
命名者，怕鬼者，
战争和俏皮话制造者，
一种古怪生灵，总是处于危机中，
我属于这个焦虑物种，

机遇和我自己的选择已抵达
每年从别处搬离，来到这里，
从芽儿暗淡停留至叶子红晕，
按血统是野蛮人，以偏见看
是北方的儿子，在边界线以外。

我的族人是贪婪的海盗，
粗鲁而残暴，但不会算计，
不会步调一致也不会造直路，
也不会像元老院议员那样沦落至
跟奴隶一起迷上宏伟建筑和角斗士。

但是福音传播至非罗马土地。

（接上页注）监管"较早的版本为"全都听从造化女士的吩咐"。由此可见作者在前三节诗中将其奥地利居住地的环境拟人化，如同在第四节把人"拟（动）物化"。

417

我可以翻译五个教区教堂的洋葱头状
圆顶钟楼用巴洛克风格布道的东西:
造一个,就必须有二个,
爱很实在,一切运气都很好,

肉体一定会在从出生到死亡这段
注定的时间中消失,两者皆非自愿,
但精神可以用自由选择的信仰
以逆时针方向从死亡
朝着复活攀登,一种再开始。

希腊行为准则也使我们明白:
一个品德高尚的人必须了解
万事万物都有快乐的每一性,
区分奇数和偶数,
为事实佐证。

向东,向西,在高速公路上
驾车者嗖嗖疾驰,在铁路主干线上
远视的特快列车将蜿蜒而过,
穿越一个大自然恩典所赐的缺口:
今天依然,如同在石器时代,

我们的沙谷是一条珍贵通道。
冲积滩,经常被水淹;
冰水沉积的土地,伸向北方;

向南方，驳杂的石灰岩高山
妨碍探路者前进。

一心想着滑雪坡或剧院首演，
很少人经过我们时会去注意
我们散乱的小村庄，那里在收获时节
小孩驾驶的突突响的拖拉机
沿着有树荫的小路踉跄而去。

现在安静了但也见识了
不受欢迎的游客、侵害、
惊恐和尖叫、战斗的损伤：
土耳其人来过这里，还有拿破仑军团，
德国人，俄国人，都没带来欢乐。

虽然成排树篱的缺席使我感到怪异
（风景吹嘘说，没有任何辉格党地主
曾经君临过奥地利领土），
但是这种非英国特征在我用十年
去爱之后，看来气色相当好，

它的名字也加入我的精神地图，地图里
有被一个支气管炎少年怀着敬畏凝望的
索利哈尔煤气厂、萤石矿、
费斯廷约格铁路、赖厄德水坝，

十字架荒野、凯尔德和大锅口鼻瀑布[1]，

又因为在那里读到什么，因为一次午餐、
一次肉体交欢或纯粹心情轻松，而变得神圣的地点，
菲尔布林格街和弗里德里希街[2]，
伊萨峡湾[3]，埃波梅奥山[4]，
波普拉德、巴塞尔、巴勒迪克[5]，

有较现代的圣地，米达街，
卡内基音乐厅，和第五大道上的
联爱[6]大烟囱。现在我是谁？
一个美国人？不，一个纽约客，
经常打开《时报》的讣告栏，

他的梦中景物表明他已过时，
醒来置身于激光器、电脑、
自助性爱手册、
被窃听的电话、精密的
武器系统和病态笑话中间。

---

1 此节中的名字，为奥登童年和少年时代熟悉的地名。
2 这两条街是柏林的工人阶级聚居区，奥登在菲尔布林格街8号住过。
3 位于冰岛西北部，奥登1936年曾访问此地。
4 位于意大利那不勒斯湾，是火山岛伊斯基亚的最高峰，从奥登位于皮亚扎-圣卢西亚岛的住所可以望见它。奥登从1948年开始到意大利避暑。
5 波普拉德位于捷克东部，奥登1934年8月在这里待过两天，然后先后抵达瑞士巴塞尔和法国巴勒迪克。
6 奥登1940年住在纽约布鲁克林的米达街7号，从那里可以望见联合爱迪生电力公司的大烟囱。

已经有一只无助的轨道犬[1]
对着我们可怜而自负的圆球眨眼,
那里很多人挨饿,很少人看来不错,
我的时代产生了众多逼供者,
他们在休息时间读里尔克。

现在世界统治者们乘坐大型喷气机
直闯各个时区去参加联合会议:
我们的牧羊人不睡觉不拉屎,
并非全都精神正常的首脑们
签署条约(连带秘密条款)。

六十岁在十六岁以上者眼中有意义吗?
我的阵营与他们的阵营有共通处吗,
包括徽章[2]、胡子和自由集会?
我希望有不少。《使徒行传》写道,
品味在圣灵降临节不是问题。

人会讲话因为人会聆听,
超越希望,去渴求一个第八天[3],
那时生灵化的形象将变成与神相像:

---

1 指苏联太空犬"莱卡"。
2 据门德尔松,奥登曾对人说,他最喜欢的徽章铭文是"帮助铲除现实""节水:一起洗澡""吸血鬼讨厌鬼""普鲁斯特是长舌妇"等。
3 在二世纪的《巴拿巴书》中,"第八天"是安息日之后那一天,上帝休息之日,也是"另一个世界的起始"之日。

生命赐予者,请为我翻译,
直到我终于完成我的尸体[1]。

1967 年 4 月

---

[1] "物质的东西,例如开首几节中描述的奥地利森林,可以'守它们的肉体法,生活优渥',但对人类来说,肉体是不够的。他在六十岁的时候开始'聆听,超越希望',企盼灵魂那不可能的要求。他按神的形象被创造出来,等待他的存在在一种超越被创造的生命的时间维度中达致完美(最后一节中那被等待的第八天)。这个希望的证据就在语言中,因为语言是人类有别于其他被创造的事物例如森林的特征之一。"(富勒)

所闻与所尝

鼻和腭绝不会怀疑
它们对外面世界的裁定,
但转眼又谴责或赞美
每一个抵达它们的事实:
我们的品味无疑迟早会变,
但如果变也是会变得更好。

相对于几乎任何畜生,
我们的味觉不够灵敏,
但野兽判断固然微妙,
却无法解开一场盛宴的奥秘:
在心灵中通过化学协调,
爱得到增强,希望得到恢复。

1969 年 5 月

所听与所见

耳朵报告的事件
都轻柔或响亮,而非远或近,
在所听之中我们只感觉
瞬息和暂时:
一声吠,一声笑,一声枪响,
这些也许跟我们有关或无关。

已发生和将发生的事情
在视觉中形成统一:
所见之山维持它本来的面貌,
但预示种种更远的距离,
而我们每次都带着愉悦知道
每个景观之后还有诸如。[1]

1969 年 5 月

---

[1] 奥登对人解释说:"无论我们望向地平线或目光被一座山遮挡,我们都知道我们所见之外还有东西。"

伪问题[1]

谁有可能会同意梅特涅
和他的思想警察?然而在一个自由开明的
环境下,阿达尔贝特·施蒂夫特[2]有可能写
　　他那些高贵的田园诗吗?

反过来也一样,哪个敬畏上帝的治安官
会梦想自己跟一个金融骗子[3]和反犹者
握手?然而理查德·瓦格纳
　　创造出杰作。

野马无法拖着我去辩论
艺术与社会:服膺基督教信条
或马克思主义信条的批评家都应该闭嘴,
　　免得喷出谬论。

　　　　　　　　　　1969年6月

1　曾在笔记本里拟用标题"艺术与社会"。
2　奥地利作家,玛丽安·摩尔曾与人合译过他的作品《水晶》,奥登为该英译本写过书评。
3　"金融骗子"是指瓦格纳重复出售著作版权。

异类[1]
（给威廉·格雷）

虽然把我们，诗人和计数者，与完全沉浸于
宽容的寂静中、因叶绿素的恩典而很少杀生
且绝不会提出任何疑问的旧植物世界
分隔开来的那条鸿沟很宽，但我们把它们当作邻居
对它们点头，它们也会对园丁的照管做出友好反应，
乐意被给予不只是自我教育的机会。
至于温血的野兽，我们不需要达尔文来告诉我们
马和兔和鼠是我们的同类物，双声鸣禽
是表亲，不管隔多远：虽然我们看上去独特，但我们也
曾被撵到户外的寒冷里，贵宾狗般赤裸，男性或女性，
攫取并吞噬蛋白质，排粪，表演不雅观的
双背野兽[2]，直到受年龄挑战变得蹒跚，我们屈服了，
衰弱成了停滞物，而它们则通过终生保留
一种持续可见的形体而与我们人类关于拥有一个自我的理念
保持一致。我们禁不住要想象它们也像我们一样
眯起眼睛看地平线，不管多么模糊地意识到
超乎它们必须关心的东西，朦胧地为自己是某个
能下床活动的人而欢欣：是的，即便是它们的最谦卑者，

---

[1] 奥登对一位德国文学研究者说："我期望你看出这首诗的楷模是歌德的《动物变形记》。在我的上一本书中，我意识到我两个主要的楷模是贺拉斯和中期的'古典'歌德。其他明显的影响是里尔克（我觉得是坏影响）和布莱希特。"
[2] 典出莎剧，指男女性交时如一头双背野兽。

想必也嗅探着在通往勇气、发声、欢乐和附带的爱的
危险直路上走几步。这就是为什么在我们的民间故事中
癞蛤蟆和松鼠能说话，在我们的史诗里伟人被比作
狮子或狐狸或鹰。
　　　　但在我们与占生物中
十分之九的昆虫之间，龇露着一道
共鸣难以侵越的裂缝：（哪个圣人会跟蟑螂交朋友
或对蚁冢布道？）不因羞耻红脸，未获悲伤认可，
完全没有对失败的恐惧，它们使信仰者对慈父般的天意的信念
感到气馁，也使无神论者对事件纯粹是随机发生的信条
感到灰心。先是作为一种难以满足的爬行食客，
然后被埋葬和变成坏疽，然后从裹尸布中脱颖而出，
长了翅膀和能交配，色彩斑斓，成为果汁吮吸者，
却又是难以抑制的狩猎者和贮藏者，这必然会破坏任何
整体感觉。把它们加插进来[1]，原谅那些性交只预留给少数者
而多数有生命的工具箱则死于过度疲劳的
城镇[2]，你不禁想编造一个更早的灵知派
堕落神话，先于爬行动物亿万年：
亚当，一个螃蟹似的生物，刚刚蠕动着从他难以
在其中谋生的罩满水汽的海洋里出来，现在奄奄一息地
躺在一片无歌的海岸上。于是，那诱惑者，不是我们
浪漫的撒旦而是一个聪明的笛卡儿式执政官，

---

[1] 意思是（如果）把它们加插进植物和动物中，等而视之。在奥登看来，植物和动物与人还有某些共通之处，但昆虫不能等而视之。
[2] 奥登把蜜蜂和蚂蚁等动物的窝巢喻为"城镇"。显然，在他看来，这类"城镇"的居民比昆虫好些但也好不到哪里去，只是些"有生命的工具箱"。

便哄骗他：做得不是很好，你呀，可怜的必死者，
嗯嗯，也不太可能做得更好，这都是多亏那位我们都知道
他是谁的阴谋。(他是一个宝贝但逻辑不是他的强项。)
自由对于天堂里那些无形体者来说还能勉强应付，但是对于
鬼影似的广延物质来说，后果将是注定
在犯错会致命的地方犯错。但信任我并活下去吧，因为我
完全清楚需要做什么。如果我为你编排你的神经节
你将继承大地。[1]

   这样一个神话，我们都知道，不是答案。
它们对自己的意义或对上帝的意义是一个无意义的问题：
而对我们来说很简单，它们是我们绝不可成为的东西。

1970 年 5 月

---

[1] "这是奥登迄今对灵知派最严重的攻击，因为他暗示相信物质是邪恶的、相信心灵的优越是人类唯一的美好要素，其逻辑后果将是欲求昆虫那种自动化般的生存。你会把你的神经节加以编排，以获得对肉体的弱点或者更确切地说，对人类的弱点的完美控制。"(约翰·彼得·库伊斯特拉《词与道：奥登后期诗中的艺术与基督教》)"诱惑者是……一个没有面孔的声音，一个现代技术官僚，他向一个迷惑的螃蟹似的亚当式生灵提供一种选择，就是从焦虑中释放出来，进入一个有着坚固确定性的世界。"(门德尔松)"在灵知派中，执政官是一个恶魔，源自巴比伦的星际诸神，被称为七重门的守护者。灵知派认为，上帝不可能创造一个像感觉世界这样可怕的地方。然而这个灵知派场面打败了它自己，因为昆虫只能作为一种另类生物形式被纳入造物，等待进化时机：奥登以耸耸肩结束此诗。"(富勒)

老人院

  全都受限制,但每个都有她自己
损坏的细微差别。精英可以打扮和体面自己,
  都能用一根拐杖走动,熟练地
读完一本书,或演奏轻松的奏鸣曲
  慢乐章。(然而,他们的肉体自由
可能正是她们精神的祸根:清楚
  发生的事情和原因,她们易受眼泪也消除不了的
郁闷的打击[1]。)然后是那些坐轮椅的普通
  大多数,她们忍受电视并在宽仁的治疗师
带领下参与全体大合唱,然后是
  孤寂者,在地狱边缘咕哝,最后是
完全不能胜任者,无长远打算、
  无话可说、无瑕疵如她们拙劣地模仿的
植物。(植物也许会渗出大量水分但不会
  弄脏自己。)不过,有一个纽带联结她们:
在这个如今已严重走样的世界更宽敞、
  更好看,它的老者们仍有一群观众和一个
世俗身份的时候,他们全都亮相。于是一个小孩
  如果对妈妈感到失望,可能就会找奶奶寻求慰藉,
得到重新评价和听一个故事。到目前为止,

---

[1] "易受……打击"原文"obnoxious",用的是古义。

我们都知道预期什么，但他们这一代
是首要这样消失的一代：不在家里而是被分配到
　一个编号的拥挤[1]病房，被妥善收起来
如同讨人嫌的行李。
　　　　当我乘坐地铁
　去和其中一位消磨半个小时，我重温
她在巅峰时期华贵和富丽的面貌：
　那时候周末来访是一种预定的欢乐，
而不是善举。我是否冷酷，如果我希望她有一种快速的
　无痛苦安息，祈求，如同我知道她祈求，
上帝或大自然切断她的尘世机能？

1970 年 4 月

1　"拥挤"原文"frequent"，用的是旧义。

布谷小颂

现在谁也不会想象你回答无聊问题
——我能活多久？还要做多久的单身汉？
奶油会不会降价？——你的大喊也不会
使丈夫们不安。[1]

相对于那些伟大表演家例如鸫鸟的
咏叹调，你的两音符节目只算儿戏：
我们最心硬的坏蛋也真诚地被你的
筑巢习惯所震撼[2]。

科学、美学、伦理学也许要吹胡子瞪眼
但它们扑灭不了你的魔术：你现在使
上班族惊奇不逊于你过去使野蛮人惊讶。
所以，在我的日记里，

虽然我通常只写社交聚会，最近多了些
故朋老友逝世，但一年又一年，每逢
听到你第一声啼叫，我便忙不迭记下
这神圣时刻。

1971年6月

---

1 "布谷鸟"的发音有"乌龟"的弦外之音，"做乌龟"被用来指其妻子有外遇的丈夫。
2 布谷鸟自己不会筑巢，而是把蛋下在别的鸟的窝里，让别的鸟以为是自己的蛋，为其孵育。

跟狗说话

（纪念罗尔菲·施特罗布尔，1970年6月9日被撞死）

　　从我们这里，当然，你们想要软骨
和被带着穿过刺激的气味风景
　　——颜色不重要——并有机会
追逐一只野兔或碰见
　　一个同胞的屁眼来拱嗅，
但你们最深的愤怒是被当成
　　某个品味和风度都比一群猎犬还要精致的
沙龙的初级成员来接受，
　　被搔肚子，被谈话。
很可能，你们只听见元音，并且是
　　以抒情的加重语气发出，
因此我们不能给你们讲故事，哪怕
　　故事是真实的，或冷冰冰地以第三人称
详细评论不在场的邻居
　　或不会脸红的事物。而我们，我们之中
那些是住户而不是牧羊人
　　或杀手或极地探险家的人，
向你们索要什么？对动物的羡慕，
　　在它们看来镜子毫无意义，它们绝不会
装出虚假的表情，从而提醒我们
　　我们依然是社交智障，
它们从来没学过支配我们的感情

并且实际上也不想学。有些伟人，
例如歌德和李尔，不喜欢你们，
　　这似乎很古怪，但好人，
如果他们养狗，都有好狗。（不能
　　反过来说，因为有些穷凶极恶者
也对你们极好。）只有那些渴望得到
　　一个爱发脾气的永久婴儿
或一根可拆卸的小阴茎的人
　　才会，并且经常会，贬损你们。
对你们的思维来说，幽默和欢乐是一体的，
　　所以你们用整个身体笑，
而再也没有什么比我们狭隘的
　　优越窃笑的噪音更让你们惊愕的了。
（话说回来，我们的年轻男性也对你们的噪音感到惊愕，
　　因为对你们来说，除非一条母狗是在空中飞行，
否则贞洁对你们似乎不是问题。）
　　你们能够更迅速地感到不快乐
而不必被告知枯燥的细节
　　或谁应该对此负责，在暗黑时刻
你们的沉默也许比很多两条腿的
　　安慰者更有帮助。在市民当中
服从并非永远是一种美德，
　　但你们的服从不见得会让我们不安，
因为你们虽然像小孩，却是完全的，不像我们
　　有新一代，我们肩负着
使他们失望的责任，因为除非他们注意到

我们的缺点，否则他们根本就懒得去犯自己的错误。让差异继续
成为我们的纽带，对了，还有我们唯一的共同点：一种戏剧感。

1970 年 7 月

第九辑 （1972—1973）

不可预测但如有神助 [1]
（给罗伦·艾斯利 [2]）

春天及其兴旺的叶子和聒噪的鸟儿又来到这里
再次提醒我那第一次真正的事件，那第一次
名副其实的意外，那次曾经，也即宇宙的
一个小角落一旦变得够放纵，赋予
某种不朽而自足、只懂得盲目撞击经验的原质
一次成败各半的机会，它便有绝对胆量
去变得烦躁，一个要求获得一个世界的自我，
一个从它自身之外更新它自身的非自我
带着一种新自由，要生长，一种新必要，死亡。
此后，对于生灵，持续意味着变化，
存在既是为了自身也是为了全体，
永远处于危险。
　　　　笨拙的冰龙
表演它们慢动作的芭蕾舞：多个大陆裂成两半，
醉醺醺地摇晃在水上：冈瓦纳大陆

---

1 奥登对友人解释说："(这首诗)恐怕有点散文化，但我想看看自己是否能够写一首卢克莱修式的诗。我私底下的标题是'反莫诺'。"门德尔松认为这首诗的结论不仅修改了《物性论》的唯物主义，也推翻了奥登自己以前关于自然界是循环、不自觉的行为的王国的观念，而是重新想象它是自由、实验以及我与非我之间"烦躁"关系的王国。莫诺指法国分子生物学家雅克·莫诺，其在当时颇受欢迎的《偶然性与必然性》是一部还原论著作，这本书认为生物在各方面都是随机事件和物理规律的产物。
2 美国人类学家、哲学家。

迎头撞入亚洲的下腹部。

但灾难只会鼓励实验。

通常，是最适者消亡，不适者

被失败强迫迁移到不安稳的生态位，他们

改变自己的结构并繁荣。（我们自己的鼩鼱祖先

是一个微不足道者，但仍能自认理应如此，

表现出一种我们的显贵们永远不会有的优雅。）

         遗传学

也许能解释形状、大小和姿势，但无法解释为什么

某个体格会被赋予才能去对深思进行深思，

分离形式和质料，并注定要与其形象

不安地共居，惧怕双重死亡[1]，

一个祝愿者，一个不对称物体的制造者，

一个永远无法在大自然的语法里自在的语言学家。

科学，如同艺术，很有趣，玩弄真理，而任何游戏

都不应该假装要消灭那个紧锁着的谜团，

什么是正当生活？

   当然，常识警告我两边都不要

买账，但是当我比较他们对立的存在神话，

戴假发的笛卡儿看上去比彩绘巫师像更偏离常规。

            1973 年 5 月

---

[1] "形象"指人按神的形象被创造出来。"双重死亡"指肉体死亡后，灵魂因人不听从神的指示而得不到拯救。

黎明曲

（纪念欧根·罗森斯托克-胡絮[1]）

重新向一个在那里愿望
改变不了什么的世界招手示意，
从睡眠的软壁病室[2]里
被驱逐出来并获重新接纳
到纠缠的人性里，
再次，如同奥古斯丁所言，
我认识我存在和有意志，
我正在行使意志和认识，
我有意志要存在和要认识，
面对四个方向，
在空间中向外和向内，
观察和反省，
在时间中向后和向前穿梭，
回忆和预测。

外面，对心灵来说，不存在
非人性化的客体，
每一个都有自己的专有名词，
不存在中性：

---

1 曾使用过"仿欧根·罗森斯托克-胡絮"的副标题。罗森斯托克-胡絮，德裔美国历史学家和社会哲学家。
2 精神病院里防止病人自伤的病室。

鲜花显扬它们精彩的色度,
树木骄傲于它们的姿势,
石头喜欢躺在
它们所在的地方。不过,没几个
身体理解一个命令,
没几个能够服从或反抗,
因此当它们必须被管理,
爱就帮不上忙:我们必须选择
把它们看作仅仅是他者,
必须计算、掂量、测度、强求。

在一个地点内,不是名词
而是人称代词的地点,
我与我自己协商,
并认出汝在场
而汝包括我们,
不在意那一大群
被我们当作是他们的人。
没有声音发出争吵,
但我们静静交流,
轮着讲无稽之谈,
有时候只是默默坐着,
而在合适时机我
低声吟唱代表我们全体
而谱写的诗歌。

但时间，这行为领域，
要求有一种复杂的语法
连带很多语气和时态，
而祈使语气居首。
我们自由选择我们的道路
但我们必须选择，不管道路
通往哪里，而我们讲的
过去的故事必须真实。
人类的时间是一座城市，
每个居民都有
一项别人
无法履行的政治责任，
而这已被她的箴言有力地道出：
要倾听，凡人，免得你们死去[1]。

1972 年 8 月

---

[1] 源自罗森斯托克-胡絮著作《言语与现实》："Audi, ne moriamur。要倾听，免得我们死去；或：要倾听，这样我们就能存活。这是一个推论，假设人有一种力量去与邻居建立超越私人利益的关系。"

感谢你,雾[1]

逐渐习惯了纽约的天气,
对烟霾已经太熟悉,
你,她的未被玷污的姐妹,
我差不多忘了,还有你给
英国冬天带来的一切:
现在故土的知识又重返。

急促步态的宿敌,
司机和飞机的威吓者,
能飞者当然会诅咒你,
但我多么愉快地
知道你在圣诞节一整周
被诱去探访
威尔特郡的魔幻乡村,
知道没人能在我的宇宙被缩小成
一座古老庄园大宅的地方快步疾跑,
那里四个结成友谊的自我相聚,
吉米、塔妮娅、索尼娅、我。

---

[1] 奥登在把这首诗寄给诗中的詹姆斯(吉米)和塔妮娅夫妇时说:"去年圣诞节是我自1937年以来第一次在英国过圣诞节。"富勒说,英国的气候特征使得亲朋好友可以在圣诞节的一周中免受陌生人打扰。索尼娅是乔治·奥威尔的遗孀。这次四人聚会,让人想起奥登四十年前的《夏夜》一诗。

户外一片无形影的寂静，
因为就连那些其血液
旺盛得足以要求它们
整年都驻留在这里的鸟儿，
例如乌鸫和歌鸫，
也在你的诱骗下抑制
它们兴奋的感叹语，
没有公鸡考虑尖叫，
树梢隐约可见地
不飒飒响而是保持在那里，如此
有效地把你的潮湿
凝结成明确的水滴。

户内特定的空间，
舒服，适合
回忆和阅读，
填字游戏、亲密、乐趣：
被好味的晚餐
振作，被红酒满足，
我们围成愉快的圈子坐着，
每一个都没觉察自己的
鼻子但对别人保持警惕，
尽情地享受，因为很快，
当宽仁的日子过去，
我们又必须得再进入

工作和金钱的世界，
注意我们的行为和举止。

没有任何夏日太阳
可以消除各大报纸
投下的全球性阴郁，
它们以敷衍的散文呕吐出
我们麻木得无法阻止的
污秽和暴力的事实：
我们地球是一个遗憾点，
但我要为这个如此闲适
如此喜庆的特别间歇
感谢你，感谢你，感谢你，雾。

1973 年 5 月

不,柏拉图,不

我无法想象还有什么
　　比没有形骸的精神更不是我
想成为的东西了,
　　不能嚼或嗫
或跟表面接触
　　或呼吸夏天的气味
或理解言语或音乐
　　或凝望更远处。
不,上帝将我安置在恰好是
　　我会选择安置的地方:
月球影响下的世界是如此有趣,
　　那里人分为男性或女性,
并赋予万物专有名称。

　　然而我可以设想
大自然赋予我的各种器官,
　　例如我的内分泌腺
以奴隶般一天二十四小时
　　毫无怨言的苦干
来满足我,它们的主人,
　　并为我保持体面的外形
(不是我给它们下达命令,

我根本不知道该大喊些什么),
梦想一种不同于它们
　　迄今所知道的存在:
确实,很有可能我的肉体
　　正在祈求"他"去死,
这样她便可以获得自由去变成
　　不负责任的物质。[1]

1973 年 5 月

---

[1] "这首诗激烈的反柏拉图主义(灵魂不朽说)被一个诡计淡化了,也即把身体视为女性,也许这是表示因脱离母亲而失去的东西可以在某种程度上重获。诗人的肉体之所以是'她',不仅因为它是同性恋,而且因为它是母亲最伟大的礼物,如今归属女性的大自然。然而回归地球母亲事实上却是解除有机生命中女性原则承担的不管什么责任,因而只能导致一种不加区别的物质存在。"(富勒)

对野兽讲话

对我们这些自我们最初
被世界吸纳那一刻起
便误入紊乱,

很少确切知道
我们究竟在忙些什么,
并且通常都不想知道的人来说,

即使看不见或听不见你们,
但知道你们就在附近
是何等快乐,

尽管你们很少会觉得
我们值得你们看一眼,
除非我们太接近你们。

对你们全体来说气味是神圣的
除了我们和我们制作的
产品的异味。

你们多么迅速和能干地
执行大自然的政策,

并且从来不会

被诱入行为不端
除了由某种不幸的
偶然印刻作用[1]造成。

天生就有礼貌,
你们不摇势利的手肘,
不斜睨,

不蔑视
也不管另一个
生物的闲事。

你们自己的居所
舒适而私密,而不是
虚夸的庙宇。

当然,你们为了生存
必须杀生,但从来不会
为掌声而杀。

哪怕跟你们中最贪婪的相比
我们那些打猎的乡绅阶层

---

[1] 印刻作用:一种行为模式。例如人工孵化的禽类第一次见到的是人,此后就追随人和依附人,历久不变。

是多么难登大雅。

豁免了税收，
你们从不会感到需要
变得能读能写，

但你们的口头文化
启发我们的诗人去写
美妙的诗歌，

而且，虽然不知道上帝，
你们的颂唱圣餐要比
我们的更可敬。

一般认为你们都受
本能的驱使：我宁愿把它称为
普通常识。

如果你们不能产生一个
像莫扎特那样的天才，
你们同样不会

用诸如黑格尔那样的卓越蠢货
或霍布斯那样的聪明人渣
来祸害地球。

我们能否像你们那样
很快就进入成年?
看来不太可能。

事实上,某个惬意的日子,
我们很可能会变成
不是化石,而是烟雾。

虽然现在有区别
但最后我们将加入你们
(尸体多么快就变成一样),

但你们没有显露你们知道
自己被审判的痕迹。
这也许就是为什么

我们这些自命不凡者
常常嫉妒而非羡慕
你们的天真?

1973 年 6 月

感恩[1]

青春期前，我觉得
沼泽地和林地是神圣的：
世人似乎都有点儿亵渎。

因此，当我开始写诗，
我很快拜倒在他们脚下：
哈代、托马斯[2]和弗罗斯特。

恋爱改变了这种情况，
现在至少有某个人是重要的：
叶芝是个帮助，还有格雷夫斯。

然后，没有警告，整个
经济突然间就崩溃了：
指导我的，是布莱希特。

最后，希特勒和斯大林
所做那些令人发指的事
迫使我去思考上帝。

---

1 初稿拟用标题"诸楷模"。富勒指出，诗中没提艾略特。
2 指爱德华·托马斯。

为什么我肯定他们是错的？
狂放的克尔凯郭尔、威廉斯和刘易斯[1]
　　引领我重返信仰。

如今，当我在岁月中老成，
在丰盛的风景中居家，
　　大自然再度诱惑我。

谁是我需要的导师？
嗯，贺拉斯，最干练的诗人，
　　在蒂沃利[2]晒太阳，还有

歌德，专注于石头，
他推测——他永远不能证明——
　　牛顿带偏了科学。

我深情地思量你们所有人：
没有你们我就不能哪怕勉强
　　写出我最虚弱的诗句。

1973 年 5 月

---

[1] 威廉斯，指查尔斯·威廉斯，英国诗人、小说家和神学家。刘易斯，指 C. S. 刘易斯，英国小说家、批评家和基督教教义宣传家。
[2] 意大利地名。

考古学[1]

考古学家的铲子
探入早已经
空了的住所,

发掘当今人们做梦
也不会想要过的各种
生活方式的证据,

而关于这方面他并没有
多少把握可以证明:——
他真幸运!

知识也许有其目的,
但猜测总是
比认识更有趣。

我们倒是知道人
出于恐惧或深情
总是把死者埋葬。

---

[1] 这是《奥登诗合集》最后一首。

使一座城市被祸害的
火山喷发,
河流狂怒,

或渴望奴隶和荣誉的
人类游牧部落,
都显而易见,

而我们也颇确定,
一旦宫殿建成,
对色欲感到饱足

和对谄媚无动于衷的
统治者们
也一定经常打哈欠。

但粮坑是否表示
一年的饥荒?
在成套硬币

逐渐减少的地方,我们应否
推论发生某种重大灾难?
也许。也许。

从壁画和雕像
我们得以一窥

古人屈服于什么,

但无法设想
他们在什么情况下脸红
或耸耸他们的肩。

诗人给我们讲述他们的神话,
但他们究竟如何获得它们?
这是一个疑难问题。

当古北欧人听到雷声
他们是否真的相信
那是托尔在锤击?

不,我会说:我愿意发誓
人总是把神话当作
荒诞不经的故事来消遣,

他们真正的热忱
一直都是同意各种
举行仪式活动的理由。

只有在仪式中
我们才会放弃我们的种种古怪
并真正感到完整。

并非所有仪式
都应该平等地被喜爱:
有些仪式令人厌恶。

对于被钉上十字架者
没有什么比屠宰
更不讨他欢心。

尾声

从考古学
至少可以得出一个教益,
也即,所有

我们学校的教科书都撒谎。
他们所谓的历史
一点也不值得吹嘘,

它其实就是由
我们身上的罪犯所创造:
善无始终。

1973 年 8 月

附 录

《奥登诗歌合集》前言[1]

我想象,在每个作者的眼中,他自己过去的作品可分为四类。第一,纯粹的垃圾,他自己后悔竟然构思出这样的东西;第二——对他来说这是最痛苦的——他有好意念,可是他的无能或无耐性导致它们无法得到很好的发挥(《演说家》在我看来似乎就是这样一个好想法遭受致命伤的例子);第三,他并不觉得有什么可挑剔的,除了缺乏重要性;这些一定会不可避免地组成任何诗集的主体,因为,要是他仅限于收录第四类,也即那些他真心感到欣慰的诗,那么他的诗集将会太过令人沮丧地单薄。

1944 年

---

1 此文后来收录于门德尔松编的《奥登诗合集》(1976,1991),作为"作者序"之一。

《奥登自选诗》序[1]

这本集子里的诗大致以写作时间顺序编排：最早写于1927年，最晚写于1957年。

我对所有企图在什么是诗意的与什么不是诗意的之间划出界限的做法表示怀疑，不管是在主题上还是在处理上。无论这类边界有什么差别，它们全都把某些我太喜欢因而无法放弃的诗歌当作越轨行为。例如，我能够理解那些导致某些批评家非难《利西达斯》[2]的争论，但如果他们告诉我他们不喜欢这首诗，我就很难相信他们。

另一方面，每一位诗人的感受力和经验都会为他自己的写作划出范围，如果他越界就会自取其辱。我羡慕和嫉妒那样一些诗人，他们对自己能做和不能做的事情是如此具有直觉力，这使得他们绝不会写任何后来使他们感到脸红的东西。虽然我希望随着年事增长，我已经学会谨慎些了，但我恐怕永远不会是他们中的一员。

我曾经因为拿譬如说law（法律）与door（门）押韵而被正当地严加指责。麻烦在于，在很多生于苏格兰与英格兰交界以南并在公立学校和牛津或剑桥受过教育的英国中产阶级讲的话中，这两个词确实是押韵的。多亏我在美国定居，我的耳朵已经学会难受了，我答应不会再这样做。

1957年

---

1 这是奥登为1958年企鹅版的自选诗集而写的序言，但出版时没有采用。
2 弥尔顿诗。

《短诗合集》序[1]

1944年，当我第一次收集我的短诗，我以各诗第一行的字母顺序来编排。这样做也许有点愚蠢，但我有一个理由。那时我三十七岁，仍然太年轻，难以对我正在走的方向做出任何有把握的判断，而我不希望批评家浪费他们的时间，误导读者，对它做出几乎可以肯定结果将是错误的猜测[2]。今天，差不多六十岁了，我相信我对我自己和我的诗歌意图更清楚了，而如果有任何人想从历史角度看我的写作，我不反对。因此，虽然我有时候为了把某些主题或类型相关的诗凑在一起而有所挪动，但大体而言还是按时间顺序来编排。

某些我写了又很不幸发表了的诗，我把它们扔掉了，因为它们不诚实，或没礼貌，或沉闷。

一首不诚实的诗是指它表达了作者未曾体会或怀有的情感或信仰，不管写得多好。例如我曾经表达对"新建筑风格"的向往，但我从来没喜欢过现代建筑。我喜欢老风格，而一个人即便是对自己的偏见也要诚实。还有，而且更可耻的是，我曾经写过：

---

1 此文后来收录于门德尔松编的《奥登诗合集》(1976，1991)，作为"作者序"之一。
2 奥登还曾进一步对斯彭德解释说："我那样做的理由并不是为了假装我没有经历过历史转变，而是因为很难相信有几个读者能够在对待我的诗时，对已经发展成什么样子不带有预先的看法。我要测试那些认为我最早的诗是最好的读者，也即让他读一首诗然后猜测其写作日期。"

> 历史对失败者
> 也许会说天啊但不能帮忙也不能原谅。

这样说，是把善与成功等同起来。如果我曾经奉行过这种邪恶的信条，那我就太坏了；但我竟然仅仅因为它在措辞上听起来效果挺好便这样说了，这是完全不可饶恕的。

在艺术中如同在生活中，没礼貌不是指刻意想造成冒犯，而是指一个人对自己的自我过于关注和对别人缺乏体恤和了解的结果。读者就像朋友，不应该大声呼喝他们或以粗鲁的亲昵对待他们。青春的粗鲁和喧闹也许可以原谅，但这并不意味着粗鲁和喧闹是美德。

沉闷是因人而异的，但是如果一首诗使作者打哈欠，他就很难指望会有一位较不偏心的读者肯费力去读完它。

有相当多的诗做了修改。我发现批评家往往觉得修改版具有意识形态上的重要性。有一位批评家甚至对事实上只是一个排印上的错误大惊小怪。我只能说，至少我从未有意识地试图修改我以前的思想和情感，而仅仅是修改最初用以表达这些思想或情感的语言，因为经过进一步的考虑，那语言似乎是不准确的，无生气的，冗赘的或听起来令人难受的。重读我的诗，我发现我在三十年代陷入某种非常马虎的言语习惯。定冠词对一个用英语写作的诗人来说总是很头疼，但是我对德语用法的嗜好变成一种病。还有，当看到自己曾经怎样动不动就把"-or"和"-aw"当作同音字母来对待，我就会皱眉蹙额。在我所讲的牛津土话中它们确实是同音的，但这事实上不是一个恰当的借口。我还发现我的耳朵再也无法忍受拿浊音的"s"与轻音的"s"押韵。我不得不留下若干这样的押韵，因为我暂时想不到办法来摆脱它们，但我承诺不会再这样做。关于修改，作为一个原则性的问题，我同意瓦莱里："一首诗从未被完成过；它只是被放弃了。"

这本诗集止于1957年。第二年我的夏天居所便从意大利转到奥地利，从而开始了我至今还未结束的生命新篇章。收录的诗跨越三十年，如果我没计算错的话，总共有三百首，最早的诗写于我二十岁的时候，最晚的诗写于我五十岁的时候：四个好看的整数。此外，诗集的规模看上去已经大得怪吓人的了。

1965年

《奥登著作目录索引》[1] 序

我一直很享受阅读著作目录索引，就像我很享受阅读列车时刻表、食谱或实际上任何种类的清单。然而，面对自己的著作目录索引，则是一种可怕的经验。对我来说，布卢姆菲尔德先生不只是一位学者；他是一位记录天使，以白纸黑字原原本本地记录我所写的东西。我第一个反应是："我真有可能写这么多吗？"我一页页翻阅。这里有一项是我准备在法庭上发誓我绝没有写过的。这里有另一项我记得太清楚了，而一想起它我就会皱眉蹙额。不存在秘密的文学罪过。在后来的版本里删节或修改一首坏诗，也许表示你忏悔了，但最早的版本仍然在那里；你永远无法忘记或对别人掩藏你已经犯过了。有各式各样的坏，例如回忆起来令人难受的情感不诚实或马虎，但有一种坏是任何作家都不能后悔的，这就是无意中写下的可笑的诗句；他一本正经地写，突然发现，通常是多亏某位朋友提醒他去注意，那句诗唤起的意象是一种美味的荒唐。在阅读其他诗人时，我总会留心有没有一些诗句适合于用作马克斯·比尔博姆或詹姆斯·瑟伯的漫画的说明文字。例如我多么渴望看到这两位艺术家中的任何一位给艾略特这行诗做插图：

为什么那只年老的鹰要展开翅膀？[2]

---

1 《W. H. 奥登著作目录索引：早年至1955年》，B. C. 布卢姆菲尔德著（1964）。
2 出自艾略特《圣灰星期三》。

或叶芝这行：

> 要是德·瓦勒拉吃掉巴涅尔的心[1]，

布卢姆菲尔德先生的目录学使我想起，说到可笑的诗句，我自认可以拔头筹。这里有三个例子，如果我是有意为之的话，那我就可以自命为天才了。

> 还有伊索贝尔带着她跳跃的双乳
> 整个夏天追求我。[2]

> 已经不可能
> 让形体优美者舒适地飞掠。[3]

以及（我，一个鸡眼的长期受害者，怎么可能写这个？）

> 轻轻地，轻轻地，也许我就可以
> 在那明显性的边境上跳舞。[4]

如同布卢姆菲尔德先生本人已经向我指出的，著作目录索引对一位作家的主要价值在于它有助于确保他最后修订的文本被记录为标准版。然而很抱歉，我不得不警告他，以及任何对

---

[1] 出自叶芝《巴涅尔的葬礼》。瓦勒拉和巴涅尔均为爱尔兰政治领袖。
[2] 出自奥登《托马斯作跋》。该诗写于1926年，发表于奥登与人编辑的《牛津诗歌》。
[3] 出自奥登《八月》。
[4] 出自奥登《在亨利·詹姆斯墓前》。

此感兴趣的人，我已经又做了数十处进一步的修订，以期有一天可以重印。一个批评家当然有权利更喜欢较早的版本而不是较后的版本，但有些批评家似乎觉得作者无权修订他的作品。这种态度在我看来似乎是疯狂的。我想，大多数诗人都会同意瓦莱里的名言："一首诗从未被完成过，只是被放弃了。"[1] 对此我愿意加上一句："没错，但一定不能太早放弃。"在某些情况下，你也会发现修补无济于事，整首诗必须扔掉。我在我的一首诗《1939年9月1日》刊出后重读，当我读到

> 我们必须相爱或死去

这一行时，我对自己说："这是个该死的谎言！怎么说我们都得死去。"因此，重刊时我把它改成

> 我们必须相爱和死去。

感觉似乎也不好，所以我把整节删掉[2]。还是不好。我认识到，整首诗染上了一种无药可救的不诚实——必须作废。

相对于目录学家，我更需要一位校勘学家来做适当的校订，

1　奥登这里的引文，与《〈短诗合集〉序》中的引文有轻微差异。
2　奥登记述有误。其修改史参见该诗注释。除了1955年被编入《新袖珍美国诗选》时把"相爱或死去"改为"相爱和死去"，奥登在自己的诗集里从未这样修改过，更不是先修改一句再删掉整节。另外，所谓"刊出后重读"，这"刊出"（published）可理解为发表、出版。他确实是发表过了，也出版过了，有一次他重读（为了被编入《新袖珍美国诗选》），于是修改。修改版见于《新袖珍美国诗选》，也算是重刊。重刊（reprinted）有多重意思，自己诗集再版或重印均可称为reprinted，但只要在任何出版物上再被刊登，例如被转载，被收录，亦可称为reprinted。

因为我很可能是世界上最糟糕的校对者。这可能会成为不必要的混乱的来源。有一位批评家对一行诗的两个版本之间的差异大惊小怪，从中觉察到某种意识形态上的重要性，而事实上那只是其中一个版本存在排印错误。我肯定不是唯一需要这样一种校订的现代作家。过去五十年间出版的几乎每一本书都有某些排印错误，我把这个事实归因于那个恶意的发明——打字机。一方面，极少作者是打字专家，因此他们不断地制造错误，而如果是用笔写，他们就不会有这些错误；另一方面，印刷商已经被宠坏了，已经忘记了阅读手写稿的本领。你几乎无法想象现在如果有一个排印工人面对一份巴尔扎克的手稿并被要求把它排印出来，他会说什么。

我对布鲁姆菲尔德先生的劳作和学术成果感激不尽。为略表谢意，让我也贡献一个迄今只有我自己知道的文献学事实。我仍然记得我写的第一首诗的最后一行半，那是一首关于湖区的小蓝湖的华兹华斯式十四行诗。那一行半诗是：

  而在你水域
 那宁谧的湮没中让他们留存。

他们或它们是谁或什么，我一辈子都想不起来。

1964 年

关于《暂时》

致父亲[1]

很抱歉这部清唱剧使您感到不解。也许您期待一种纯粹的历史叙述，如同我们也许会叙述滑铁卢战役那样，而我尝试要做的是把它当成一场每次被接受都意味着永恒地重现的宗教盛事[2]。因此，牧羊人是牧羊人这个历史事实在宗教上是偶然的——宗教事实是，他们是此世的穷人和卑微者，用此刻的历史表述来说就是城市无产阶级，其他人物也可作如是观。例如，我们对希律的了解是，他是一个希腊化的犹太人和政治统治者。所以我相应地让他表达知识分子对基督教的永恒反对——他们认为基督教以主观性替代客观性，以及政治家对基督教的永恒反对——他们认为基督教把国家视为仅仅起了负面作用的东西（见马可·奥勒留）。三贤人代表科学的唯物主义者、哲学的唯心主义者和自由派的理想主义者的立场，这些立场代表着异教徒一再试图抵达绝对的知识真理。祭师西面[3]做出神学上的解释，解释道成肉身[4]是怎样在历史上发生的，以及它给我们的情感和思想造成了什么样的差别。

我并不是第一个这样处理这个基督教材料的人；直到十八

---

[1] 奥登给父亲乔治·奥古斯塔斯·奥登的信。
[2] 意思是说，圣诞节所纪念的耶稣诞生虽然是历史事件，但是每次人们纪念它，都对他们的现时产生影响，如同再次发生一样。
[3] 指第七章"西面的沉思"。
[4] 上帝化身为耶稣来到人间，也即本诗的主题。

世纪都有人这样做，譬如说在神秘剧或任何意大利绘画中。只是在最近这两个世纪，宗教才被"人性化"，并因此而从历史角度处理它，把它看作是发生在很久以前的事情；所以才有耶稣穿睡袍和留帕西发尔式胡子抱着孩子的画像。

如果重返旧方法如今看来似乎更令人吃惊的话，部分原因是工业革命造成的历史转变的加速度——公元1600年至1942年的人生意外事件之间的差别，远远大于公元30年至1600年。

我希望这解释有所帮助。

1942年10月

致奥地利观众[1]

任何宗教若把某些历史事件例如带领以色列人出埃及或基督诞生看作是神圣和救赎的，是上帝的本质的独特显现，就会给信众带来某些困难。一方面，事件发生于历史性的过去，无法重复。另一方面，信徒每时每刻都必须更新他对它的信仰，也即相信它对他此时此地的个人意义。

任何人如果试图把这样一个事件当作一部艺术作品的主题，就必须既公正地对待事件的历史性又公正地对待其当代相关性。这不容易。如果在处理圣诞故事时，他以世俗历史学家的身份来写，也即他制作衣服、建造房子，尽学术研究的一切可能使对话

---

[1] 奥地利作曲家和作家保罗·孔特为其翻译的德语版《暂时》其中一部分配乐，在奥地利电视台上演。这是奥登为此而准备的一份陈述，应该是要供广播或发表之用，但后来似乎没用过。

接近于奥古斯都统治时期的巴勒斯坦的实际样子，则他的作品对一位二十世纪观众而言将仅仅是考古学式猎奇。另一方面，如果他把所有道具和形象都弄成当代的，则该故事就无法成为那种要求观众相信它确实发生过的故事，于是变成一个娱乐性的神话。

再说，在我们的时代和社会，一个作者再也无法像他的先辈那样假设他的观众至少在官方意义上来说是基督徒。因此他必须尝试写某种对作为人类的其他人有意义的东西，不管他们是不是信徒。在《暂时》中，我尝试在过去与现在之间维持平衡，而不要求观众有与我一样的信念。至于我是成功了还是失败了，那就要交给别人去判断。

1967 年

关于《海与镜》

致西奥多·斯潘塞[1]（节选）

……我极其高兴和吃惊于发现至少有一位读者感到刻意模仿詹姆斯的那部分要比用我自己的风格写的那些部分更像我，因为这正是我试图达到并担心没人会理解的悖论。

你对第一章与第二章和第三章的差别的批评，你对这种不统一的不满，正是我想达到的效果，不管是否有合理解释。

《海与镜》是我的"诗艺"，如同我相信《暴风雨》是莎士比亚的"诗艺"，也即我在尝试某种在一定程度上荒唐的东西，以期在一部艺术作品中展示艺术的局限。卡利班确实深深地扰乱我，因为他不配合，恰如一个观众走上舞台坚持要参与演出一样。我尝试以一种非戏剧性的手法来达到这种效果，也即让读者在第一二章不会去想到戏剧（因此与目睹表演刚好相反），然后突然一下子把他叫醒（再次是相反地把"真实生活"引入想象的生活）。

这无异于把自己的头直接送入批评家的虎口，因为他们大多数会看出对詹姆斯的刻意模仿，说这是一件技艺精湛的作品——确实如此；但不得体地轻浮或无意义——绝非如此。

从五月到十月，我完全被第三章困住了。我知道我想说什么，我心中有意象，但每一次处理都搞砸了，直到我突然想到

---

[1] 莎士比亚研究者，也是奥登研究者。

模仿詹姆斯的主意；这似乎极其"正确"，并且除了分心的外部事情之外，写作一直畅顺无阻。

卡利班这个鸡巴作为自然的人格化，拥有个性化的力量，但没有构思的力量。另一方面，爱丽儿作为精神的人格化，拥有构思的力量但没有个性化的力量：也就是说卡利班是爱丽儿的神谕。因此我寻找的是，（a）一种怪异的"原创"风格（卡利班的部分）；（b）一种尽可能"精神的"，尽可能远离自然的风格（爱丽儿的部分）；而詹姆斯似乎恰好满足这个要求，并且不仅因为上述理由，还因为他是英语文学中的伟大代表，代表了肯定不是莎士比亚的东西，也即"有献身精神的艺术家"，对他来说艺术就是宗教。你不可能想象他说"这类中最好的也只是些影子"，或摔碎他的老魔棒。事实上，爱丽儿有点愚弄了他；这就是为什么他的著作有某种卡利班式的"巨丑性"。

如你所见，我对"伎俩"有一种危险的嗜好；我尝试把它变成优势，选择一个恰恰是以"伎俩"为题材的题材；因为艺术的轻浮莫过于严肃认真[1]。我希望除了你之外，还有人能够看到这点。

1944 年 2 月 25 日

---

[1] 奥登认为艺术是轻浮的，只有宗教才值得严肃思考。他曾说过："轻浮，恰恰因为它意识到什么是严肃的，拒绝严肃对待不是严肃的事情，反而有可能深刻。"（《轻浮与认真》）又说："如果艺术不可能成为有效和严肃的行动这个说法是对的，而我认为是对的，那么就让它成为轻浮的行动吧。"（《某种世界》）

关于《焦虑的年代》

简介[1]

奥登先生最新的诗作《焦虑的年代》是一首牧歌，即是说，它采用田园诗的惯例，有一个自然背景与一种人工的措辞风格形成对照。在这首诗中，背景是纽约市第三大道上的一个酒吧，时间是上次战争期间一个万圣节之夜。人物是一个女人和三个男人，其中两个穿制服，他们用头韵体的诗讲话。

1947 年

致西奥多·斯潘塞

（1）你对昆特的形象描写的抱怨是十分公正的，而我对此能做的恐怕不多。我自己把他想象成一个爱尔兰人。我所能做的是使他在八岁时抵达美国，带着地主们之间的世仇的记忆（所以有那些窗子）。

（2）在任何想把当代人物象征化的企图中，我认为必须有相当程度的新闻写作式的当代材料因而也是过时的材料。基于这个理由，我需要一些歌名。最后部分的民谣有额外的目的。那是白天，意味着马林和昆特都必须恢复他们的当代身份，但昆

---

[1] 奥登亲自为《焦虑的年代》护封写的简介。

特的问题在于他无法成为他自己；他必须戏剧化；他对当代场景的防御是使它轻浮，马林则试图从普遍性的角度看它。

（3）挽歌[1]里的骨头。如果采取那种通过文化来救赎的信仰，那么最大的敌人就是惰性和缺乏活力（参见《群愚史诗》[2]的伟大反叛首领沉闷女神）。不用说，那种信仰是不真实的。

（4）我不大情愿地同意你。弗班克的题词[3]必须扔掉。我非常严肃地思考它，但直到我写一篇文章解释为什么，不会有其他人这样思考。

（5）关于某些诗给人"化过妆"的感觉，我很可能没有做到我想做的，而要做到是困难的，也即创造一种修辞来揭示我们时代的大恶，这大恶就是我们不仅都是"演员"而且知道我们是"演员"（再复制的哈姆雷特们），只有在某些瞬间，我们的真实情感才不由自主地和最意想不到地突破。

伊丽莎白时代的人甚至维多利亚时代的人可以讲究修辞而不觉得讲究。我们已经丧失了那种天真；与此同时我们必须继续讲究修辞，所以对我们来说真诚几乎成了一种运气。

我觉得叶芝的诗歌无聊而虚假，因为他自称是天真的，但并不是。另一方面，像劳拉·莱丁企图罢废一切修辞并绝对地诚实，在我看来则是走另一个方向，变成虚假的过度简化。

---

1 指第四部分"挽歌"。
2 蒲柏作品。
3 指引用罗纳德·弗班克《脚下花》的两句诗：

"啊，愿老天帮助我，"她祈祷，
"既有装饰性又做得正确。"

在手稿中，题词原本放在全书的扉页，后来成为第五部分开首的题词。

我在我的非抒情作品中追求的,是寻找一种有效的途径来表现现代意识,它不仅要拥抱其他时间和空间,而且要在自身中反省自身。无疑我还没有找到它,也许这个问题是无解的,但不管怎样,尝试是有趣的。

1946 年 12 月 6 日

关于《换一换环境》[1]

我不敢肯定我知道当一个作者"答复"他的批评家们的时候，他应该怎么做。如果他同意他们所写的，那么他除了感谢之外就没有什么好说的了；如果他不同意，他除了某个历史事实或技术事实的问题外，很难反驳他们，因为就像任何读者"解读"一首诗，他也只是在解读那首诗罢了。

首先，至少让我对埃利奥特、夏皮罗、斯彭德诸位先生的好意表示感谢，他们不嫌麻烦，不仅要读《换一换环境》，而且——他们都是大忙人，有更重要的事情要做——还要写文章谈论它。

我必须承认我感到有点悲哀——是我的问题吗？——因为他们都没有指出这首诗所属的类型，也即寓言。埃利奥特先生几乎指出了，因为他看到诗中的"你"既不能等同于某个特别的个人，也不能等同于某种笼统化的一般人。夏皮罗先生在谈到他在商店里的感觉时透露说，他把这首诗当成这首诗意图被读的样子来读，不过我可以向他保证，他在商店里的感觉并非得到所有诗人的认同。[2] 我把它说成寓言，是指"诗中的你是谁"

---

[1] 一位叫安东尼·奥斯特洛夫的编辑主持了一系列"研讨会"，其形式是由一位诗人提交一首诗，再让三位诗人各写一篇文章谈论该诗，最后再由提交该诗的诗人对他们的文章做出答复。这些"研讨会"的内容最初发表于《新世界写作》，在奥登的"研讨会"整理完毕后，转而发表于《肯庸评论》。后来汇编成《作为艺术家和批评家的当代诗人》，由一家出版社出版。评论奥登这首诗的诗人，分别是乔治·埃利奥特、卡尔·夏皮罗和斯蒂芬·斯彭德。编辑对文章感到失望，奥登则对编辑说："我希望我能够说我觉得它们有启发，但我不觉得。"

[2] 夏皮罗说："没有任何诗人真正相信他在一家商店里的举止是正常的；他要么显得很出名，要么显得像一个在逃的重罪犯。"

这个问题的答案是：如果是埃利奥特先生在读它，你就是埃利奥特先生；如果是夏皮罗先生，就是夏皮罗先生；如果是斯彭德先生，就是斯彭德先生。你的年龄、性别、社会地位、职业和与面具及自我相关的问题等等，即是任何碰巧读这首诗的人的。

顺便一提，它总是指，并且按我的想象显然是指别处。扮演语法学家的斯彭德先生对我来说是一个新的斯彭德先生[1]。所有位置词，here（这里）、where（那里/哪里）、somewhere（某个地方，某处）、nowhere（任何地方都不是，无处）、elsewhere［(在、去、到)别的地方、别处］，其句法地位都是含混的。例如，如果我在一张风景明信片背后写 Here is where I am staying（这里就是我现在逗留的地方），则 here（这里）肯定是一个名词，而如果我说 I shan't go to Rome; I shall go elsewhere（或 somewhere else）［我不会去罗马，我要去别处/(或别的什么地方)］，那么在我看来更合逻辑的想法是把 elsewhere（别处）当作名词，表示与罗马对照的地方，而不是当作修饰动词 go（去）的副词。如果斯彭德先生辩称，为了赋予它名词的地位，我应该说 I shall go to elsewhere（我要去往别处），那么他是不是认真地准备断言，在 I shall go home［我要回家（字面意思：我要去家）］这个句子中，home（家）是副词？总之，不管他的语法怪念头是什么，使我难以理解的是他竟然没有立即就看出我诗中的 elsewhere（别处）是名词。要不然，我怎么会在诗中使用抽象名词 elsewhereishness（别处性、别处特征），表示它预先假定有一个名词 elsewhere（别处）和

---

[1] 斯彭德在文章中抱怨说，诗中使用的"它的"，不清楚而且不连贯。

一个形容词 elsewhereish（别处的）？关于聪明反被聪明误的学究，就谈这些。

就像大多数诗一样，《换一换环境》发端于一个真实的历史事件。我早前一直在翻译歌德的《意大利游记》，并被触发它的那些环境迷住了，也即歌德在没有告诉他的朋友的情况下，突然从卡尔斯巴德溜出来，以化名的身份前往意大利：他的魏玛角色，他与笔友夏洛特·冯·施泰恩的精神恋爱等等，对他来说已经变得难以忍受了。我考虑特别写一首关于歌德的诗已经有一段时间了，但基于两个理由而决定不写。我以前已经写了不少关于历史人物的诗，这回想写点不一样的：可是，歌德实际逃往"别处"本身太过戏剧性，不适合我意图写的这首诗的基本主题，也即一个人的内在与外在传记之间的反差。这无疑是一种普遍经验，也即一个人生命中那些对别人来说似乎是决定性的并且也是传记作家们关心的事件，跟他或她自己所知道的那些关键时刻绝不是相同的：那内在生命从现实角度来看是非戏剧性和显露不出来的。

因此，我着手去写一首诗，在诗中读者将不可能通过想到歌德甚或更错误地想到我，而分散他对自己与诗中的个人相关性的注意力。这首从未写出的诗的一个残余却保留下来，也即最后一节里的大公。魏玛大公确实写过一封信，不过不是写给某位侄儿，信中他抱怨说，自意大利回来之后，歌德已经变了，不是变得较没趣，而是变得较冷淡——原本的亲密性已经荡然无存。我原打算把他删去，但后来我得出一个结论，也即鉴于我的读者不大可能亲身认识某个真实的大公，因此这个大公将起到一个寓言人物的作用，代表社会、文学批评家等等。

写寓言的一个问题是寻找这样一些意象，它们将完全不给读者留下任何太明确的历史或地理联想，但同时又要具体得足以引起他的兴趣。因此，在第二节，当我必须为与过去进行伪造的、过度戏剧性的决裂寻找意象时，我想到兰波，如同一个诗人可能会想到的那样，但我认定读者不应该这样想。同时，我必须寻找一个从历史角度看是可能的出逃意象。因为任何人都有可能"用一种黏着性语言跟一种／石器时代文化做生意"，但要这样做的话，他必须去格陵兰，而不是阿比西尼亚[1]。

诗中有一个，只有一个自传性的细节，而我忍不住要对埃利奥特先生对此所持的异议露出微笑。显然，他从未有过像我那样受鸡眼之苦的不幸。（我一生中则从没有过胃灼热或窦性头痛。）如果他有过鸡眼，他就会知道，首先，对鸡眼的患者来说，它绝非"变化莫测"；其次，他将对它在心身失调方面的变化莫测深有体会。（它多年来折磨我的右脚；接着突然就把它的注意力转移到我的左脚。）

我想，斯彭德先生玩那种将五行诗打印成散文的老把戏[2]，实在有点调皮，因为就无韵的、以抑扬格为基础的五音步诗行而言，由于行尾停顿扮演着异乎寻常地重要的节奏感的角色，所以几乎所有段落都可以用这种列印成散文的方式而变得散文化。然而我很高兴他这样做，因为这使我有了一个借口来谈论我近期在美学-技术上的反复思考。这里我对自己很有把握。一个诗人对他自己的诗的解释并不比任何其他人的解释更权威，甚至可能更没说服力，但是，就他自己的写作而言，在他认为

---

1 埃塞俄比亚的旧称。
2 意思是指斯彭德把奥登这首诗打印出来，当作散文来读，觉得读起来"很累"，并说其中诗的"含量"少之又少，完全可以写成散文，而诗中表达的也只是散文的情绪。

是他的美学-技术问题是什么这件事情上——他是否已解决这些问题则是另一回事——只有他能够带着权威说话。

我曾在各种场合表达我不喜欢这样一些人,他们有某种诗歌理论,并认为所有的诗都应该遵守这套理论。我将在这里重复我的不喜欢。与此同时,每一个诗人都必须问自己,就他的性情和才能而言,哪些类型的诗对他来说写出来才是真实的,哪些类型对他来说是不真实的,而在读其他诗人时,他必须在他们可能非常伟大的优点与他们对他产生的可能很恶劣的影响之间做出区分。我让自己被叶芝和里尔克引诱去写对我自己的个人天性和诗歌天性来说很假的诗,这可不是叶芝和里尔克的过错。

那就让我阐述一下我的问题吧。在太多所谓的"严肃"诗歌中——即是说,既不是纯粹好玩的歌曲也绝非滑稽可笑的诗歌——我发现有一种"戏剧"的元素,一种有着夸张的状态和大惊小怪的元素,一种对赤裸裸的真理无动于衷的元素,而随着我年纪渐大,它越来越使我反感。这种元素仁慈地不见于一般被称为好的散文中。在阅读后者时,我们只意识到正在被讲述的东西的真实性,而我希望我所写的东西首先在读者身上唤起的,就是这种意识。在他意识到我的东西的任何其他特质之前,我希望他对它的反应是"这是真的",甚至更好些,"这是真的:可我自己为什么没想到?"。为了取得这个效果,我准备牺牲大量的诗学乐趣和刺激。同时,我希望我写的东西是弗罗斯特所定义的诗歌,也即不能翻译的言语。在正常情况下,当我们读散文,我们不会有意识地觉察到它是如何在说它所说的东西,不会觉察到不管是音节的韵律价值或每个作为独特实体、带着独特言外之意的词语:在诗歌中——这是它最大的荣耀——

我们会不断觉察到它们。我瞄准的理想,是这样一种风格,它应该把散文那种单调而冷静的真实性与诗歌独特的表达混合在一起,如此一来,如果读者想尝试把某一段诗翻译成譬如说法语,或意大利语或德语,他会发现如果想做到不损失韵律价值或准确的意义层次的话是不可能的。[例如,斯彭德能否给我举出两个德语词,不仅其一般意思而且其言外之意都跟他所抱怨的那节诗中的 sojourn(逗留)和 voluble(滔滔不绝)完全相同?]

不管任何别的东西可能是或不是什么,我希望我写的每一首诗都是一首唱给英语的赞美诗:这就是为什么我着迷于某些仅仅会发生在一种富有单音节词的无屈折变化的语言中的言语节奏,我喜好某些在其他语言里找不到等值的特殊词语,以及我刻意回避那种没有言词经验的依据因而可以毫无损失地被翻译的视觉意象。

每个诗人都有他的梦中读者。我的梦中读者时刻都在留心作诗法的动物群,例如巴克科斯格和扬抑抑扬格。(我生命中的小乐趣之一,是使乔治·圣茨伯里在坟墓里辗转反侧。)[1]

例如,当他读到

Hiatus in your voluble biography
你滔滔不绝的传记里的漏句

这行诗时,我想象他会说:"等一下。无疑,这行多了一个音步。

---

[1] 英国文学史家和批评家圣茨伯里在其《英语作诗法历史手册》中说,巴克科斯格很可能未曾在英诗中出现过。奥登这首诗原文首句即包含两个巴克科斯格(抑扬扬格)。巴克科斯格据说源自赞美酒神的颂歌频繁使用的格式。酒神在希腊神话中称为狄奥尼索斯,在罗马神话中称为巴克科斯。

481

啊，我知道是怎么回事了！奥登先生把'biography'（传记）的最后三个音节划为一个扬抑抑格，这样的话，如果押韵，它就不是与'he'（他）押，而是与'geography'（地理）押[1]。在一首无韵诗中，这样做很大胆，但合法。"老年会使各官能逐渐迟钝，但应该允许听力增强敏锐度，而坦白说，我对自己的听力颇为自负。

关于这首诗最后一行，还有一小处可以谈谈：

你似乎不像以前那样风趣。

按我的经验，机智需要综合想象力、道德勇气和不开心。三者都必不可少：一个没有想象力的或怯懦的或开心的人很少会非常有趣。已经有过在别处的成功逗留并且已经把他的角色与他的自我重新整合起来的《换一换环境》的读者，毋须假设他心智变得更迟钝了，或他更害怕生活，甚或他变成——愿上帝拯救斯蒂芬·斯彭德先生的灵魂！——一个英国圣公会教徒了：他只需想象自己变得开心。

1964 年

---

[1] biography 有四个音节，bi—og—ra—phy；geography 也有四个音节，ge—og—ra—phy，两个词的最后三个音节完全相同。按一般押韵，用 he 等韵来押 phy 即可。另 og—ra—phy 重音落在 og，故称为扬抑抑格，或长短短格。这里的"地理"和"他"并不是指本诗中的东西（本诗中没有这两个词），而是假设在一首押韵的诗中会发生的情况（本诗是无韵诗）。

英文标题及首行索引

索引以 *W. H. Auden Collected Poems*（Vintage International）为准。斜杠前是标题，斜杠后是首行或首行的一部分。标题与首行相同者，则不分标题与首行。标题与首行有一部分相同者，仍分标题与首行。没有标题者（选段），则只有首行或首行的一部分。必须注意的是，标题只是提供参考，有些标题见诸奥登的不同诗集和不同选本，包括富勒编辑的《诗选》。未见于 *Collected Poems* 的诗，会另外标明，例如见于 *The English Auden* 的，以 EA 表示；见于 *The Complete Works of W. H. Auden: Poems II* 的，以 P II 表示；见于 *The Complete Works of W. H. Auden: Porse V* 的，以 Pr V 表示。属于长诗选段的，其首行后加斜杠和阿拉伯数字页码，例如 /11，表示可在 *Collected Poems* 第 11 页找到。而像 P II-100，则表示见于 Poems II 第 100 页。奥登早期诗，后来有一些经过作者修订。本诗选所译奥登英国时期的诗，主要根据 EA 或 P I，奥登 1940 年和之后的诗，主要根据 *Collected Poems* 或 P II。

第一辑（1927—1932）

分水岭 The Watershed / Who stands, the crux left of the watershed

那也不是最后 Nor was that final, for about that time / EA

来信 The Letter / From the very first coming down

今天更高了 Taller To-day / Taller to-day, we remember similar evenings

他人的智慧那历史的顺风 Always the following wind of history / 11

因为我来了 Because I'm come / 14

扔掉钥匙一走了之 To throw away the key and walk away / 19

虽然他相信它 Though he believe it / 26

又一次在谈话中 Never Stronger / Again in conversations

从红隼盘旋的高岩 Missing / From scars where kestrels hover

在冒险之间这条分界线上 Between Adventure / Upon this line between adventure

闭上你的眼张开你的嘴 Shut Your Eyes and Open Your Mouth / Sentries against inner and outer / EA

蠢傻瓜 The silly fool, the silly fool

请求 Petition / Sir, no man's enemy / EA

1929 年 1929 / It was Easter as I walked

既然今天你准备开始 Since you are going to begin to-day

考虑 Consider / Consider this and in our time

短章 Shorts / Pick a quarrel, go to war

这月色美 This Lunar Beauty

地点不变 No Change of Place / Who will endure

劫数黑暗 The Wanderer / Doom is dark and deeper than any sea-dingle

陈述之一 Statement / EA

别，父亲，再延缓 Not, Father, further do prolong / EA

那易相处的 Five Songs III / For what as easy

此刻我从我的窗台望着夜 The Watchers / Now from my window-sill

我有漂亮外貌 I have a handsome profile / EA

第二辑

给拜伦勋爵的信（1936）Letter to Lord Byron / Excuse, my lord, the liberty I take

第三辑（1933—1938）

夏夜 A Summer Night / Out on the lawn I lie in bed

两次攀登 Two Climbs / Fleeing from short-haired mad executives

让自己平躺着 To lie flat on the back with the knees flexed / EA

五月以光的轻佻 May / May with its light

文化预想 The Cultural Presupposition / Happy the hare at morning / EA

八月 August for the people and their favourite islands / EA

在这岛上 On This Island / Look, stranger, on this island now

让华丽的音乐 Twelve Songs III / Let a florid music

无波纹的湖里的鱼 Twelve Songs V / Fish in the unruffled lakes

秋歌 Autumn Song / Now the leaves are falling fast

扫烟囱的人 The chimney sweepers / EA

他这样的死 Death like his is right and splendid / EA

秘密终于揭开 Twelve Songs VIII / At last the secret is out

催眠曲 Lullaby / Lay your sleeping head

被包裹在柔顺的空气里 As He Is / Wrapped in a yielding air
航海 The Voyage（A Voyage I. Whither?）/ Where does this journey look
斯芬克司 The Sphinx / Did it once issue from the carver's hand
旅行者 The Traveler / Holding the distance up before his face / EA
南站 Gare du Midi / A nondescript express in from the South
爱德华·李尔 Edward Lear / Left by his friend to breakfast
一个暴君的墓志铭 Epitaph on a Tyrant / Perfection, of a kind

第四辑　新年书信（1940，选段）New Year Letter

然而时间可以 Yet Time can moderate his tone / 199
大师们 Great masters who have shown mankind / 201
今夜一个纷扰的十年终结 To-night a scrambling decade ends / 207
魔鬼 The Devil, as is not surprising / 212
我们希望 We hoped; we waited for the day / 218
然而地图和语言和名字 Yet maps and languages and names / 225
世界忽略他们 The World ignored them; they were few / 232
独裁和势力的洪水 The flood of tyranny and force / 234
无论我们如何决定去行动 However we decide to act / 238
在普通人眼里 To the man-in-the-street
谁建造监狱国家？Who built the prison state? / P II
我找不到的中心 The centre I cannot find / P II-100

第五辑 (1939—1947)

悼念叶芝 In Memory of W. B. Yeats / He disappeared in the dead of winter
无名公民 The Unknown Citizen / He was found by the Bureau
先知们 The Prophets / Perhaps I always knew what
像一种天职 Like a Vocation / Not as that dream Napoleon
法律像爱 Law Like Love / Law, say the gardeners
我们的偏见 Our Bias / The hour-glass whispers
1939 年 9 月 1 日 September 1, 1939 / I sit in one of the dives / EA
下一次 Another Time / For us like any other fugitive
抱着她越过水面 Ten Songs IV / Carry her over the water
探索（选）The Quest
    十字路口 The Crossroads / Two friends who met here
    旅行者 The Traveler / No window in his suburb lights
    城市 The City / In villages from which their childhoods
    第三次诱惑 The Third Temptation / He watched with all his organs
    普通人 The Average / His peasant parents killed themselves
    有用者 The Useful / The over-logical fell for the witch
    幸运者 The Lucky / Suppose he'd listened to
    英雄 The Hero / He parried every question
    水域 The Waters / Poet, oracle, and wit
    花园 The Garden / Within these gates
黑暗岁月 The Dark Years / Returning each morning from
隐藏的法则 The Hidden Law / The Hidden Law does not deny

亚特兰蒂斯 Atlantis / Being set on the idea

我们相当熟练地掌握辩证法 We get the dialectic fairly well / P II

教训 The Lesson / The first time that I dreamed

罗马的灭亡 The Fall of Rome / The piers are pummelled

在施拉夫特餐厅 In Schrafft's / Having finished the Blue-plate

第六辑　长诗选段（1941—1946）

暂时 For the Time Being

 如果因为 If, on account of the political situation / 351

 宣叙调 Recitative / If the muscle can feel repugnance / 353

 感觉 Feeling / I have but now escaped a raging landscape / 357

 直觉 Intuition / Remembrance of the moment before last / 358

 思想 Thought / My recent company / 358

 信仰 Without a change in look or word / 365

 如果我们从不孤单或永远太忙 If we were never alone or always too busy / 373

 马利亚在马槽 At the Manger / O shut your bright eyes/379

 希律考虑屠杀无辜者 Herod Considers the Massacre of the Innocents / Because I am bewildered / 390

海与镜 The Sea and the Mirror

 因为在你的影响下 For under your influence / 404

 当我回到几个海洋外的家里 When I am safely home / 409

 唱吧，爱丽儿 Sing, Ariel, sing / 410

 但要是你未能保住你的王国 But should you fail to keep

your kingdom / 417

米兰达的歌 Miranda's Song / My Dear One is mine / 421

卡利班致个别观众 Caliban to the Audience / So, strange young man / 431

卡利班致一般观众 Caliban to the Audience / The Journey of Life / 436

附笔 Postscript / 445

焦虑的年代 The Age of Anxiety

最好是这样而不是野蛮人的暴政 Better this than barbarian misrule / 459

那倒不如让我们 Let us then / 463

我十六岁的时候 In my sixteenth year / 468

三个梦 Three Dreams / How still it is; our horses /486—487

被这些十字路口查问 Questioned by these crossroads / 490

当我戴上手套准备 As I pull on my gloves / 491

光与一片安适之地合作 The light collaborates with a land / 492

虽然沙丘仍遮挡着视野 Though dunes still hide from the eye / 492

年轻英雄的额头 As yet the young hero's / 510

勘探工的谣曲 Prospector's Ballad / When Laura lay on / 518

宁静的是群鹰的湖 Hushed is the lake / 519

然而诗人们高贵的绝望 Yet the noble despair of the poets / 533

第七辑（1948—1957）

在途中 In Transit / Let out where two fears intersect

赞美石灰岩 In Praise of Limestone / If it form the one landscape

坏天气 Cattivo Tempo / Sirocco brings the minor devils

舰队访问 Fleet Visit / The sailors come ashore

溪流 Streams / Dear water, clear water

它们的高等寂寞人 Their Lonely Betters / As I listened from a beach-chair

急事急办 First Things First / Woken, I lay in the arms of my own warmth

爱得更多 The More Loving One / Looking up at the stars

路轨 A Permanent Way / Self-drivers may curse their luck

阿喀琉斯的盾牌 The Shield of Achilles / She looked over his shoulder

老人之路 The Old Man's Road / Across the Great Schism

真理史 The History of Truth / In that ago when being was believing

向克利俄致敬 Homage to Clio / Our hill has made its submission

边界文化 Limbo Culture / The tribes of Limbo, travellers report

将不会有安宁 There Will Be No Peace / Though mild clear weather

词语 Words / A sentence uttered makes a world appear

歌 The Song / So large a morning so itself to lean

午后祷 Nones / What we know to be not possible

晨曦祷 Lauds / Among the leaves the small birds

第八辑（1958—1971）

造化女士 Dame Kind / Steatopygous, sow-dugged

林中省思 Reflections in a Forest / Within a shadowland of trees

步道 Walks / I choose the road from here to there

建筑的诞生 Prologue: The Birth of Architecture / From gallery-grave and the hunt

死神的宣叙调 Recitative by Death / Ladies and gentlemen, you have made

换一换环境 A Change of Air / Corns, heartburn, sinus headaches

你 You / Really, must you

阿卡迪亚也有我 Et in Arcadia Ego / Who, now, seeing Her so

哈默弗斯特 Hammerfest / For over forty years I'd paid it

巡回朗诵 On the Circuit / Among pelagian travellers

为玛丽安·摩尔而作的镶嵌画 A Mosaic for Marianne Moore / The concluded gardens of

自那 Since / On a mid-December day

鸟语 Bird-Language / Trying to understand the words

在适当的季节 In Due Season / Spring-time, Summer and Fall

1968年8月 August 1968 / The Ogre does what ogres can

河流侧影 River Profile / Out of a bellicose fore-time, thundering

六十岁序幕 Prologue at Sixty / Dark-green upon distant heights

所闻与所尝 Smelt and Tasted / The nose and palate never doubt

所听与所见 Heard and Seen / Events reported by the ear

伪问题 Pseudo-Questions / Who could possibly approve of

异类 The Aliens / Wide though the interrupt be

老人院 Old People's Home / All are limitory, but each has her own

布谷小颂 Short Ode to the Cuckoo / No one now imagines you

跟狗说话 Talking to Dogs / From us, of course, you want

第九辑（1972—1973）

不可预测但如有神助 Unpredictable But Providential / Spring with its thrusting leaves

黎明曲 Aubade / Beckoned anew to a World

感谢你，雾 Thank You, Fog / Grown used to New York weather

不，柏拉图，不 No, Plato, No / I can't imagine anything

对野兽讲话 Address to the Beasts / For us who, from the moment

感恩 A Thanksgiving / When pre-pubescent I felt

考古学 Archaeology / The archaeologist's spade

附录

《奥登诗歌合集》前言 Preface to *The Collected Poetry of W. H. Auden*

《奥登自选诗》序 Foreword to *W. H. Auden: A Selection by the Author* / P II-726

《短诗合集》序 Foreword to *Collected Shorter Poems*

《奥登著作目录索引》序 Foreword to *W. H. Auden: A Bibliography* / Pr V

关于《暂时》Auden's explanation to his father and a 1967 comment on the poem / P II-866

关于《海与镜》Auden's letters about the poem: to Theodore Spencer / P II-849

关于《焦虑的年代》The blurb / P II-897; Auden's letters about the poem: to Theodore Spencer / P II-909

关于《换一换环境》A Symposium on W. H. Auden's "A Change of Air" / Pr V

译后记

一

1957年,奥登在为《自选诗》而写但最终没有刊发的序中说:

我对所有企图在什么是诗意的与什么不是诗意的之间划出界限的做法表示怀疑,不管是在主题上还是在处理上。无论这类边界有什么差别,它们全都把某些我太喜欢因而无法放弃的诗歌当作越轨行为。

又:

另一方面,每一位诗人的感受力和经验都会为他自己的写作划出范围,如果他越界就会自取其辱。我羡慕和嫉妒那样一些诗人,他们对自己能做和不能做的事情是如此具有直觉力,使得他们绝不会写任何后来使他们感到脸红的东西。虽然我希望随着年事增长,我已经学会谨慎些了,但我恐怕永远不会是他们中的一员。

第二段引文中的"划出范围"似乎是一个公理。面对这个公理，诗人有两种选择，一是奥登所"羡慕和嫉妒"的，一是奥登本人的。第一段引文则解释他自己这样选择是因为"边界"和"范围"之外有他"太喜欢因而无法放弃"的东西。

1966年，奥登在为其编选的《十九世纪英国小诗人》诗选而写的导言中就大诗人与小诗人的差别做出区分：

> "谁是大诗人，谁是小诗人？"这是一个不可能给出哪怕是大致满意的答案的问题。我们有时候不禁会想，这无非是一件关乎学术潮流的事情：如果在一般学院英语系的全部课程中有一个课程是专门为某个诗人而开设的，那他就是大诗人，而如果没有，那他就是小诗人。至少，有一样东西是明显的：不能在某个纯粹美学的标准的基础上做出区分。我们不能说一个大诗人写得比一个小诗人好；相反地，在其一生的过程中，大诗人写的坏诗极有可能比小诗人多。同样明显的是，这也不是一件关乎诗人给个别读者带来乐趣的事情：我无法欣赏雪莱的某首诗，却愉悦于威廉·巴恩斯的每一行诗，但我完全清楚雪莱是大诗人，而巴恩斯是小诗人。在我看来，要成为大诗人，必须满足以下五个条件中的三个半：
>
> 1. 他必须写得多。
> 2. 他的诗必须展示题材和处理手法的广泛性。
> 3. 他必须展示视域和风格的明白无误的独创性。
> 4. 他必须是一个诗歌技巧大师。
> 5. 就所有诗人而言，我们区分他们的少作与成熟之作，

但就大诗人而言，成熟的过程持续至他逝世，这样，如果面对他两首同样出色但写于不同时期的诗，读者就立即能够说出哪一首是先写的。就小诗人而言，无论那两首诗写得多么优秀，读者却难以根据诗作本身来判断它们的先后。

如同我说过的，并不一定要满足全部五个条件。例如，华兹华斯不能被称为技巧大师，我们也不能说斯温伯恩的题材的广泛性引人瞩目。不好界定的情况肯定是有的。霍普金斯诗作的数量足够使他成为大多数现代批评家认定他是的大诗人吗？我们应该把梅瑞狄斯放在哪里？他的《现代爱情》在我看来无疑是一部大作品。既然是这样，那么无论是否公平，我还是把以下诗人作为大诗人而排除在本诗选之外：布莱克、华兹华斯、柯勒律治、拜伦、雪莱、济慈、丁尼生、勃朗宁、阿诺德、斯温伯恩、霍普金斯、叶芝、吉卜林。

奥登著作的主要研究者和编辑爱德华·门德尔松在为《牛津国家人物传记大词典》撰写的奥登小传中说：

> 奥登在世时，他普遍被认为是一个大诗人，但他大部分作品的情感直接性和可理解性受到重视难懂和晦涩的现代主义批评家们轻微的怀疑，因而他被认为地位低于叶芝或艾略特。他的作品参差不齐，尤其是见诸形式和风格的经常转变，以及间歇性的起步失误和近于失败；但诚如他在讲座和文章中议论其他作家时指出的，一致性是小诗人的品质而不是大诗人的品质，他所写的很多最好的诗正是对他早前所写的诗的纠正和反驳。

我不知道门德尔松为什么会说奥登"大部分作品"情感直接和好理解，说"一小部分"还差不多，要不然就不会有《换一换环境》一诗被同行和老朋友误解的情况了（见附录）。奥登的作品更多是在晦涩与好理解之间，那些不太好理解或可能被误解的诗。门德尔松在该文结尾写道：

> 奥登逝世之后，随着现代主义艺术理论失去它的某种势头，奥登亦声誉日隆。有些文学史家把他视为后现代时期的第一位作家……在二十一世纪伊始，奥登的地位已达到那样一个点，也即很多读者觉得，把奥登的作品视为此前一百多年间英语中最伟大的诗歌创作并非不合理。

2007年，在为其所编的奥登《诗合集》(*Collected Poems*)的"现代文库"版所写的前言中，门德尔松认为：

> 在过去三百年间的英语诗人中，奥登的诗以最广泛的措词和风格，对最广泛的情感经验和道德经验的幅度做出回应。

玛丽安·摩尔在《W. H. 奥登》一文中说：

> 他绝不可能听上去像别人，如同别人绝不可能听上去像他。此外，他迄今的诗集构成了露易丝·博根所说的"对我们时代的精神疾病的最精微的解剖，而这是包括 T. S. 艾略特在内的任何其他现代诗人都不能给予我们的"。

二

"晦涩"是奥登诗歌最受争议的问题之一。奥登一开始就是以晦涩闻名的。英国读者尤其着迷于奥登早期诗的晦涩,而当奥登去了美国并且诗风开始大变之后,颇多英国读者对奥登的态度也大变。他们常常把他们对公民奥登"背叛"英国的不满和对诗人奥登"背叛"自己的不满掺杂在一起。

关于早期奥登的晦涩,奥登的好友伊舍伍德在其《(奥登)早期诗小记》一文中有一段经典描述:

> 奥登年轻时非常懒。他讨厌润色和修改。如果我不喜欢一首诗,他就会把它扔掉再写另一首。如果我喜欢一行,他就会把它保留下来并把它发展成一首新诗。一整首一整首的诗就是以这种方式构造,仅仅是我喜欢的诗行的集成,完全不顾语法或意义。这很大程度上解释了奥登著名的晦涩。

伊舍伍德在其回忆录《狮子与影子》中谈到他第一次意想不到地收到奥登寄来的一批诗:

> 等待我的意想不到却是诗本身:它们既不是惊人地好也不是惊人地差,而是某种更怪异的东西——有效、有模仿痕迹和极其有能力。有能力绝不是我预期韦斯顿(伊舍伍德在书中虚拟来指代奥登的名字)会有的品质:我一直觉得他是一个基本上很草率的人。至于模仿,你不是专家也能觉察到两大影响:哈代和爱德华·托马斯。我原可以发现还有弗罗斯特,只是那时我还未读过他。

奥登另一位好友路易斯·麦克尼斯在其《现代诗：个人随笔》一书中则说：

> 奥登在1930年出版的那本集子里的诗，是用某种电报体写的，不重要的词例如定冠词和连词，甚至指示代词和关系代词往往都省略了。因此他是在聚焦于一种在英语中很难获得的节约，因为英语是一种无屈折变化的语言。他常见的诡计是连接词的省略。

又：

> 读者确实觉得奥登第一本诗集《诗》（1930）非常难懂。部分原因是这些诗充满意念，并且这些意念还是来自譬如说人类学或心理学或更精密的科学等领域，来自格罗德克、霍默·莱恩，然后把它们扔给读者，仿佛他们已经对它们很熟悉似的。其次，这些意念没有得到非常小心的协调。第三，如同我已经描述过了的，奥登在这些诗中使用了一种特殊的技巧，某种电报体。

又：

> 因此，活在具体世界里的奥登和斯彭德，他们使用他们的意象时，往往既不是把它们仅仅当作代数也不是纯粹美学上的为意象而意象。因而，他们接近于中国古典诗的（无连词的）并列。

他还谈到奥登的"梦幻技巧":

> 当我说奥登使用梦幻技巧,我是指譬如说他喜欢那种被亚里士多德归为"隐喻的种"——特殊指代一般——的修辞手段。就像在梦中,如果提到钝吻海豚,我不会想到一般的钝吻海豚或"钝吻海豚特征",而是可能会凭空看见一只栩栩如生的具体的钝吻海豚。因此才有奥登那些臭名昭著的列举法。一般性总是具体化,成为个例,而为了使它们清晰化,他常常省掉连接——"仿佛""例如"等等;他不解释钝吻海豚如何跑到花园里来了。

按:所谓"隐喻的种"是指隐喻的划分,种隶于属。在"奥德修斯做了一万件善举"中,"一万"(种)隶于"很多"(属)。这里是以"一万"指代"很多"。

麦克尼斯所称的未经小心协调的句子或"梦幻技巧",也包括很多批评家所称的奥登把一些很私人的东西放进诗里,本身就不方便说得明白。如果我们读一下卞之琳这节诗,也就不难理解:

> 北京城:垃圾堆上放风筝,
> 描一只花蝴蝶,描一只鹞鹰
> 在马德里蔚蓝的天心,
> 天如海,可惜也望不见你哪
> 京都!——

作者后来自注:第三行是指"仿佛记得厨川白村说过北京

似马德里"；第五行是指"因想到我们当时的'善邻'而随便扯到"，并说"其实京都的天并不甚蓝，1935年在那里住了以后才知道。"同一首诗里还有一句"看街上花树也坐了独轮车游春"，作者后来自注"北平春天街头常见为豪门送花的独轮车。"卞之琳著名的《距离的组织》也是如此。奥登可能更难懂是因为奥登意象更紧凑和密集。

但奥登的各种省略，加上其他嗜好例如怪异的词语和怪异的语法，却为他的诗赢得了奇特而迷人的音乐感，如果把他这些特殊表现手法修改一下，变得畅顺些明白些，那音乐感便消失了。

三

"现代主义"也是奥登诗歌最受争议的问题之一。奥登是不是反现代主义者？不是的，因为他已经写了现代主义的诗并且这些诗已经构成他之所以为他的成就的一部分，不管他那时或后来反不反对现代主义，他都是现代主义的一部分。他是不是传统主义者？也不是的或不完全是的，因为他已经写了现代主义的诗，不管他主不主张传统主义。重要的是，我们没必要把传统主义与现代主义对立起来。

门德尔松在其为《奥登诗选》（1979；2009，增订本）写的经典序言中，列举了奥登逆现代主义而行的种种例子，最后总结说：

> 简言之，误解奥登的一个方式，无疑是把他视为现代主义者的传人。除了最早和最晚的诗，他实际上没有任何

现代主义的东西。从文学史家的观点看，也许这才是奥登作品最瞩目之处。直到最近，大多数二十世纪诗歌批评家都根据诗是否遵循现代主义准则来评断诗；结果是，一个围绕奥登的神话逐渐形成，基本上把他描绘成他几乎刚刚开始写作就进入衰落。给这个神话提供证据的批评家，事实上是要说，奥登已经停止写他们懂得如何去读的东西：以想象中的优越和带遗憾的孤寂的音调写的诗。奥登的诗反而是以自十八世纪末以来几乎再未听闻过的声音说话：一个知道自己的公民责任的公民的声音，一个不会想象自己的独特性使自己比别人更高贵、更堕落或更有趣的独特个体的声音。他把巨大的文学抱负与一种共享的普通人性的意识结合起来，并知道喜剧与深刻性共存的时候才是两者都发挥得最好的时候。

又：

奥登系统性地摒弃现代主义关于诗歌的形式、诗歌语言的本质、诗歌对其读者的影响的种种假设的整个光谱。

又：

奥登对诗歌语言的效应的意识——如同布莱希特对舞台表演的效应的意识——完全迥异于现代主义，后者把诗歌与世界分离，不管是在内在的心理领域里，或是在诗仅仅指涉诗自身的反射性的封闭花园里。

门德尔松的论述，似乎给人一种印象，好像奥登跟现代主义完全没关系甚至与现代主义背道而驰。但是当我看到哈罗德·布鲁姆编辑的《现代批评观点：W. H. 奥登》收录的门德尔松这篇文章的标题被不知道是布鲁姆还是作者本人改为《奥登对现代主义的修正》时，我觉得实在改得太好了。对，修正，或修改，或修订！一个词，不但把门德尔松这篇文章梳理清楚了，而且把奥登整体作品与现代主义的关系梳理清楚了。奥登不同阶段的发展和同一阶段的各种变化既是对自己前阶段的修正，也是对现代主义的修正。他既是局内写作者又是局外修正者。他太清楚现代主义的局限了，也许既难以置信又不足为奇的是，那些以现代主义自慰和互慰的诗人和读者都陷在这局限内而不自知，反而是自大和自满；同时不忘互相鄙视，又共同鄙视比他们有更雄厚实力和辽阔视野的兼收并蓄的诗人。我们不难想象，如果奥登只是按某种美学准则来写诗，例如继续他早期的诗风，那他大概只能成为他不想成为的那些狭窄而完美的诗人中的一员了——客观地说，成为这样一个诗人已经是非常了不起的了，但对奥登来说，则未免大材小用。

也正是在"修正"这个意义上，奥登是"后现代时期的第一位作家"这句话就变得特别意味深长。"后现代时期"指涉广泛，但我们不妨把它收窄，当作后现代主义或后现代主义诗歌——确实有一本杰罗姆·马扎罗撰写的《美国后现代诗歌》（1980），开篇就是"后现代主义创始篇：W. H. 奥登"，以及雷纳·埃米格的专著《W. H. 奥登：朝向一种后现代诗学》（1999）。后现代主义诗歌不同于现代主义诗歌，现代主义诗歌是由一批伟大和杰出的现代主义诗人形成的，但后现代主义可能只是对现代主义潮流消退的一种描述，或一种反应或反动，而不是由一批伟大和杰出的后现代主义诗人形成的。那么，现代主义之后的诗歌，或后现代主义诗歌可能是什么样子的？奥登中后期的写作提供了大量的范例。它们在广度和深度上，在观察层面的多变和精微上，在各种诗歌风格和诗歌资源的利用上，在语言糅合力和表现力的灵巧上，都留下丰富而珍贵的遗产。而如果我们把奥登视为后现代主义诗歌的鼻祖，或把他视为从现代主义到后现代主义的继往开来的诗人，则他的身份和地位将增添新光彩，我们也将在他已有成就的基础上，再次对他刮目相看。

四

在访问了内战中的西班牙和抗日战争中的中国之后，奥登对诗人的角色有了深刻的反省。关于诗歌的社会功能，我们都知道奥登在1939年那首《悼念叶芝》中的名句："诗歌没有使任何事情发生。"诗有自己的生命，有其自身的独立意志。它当然也紧贴诗人的生命，条件是它不能被诗人用于某种被意识形态套紧的观念，甚至不能被用于譬如说被现代主义美学标准套紧的观念。

也是在1939年，奥登在《英语中的里尔克》一文中写道：

> 但里尔克的影响并不局限于某些技术诀窍。我相信，并非巧合的是，随着国际危机变得越来越严重，这位日益吸引作家们的诗人正好是一个觉得干预别人的生活是傲慢和无礼的人（因为每个人都是独特的，而每个人明显的不幸也许正是自己的救赎之路）；一个持续和完全地专注于自己的内在生活的人；一个写如下一段话的人：

"艺术无法通过我们试图关注尤其是担忧他人的痛苦而有所帮助,而是需要我们更热烈地承受我们自身的痛苦,偶尔赋予忍耐一种也许更清晰的意义,为我们自己发展各种尽可能更准确和清晰的方法,向那些把自己的力量用在别的事情上的人表达我们内心的痛苦和对痛苦的克服。"

不可用一声"失败主义"的欢呼来否定这种倾向。它并不意味着否认政治行动的重要性,而是领悟到如果作家不想既伤害他人又伤害自己,他必须比他一直以来所做的更谦虚和更有耐性地考虑他是哪种人,他的真正职责是什么。当轮船着火了,气宇轩昂地奔向抽水机似乎是很自然的,但也许我们只是在增添整体的混乱和恐慌:静静坐下来祈祷看似自私和缺乏英雄气概,但这也许是最明智和最有帮助的办法。

也是在同年,奥登在《多产者与吞噬者》中说:

如果艺术的标准是其激发行动的力量,则戈培尔将是历史上最伟大的艺术家之一。

曾在奥登晚年多次采访奥登的艾伦·莱维在《奥登:焦虑的时代的秋天》中说:

有四次,我听到奥登说他写的东西未曾使一个犹太人免于被消灭,或使战争缩短五秒——但丁或莫扎特或莎士比亚(有时换成歌德或米开朗琪罗或贝多芬)创造的东西也都未曾使历史改变一丝毫。

也许，对奥登来说，使他真正感到荣幸和安慰的是，有一次他在《纽约客》发表一首诗，这首诗被纽约一所女子监狱里一个坐牢的妓女读到了，当她去浴室洗澡时，她边走边念出那首诗的最后一行："千万人没有爱也能活，但谁也不能没有水。"

五

伊舍伍德所说的奥登的晦涩，对母语是英语的读者和母语不是英语的译者都难，当然对译者还要难些；但麦克尼斯所说的奥登的省略，对母语是英语的读者也许稍难些，但对母语不是英语的译者就特别难了。像《分水岭》里的

two there were
cleaned out a damaged shaft by hand,

有两个
用手清理一座损坏的矿井，

这"two there were"是倒装加省略，应读成"there were two (who)"。

《1929年》第二首第一节里的

shadow know not of homesick foreigner
不知道思乡的外国人的影子，

同样是倒装加省略,应读成"know not shadow of homesick foreigner",更符合语法的重组是"(they) know (nothing) of (the) shadow of (this) homesick foreigner"。

《催眠曲》最后一节里的几行:

> Let the winds of dawn that blow
> Softly round your dreaming head
> Such a day of sweetness show
> Eye and knocking heart may bless,
> Find the mortal world enough.

> 让绕着你这做着梦的头
> 轻柔地吹拂的黎明风
> 展现如此一个甜蜜的白天,
> 眼睛和震颤的心也会祝福,
> 对这凡人世界感到满足;

这里既有倒装又有省略。重新组织一下,是这样的:

> Let the winds of dawn that blow
> Softly round your dreaming head
> (Show) such a day of sweetness
> (That) eye and knocking heart may bless (it) (the mortal world),
> (And may) find the mortal world enough.

这里"bless"（祝福）的对象，既可以是"it"也即"day of sweetness"（甜蜜的白天），也可以是"the mortal world"（凡人世界），一般研究者倾向于后者。（这里奥登对"黎明风"的使用也值得注意：它既"吹拂"又"展现"，前者揭示风的性质，后者揭示的却是黎明的性质，风成了黎明的前哨。）

即便在奥登刚到美国时写的《悼念叶芝》这首其语法看似符合常规的诗里，也隐藏着陷阱，至少在汉译中如此：

Time that with this strange excuse
Pardoned Kipling and his views,
And will pardon Paul Claudel,
Pardons him for writing well.

时间以这样奇怪的诡辩
原谅了吉卜林和他的观点，
还将原谅保尔·克劳德，
原谅他写得比较出色。
（查良铮译）

以这种奇妙的理由，时间
宽宥了吉普林和他的观点，
而且还会宽宥保罗·克罗代，
宽宥他，因为他写得精采。
（余光中译）

时间以这种怪异的借口

507

> 原谅吉卜林和他的观点,
> 还将原谅保罗·克罗岱,
> 原谅他,因为他写得精彩。
> (我以前译)

我是在做本书的最后一遍校对时注意到"pardoned""will pardon""pardons"的差异,吉卜林当时已死,所以用过去式,克罗岱尔当时还活着,所以用将来式,叶芝刚死,所以用现在式。但我一直把"他"理解成克罗岱尔。于是我查了一下查良铮的译文,但首先却是被"原谅他写得比较出色"吓着了。在诸如"pardons him for arriving late"这样的句子里,确实可以译成"原谅他来晚了"。但叶芝不是因为他写得出色而需要被原谅,而是因为他写得出色,所以他的观点(如同吉卜林和克罗岱尔的)被原谅。他们的思想里都包含当时左倾的奥登眼中的"反动"观点。

为了确认"他"是叶芝,我查了一些研究著作,答案是肯定的。有两位研究者分别提到"最后一行的'他'是叶芝""奥登的'他'指叶芝"。门德尔松引用这节诗时,也特别注明"……Pardons him(Yeats)for writing well"。

最后,"写得出色"是仅仅指叶芝吗?恐怕不是,而是指他们三人。这是从多种著作摘录的(因为是从谷歌查找的,个别出处不知道文章标题和作者姓名,只知道刊物和页码):

> 奥登写道,时间将原谅吉卜林和克罗岱尔——原谅他们,因为他们写得出色。(*Chronicles*, Volume 27, 2003, p.34)

诗人写道，时间已经"原谅吉卜林和他的观点"，原谅他，因为"写得出色"。（*Journal of English and Germanic Philology*, Volume 94, 1995, p.273）

奥登为时过早地宣布，因为写得出色，"时间（已经）……原谅吉卜林和他的观点。"（John McBratney, *Imperial Subjects, Imperial Space*, 2002, p.viii）

时间是否会因为写得出色而原谅庞德和刘易斯，如同（奥登的）叶芝和保罗·克罗岱尔？（Vincent Sherry, *Ezra Pound, Wyndham Lewis, and Radical Modernism*, 1993, p.7）

时间原谅作家们的缺点，甚至原谅法西斯主义诗人保罗·克罗岱尔和吉卜林的帝国主义，不是因为某种道德理由，仅仅因为"写得出色"。（Adam Gearey, *Law and Aesthetics*, 2001, p.14）

从上述例证可知，奥登的"pardons him"之后如果加一个逗号，可能会稍微减少误解。但如果从奥登早期诗的晦涩的表达习惯来看，奥登此处的"含混"完全正常。

奥登去美国之后，不合常规的用词和表达逐渐消失，但句法却趋于繁复，尤其是长句特别多；后期一些诗的词语喜用古义或旧义（其中一些我在注释里加以说明，以免读者误以为我误译了）。

我选译的《新年书信》的第三节"然而时间可以",整节二十五行为一个长句。其中主语"太阳"与谓语"点亮"相隔十四行,当然无法在译文中复制,只能稍作灵活处理,使译本读者仍能觉得这是长句。

再如《新年书信》的片断"魔鬼"中有一处,作者为了押韵而采用相当复杂的倒装:

> An action which has put him in,
> Pledged as he is to Rule-by-Sin,
> As ambiguous a position
> As any Irish politician,

这个句子重组之后如下:

> Pledged as he is to Rule-by-Sin,
> (It is) an action which has put him
> In a position as ambiguous
> As any Irish politician.

结合上下文,译文是:

> 但是,尽管他宣誓效忠罪治,
> 这做法却把他置于
> 一个含混如同任何
> 爱尔兰政客的位置,

《新年书信》的片断"独裁和势力的洪水"有一处采用省略：

> What is there left for pride to do
> Except plunge headlong *vers la boue*,
> For freedom except suicide,
> The self-asserted self-denied?

> 骄傲还有什么可做的，
> 除了一头栽进泥坑里，
> 自由还有什么可做的，除了自杀，
> 自主还有什么可做的，除了自绝？

原文层层省略，而译文却只能层层补充被省略的部分。在译文的基础上，不妨设想现代汉语也许有一天可以做到像下面这样压缩而又不会构成理解上的障碍：

> 骄傲还有什么可做的，
> 除了一头栽进泥坑里？
> 自由，除了自杀？
> 自主，自绝？

即使不会构成理解上的障碍，也仍然没有达到原文的压缩。原文的压缩应该是：

> 骄傲还有什么可做的，
> 除了一头栽进泥坑里，

自由除了自杀，
自主自绝？

或稍微变通一下：

骄傲除了一头栽进泥坑里，
自由除了自杀，自主自绝，
还有什么可做的？

《不可预测但如有神助》第一节开头几行，除了是一个长句外，还有其他需要小心辨识的易混淆处：

Spring with its thrusting leaves and jargling birds is
　　here again
to remind me again of the first real Event, the first
genuine Accident, of that Once when, once a tiny
corner of the cosmos had turned indulgent enough
to give it a sporting chance, some Original Substance,
immortal and self-sufficient, knowing only the blind
collision experience, had the sheer audacity
to become irritable, a Self requiring a World,
a Not-Self outside Itself from which to renew Itself,
with a new freedom, to grow, a new necessity, death.

春天及其兴旺的叶子和聒噪的鸟儿又来到这里
再次提醒我那第一次真正的事件，那第一次

> 名副其实的意外，那次曾经，也即宇宙的
> 一个小角落一旦变得够放纵，赋予
> 某种不朽而自足、只懂得盲目撞击经验的原质
> 一次成败各半的机会，它便有绝对胆量
> 去变得烦躁，一个要求获得一个世界的自我，
> 一个从它自身之外更新它自身的非自我，
> 带着一种新自由，要生长，一种新必要，死亡。

　　第三行有两个"once"，第一个"Once"是"曾经"，作为名词；第二个"once"是"一旦……（便……）"，作为连词。第五行的"it"（它）是指同一行里的"some Original Substance"（某种原质）。译文把"它"与"某种原质"的位置对调。"某种原质"在原文里还有从句，所以就变成"某种……原质"。"它便有"里的"它"如果改为"那原质"就会好懂很多，但会变得散文化。最后一行半我原本把它意释为："有一个自我和一个非自我，／自我要求获得一个世界，非自我从它自身之外更新它自身。"最后还是改回直译，但记录在这里供读者参考。

　　由上面这些例子也可以看到，倒装句一旦被译成规范句，其音乐性也就受到损害。哪怕是仅仅在一行诗里，倒装成分被改造后，其音乐的强弱安排也会发生无可挽回的改变甚至消失。在倒装的长句里，虽然以长句翻译长句最能保持原诗脉络的清晰性和原诗意义的明确性，但原诗因倒装而带来的迂回曲折的音乐感却难以被复制。

六

另一种更令人遗憾的损失，是奥登语言的少数高光时刻在译文中黯然失色。记得二十多年前看一本沃尔科特的访谈录，其中一篇几乎都在谈奥登。他举出奥登若干美妙的句子。例如

goodness is timeless.

他没有说好在哪里。但凭直觉我立即就知道好在哪里，却无法做透彻的理性分析。这是对善的最美妙的描述。善处于一种几乎是空气般的状态。"goodness"给人恒定的安稳感，而"timeless"则有一种微波般的传递感。动词"is"几乎不是动词，而只是对微波的轻推。我当时能想到的汉译是

善无终。

并且觉得汉语句号还是造成干扰，不如英语句号那样不起眼。如果译成"善是不朽的"或"善是没有时间限制的"或"善是超越时间的"，虽然词语的意思差不多，但句子给心灵感受力带来的一切就全部消失了。整行诗也就变得跟教条或口号差不多，完全没有感觉了。这行诗是奥登逝世之后出版的《诗合集》和《诗选》最后一首诗《考古学》的附诗《尾声》的最后一行，应该说也是奥登最后一行诗，如此美妙地成为奥登一生的总结，可作为他的墓志铭。

但是当我实际翻译这首诗时，却发现"善无终"在上下文里会造成误解。于是失之交臂，只能译为"善无始终"！

沃尔科特还举出奥登另一行诗：

August for the people and their favourite islands.

他同样没说好在哪里。如果"goodness is timeless"是一幅抽象画的话，那么《八月》这行诗就是一幅——不，不是具象画，而是一部电影短片！时间、人物、地点都齐全了，你感到人群的流动，岛屿的喧闹，海水的起伏，轮船的繁忙。但是如果说"goodness is timeless"中的"is"难译的话，这里的"for"则根本无法翻译：

为民众和他们喜爱的岛屿而准备的八月。

或

为民众和他们喜爱的岛屿而存在的八月。

多么累赘，而且"八月"的位置从句首跑到句尾去了。这只是一行文字，根本看不到电影。"people"也如同"timeless"一样不好译，但译成"民众"并没有完全在汉语中失去其存在感。

最后只能勉强译成

八月属于民众和他们喜爱的岛屿。

但"属于"相对于"for"的不着痕迹，依然太冗长。不仅"属"字笔画多，而且"属"字的发音也浓重。

再如奥登《催眠曲》开头最著名的两行诗：

Lay your sleeping head, my love,
Human on my faithless arm;

主要就是第二行，首先是 human 难译，它的意思是"人性地""顺应人的本性那样地"。但最难的是"faithless"，意思是"不忠"，但用"faithless"来配搭和形容"arm"产生的神奇效果却不是"不忠"可以传达的。那也是"无信仰"（faithless 的另一个意思）的手臂。但"无信仰"也仍无法传达"faithless arm"所传达的直观上的无助感。即是说，句子所传达的意思与句子的形象画面所传达的意思分离，不是同一回事。如果换上"unfaithful arm"，意思完全一样，但那个传递无助感的视觉形象没有了。我的译文，就像我上面所举的例子里的译文，仅仅是译出字面意思：

把你沉睡的头，我的爱，
人性地靠在我不可信的臂上；

再如奥登《罗马的灭亡》著名的最后一节：

Altogether elsewhere, vast
Herds of reindeer move across
Miles and miles of golden moss,
Silently and very fast.

全都在别处,大群
大群的驯鹿穿越
绵延数里的金色苔藓,
无声而又快速。

原文从第二行后半"move across"起展现的辽阔、寂静、运动中的神奇画面,同样无法在译文中复制。好在它的神奇是由几行诗构成的,而不是像"Human on my faithless arm"那样在一行里有两大无法克服的障碍,所以相对来说还能在译文里留下一点残迹,但也只是残迹而已。读者会发现我的译文省略了原文中的"very",因为译成"非常快速"反而失去更多。关于这节诗,我在《必要的角度》增订本中关于多多的文章里有所阐述,这里就不好意思重复了。

七

在翻译奥登这些诗的时候,对我来说,重要的不是读懂,因为晦涩对我不构成障碍;而是读通,也即理顺句子。遇到困难,就得停下来小心推敲和思考;如果还有疑难,就得翻查相关的研究著作;自觉问题解决了,例如读通了,但又不是完全确定,也同样要翻查相关资料求证。在这过程中,约翰·富勒的《奥登评论》、门德尔松的《早期奥登》和《后期奥登》(以及两本书的修订合订本)、汉弗莱·卡彭特的《奥登传》、美国诗人安东尼·赫克特的《隐藏的法则:奥登的诗歌》等等研究著作,都提供了很有用的帮助。在我翻译的过程中,门德尔松编辑的两卷本《奥登作品全集·诗歌卷》也刚好出版了,提供了及时的帮助：卷一相当于《英国奥登》，但更全面和详尽；卷二相当于《诗合集》中1939年之后的部分，但也更全面和详尽。门德尔松编辑的《奥登诗选》增订本除了增加了二十首诗外，还在书后增加了对其中一些诗所做的弥足珍贵的注解。

此外，一些导读著作，也提供了别处没有的注解。只可惜这些导读著作花很多篇幅介绍奥登的生平著作和思想风格，仅对极少数的诗做具体分析和提供注释。例如《赞美石灰岩》和《六十岁序幕》中，都出现"a good lay"。"lay"是一个多义词，包括隐藏处、性交、滥交者、抒情诗、歌曲。上面提到的参考著作都没有对此做任何注解。倒是格雷厄姆·汉德利那本不足一百页的《奥登诗选注》里注为"性邀请"，多米尼克·海兰那本只有六十余页的《奥登诗选注》里则注为"俚语，指性交"。更重要的是他们把"a good lay"当成一个短语来读。如果没有他们的指南书的确认，把"lay"译成词典里的任何一个意思都是冒险。在查证过程中，偶然从一本书里看到，一个德语译本的质量相当好，但译者把"a clever line / Or a good lay"理解成"聪明的边界／或一个舒适的休息处"；而奥登则在访谈中说，法语译者把"a good lay"理解成"一首好诗"。

阿尔文·克南编选的《现代讽刺作品》收录了《给拜伦勋爵的信》全诗，并且有比富勒更详尽的注释。例如有一句"Blake's adding pince-nez to an ad. for Players"，克南注"Players"是英国一种香烟牌子。由于奥登诗中很多单词喜用首字母大写，所以译者很难确定这"Players"究竟是什么。我初稿译为"演员"。对一个看似没有疑问的句子"Off with his bags"，编者把"bags"注为"Slacks"（宽松裤），并说"debagging"（脱宽松裤）曾是牛津学生爱玩的游戏。据传说，学生爱穿短裤，但学校不许他们穿，于是他们就再加穿一条过度宽松的"布袋裤"。

说到这里，不能不提《为玛丽安·摩尔而作的镶嵌画》首句中的"concluded garden"（字面意思"有结论的花园"），富勒注为来自拉丁文"hortus conclusus"，意为"enclosed garden"（封闭的花园）。

以上，都只是如果没有这些研究著作和指南书就会造成译者误解的明显例子。

八

至于如何利用这些研究著作，或到底要在多大程度上对奥登的诗进行注释或解读，则是一个见仁见智的问题，对我来说是非常麻烦的问题。在奥登被邀请就他的诗《换一换环境》的"研讨会"做出回应的同时，编者还邀请他写一篇文章，参加关于约翰·克罗·兰塞姆或 e. e. 卡明斯的作品的"研讨会"。奥登回信说：

> 从你的观点看，你碰巧赶上了我的坏时刻，因为我正处于强烈反感诗歌分析的状态中。除了关于一首诗的技术手段外——而这又恰恰是因为它们的真假只有白痴才会看不出来——任何"解读"在我看来都仅仅是片面的理解，只对解读者有价值，并且仅仅是暂时的价值：对其他人来说，在他们与诗之间拦着解读者，只会带来损害。当然，我知道，我可能完全错了，我对读这类解释的厌恶可能只是虚荣——如果我屈尊去做我就可以做得更好——但这恐怕就是我当下的感受了，因此我无法为你写关于兰塞姆或

卡明斯的文章……

很多研究著作，哪怕充满真知灼见，也只是研究者对被研究者的某种深思熟虑的系统性建构，因为他们要把他们聚焦的课题或见解说得合情合理，令人信服。正是合情合理和令人信服很可能构成对被研究者的片面理解。

在卡彭特的《奥登传》和门德尔松的《早期奥登》于1981年出版后，曾出版过《奥登》(1964)一书的芭芭拉·埃弗里特在她为《伦敦书评》撰写的关于这两部奥登研究著作的长篇书评中对这个问题表示过关注。她举例说，关于奥登前往美国的原因或动机，有很多说法，但还有一种可能性没人提及，也即根本就没有原因或动机：

> 他根本就没有做任何决定，或他根本就不知道为什么他那样做：在他生命的总格局中，这次横渡大西洋是一次显著的非事件……正确的问题不是"奥登究竟为什么离开英国？"而是"奥登可曾在任何地方待过很久？"。诗人显然被约翰逊博士所说的那种抑郁性情带来的躁动不安占据着。约翰逊博士曾在给鲍斯韦尔的信中羞愧地总结说："我很乐意去外国，又也许很乐意回家；就是，换句话说，我以前、我现在很厌烦在家里，很厌烦在外国，难道这不就是生命的状态吗？"

译者也有同样的矛盾心态：既担心读者不明白，又担心解释得太明白。仅仅把前面提到的"它"改成"那原质"就已经会造成散文化，更何况综合研究者的评论，对某首诗做出系统性的分析。我倒是觉得对像菲利普·拉金或谢默斯·希尼并不晦涩的诗多做些解释反而更有意义,常常可以加深对诗的理解。但奥登的诗,却有可能会因为增加解释而被浅薄化。我们很难想象如果卞之琳有一首十行诗,都是由像"看街上花树也坐了独轮车游春"这样的句子构成的,每一行都很奇特或一行比一行奇特,但有一天卞之琳本人或专家把它们一一注释,那后果会怎样。奥登的诗真的比较复杂和精微,如果读者因为贪便宜而被注解所包含的观念或事实套牢,以这被套牢的观念或事实来"理解"奥登的诗,而不是用全副身心"感受"诗本身,那么注解所起的作用就只能是反作用。所以我更愿意摘取奥登对自己的诗的片言只语的描述或评论,只可惜这方面的资料并不是很多。话虽这么说,我还是做了不少注释,但希望读者相信,我已经非常克制。

理解无可厚非,但感受更重要。注释有助于理解,却也有可能带偏理解,更有可能变成取代直观感受。奥登比较早的一位研究者乔治·赖特在《W. H. 奥登》修订本中说,他以前对奥登一些诗,也是似懂非懂,但专心阅读,反复思考,有时候就会豁然开朗。例如他对《被包裹在柔顺的空气里》一诗的理解。最初觉得意象纷乱,毫无头绪。后来读了不少奥登的文章,再读这首诗,突然发现他看得懂了。例如该诗开头几行,说的是人置身于他周遭的世界:他活动时空气就会被惊动;植物的生命,它们的饥渴不同于其他也是处于无声之中的事物的饥渴;树的汁液潮汐般冒出,也是无声而秘密地;鸟儿似乎很紧张,活在我们上空——因此会有"高烧"。

再如该诗第三节,他认为奥登并不是在谴责那个强人对较无天赋的"大多数和沉默者"——例如工人阶级——的剥削。

"无时间观念者和有根者"显然是分别指动物和植物。而"时间"则是指有时间观念，这是人才会有的；"金钱"也是人才会有的，意思是人有能力以象征物"金钱"进行交易，发展出严密的社会组织，并用它来糟蹋自然世界。

虽然这些词语都是笼统地概括空气、鲜花、鸟儿、动物、植物，因而似乎很抽象，但它们却呈现了体验它们的人所见的事物，他感到空气在让路，他仰望鸟儿，他观察植物的固定性，动物对未来不完全的理解。鸟儿飞在高空，植物扎根大地，动物无时间观念，都只是相对于人而言，因此这些描述虽然是抽象的，却仍然显示某种表现主义式的扭曲，因为观点已经包含在描述中。

当然，以上也只是赖特的一家之言。而且读者也不一定要像他那样读了奥登同时期的文章才突然有所领悟。他极有可能是时隔多年之后重读，又读得专注，于是有所领悟。

九

当"明室"的赵磊先生约我译奥登时，我只说我会译奥登，但不知道什么时候译，因为我要看自己的状态。另外我并不急着要译他，因为译诗主要还是看译者，而不是看作者是不是已经被译了，或译了多少个版本。赵磊说可以等。

过了一阵子，我想到译奥登的事，于是重新拿出《给拜伦勋爵的信》来读。因为如果我要译奥登，我必定要译这首长诗。而如果这首长诗我译得不满意，那我就得搁置。我试译一下。竟然得心应手！我用了一个多月翻译，又用了一个多月押韵。有了这个底气，我便开始正式译奥登了。

有两个英语诗人，我一直不敢译，一个是叶芝，一个是奥登。在译奥登之前，我已经先译了叶芝一本文选。似乎我在逐渐用汉语靠近我心中的两位大师。我年纪够大了，写作经验够丰富了，翻译经验和技术也更成熟了——那是说，懂得更细心地工作，包括校对、查资料、做研究。

我的目标很清晰，精挑细选，不因易而多译，不因难而少译。此外，我希望能比较均匀地呈现奥登在技巧和题材等各个领域的大致面貌。希望这是一本能够让读者慢慢读上好几年的诗集。奥登的主要代表作都有了。奥登几首堪称伟大的抒情诗《悼念叶芝》、《赞美石灰岩》、《阿喀琉斯的盾牌》、《祈祷时辰》（选两首）、《河流侧影》也都有了。奥登的长诗全部得到或多或少的展示。早期长诗《双方付出代价》和《演说家》融入第一辑里，《给拜伦勋爵的信》自成一辑，《新年书信》选段又自成一辑，三部长诗《暂时》《海与镜》《焦虑的年代》选段又合起来作为一辑。奥登的早期抒情诗分为两辑，中期和后期抒情诗分为四辑。

我参考各种选本，早期诗主要根据《英国奥登》，这是门德尔松编辑的奥登英国时期诗文集，恢复了后来被奥登修改或删节的部分。中后期诗主要根据奥登逝世之后门德尔松编辑的《诗合集》。另外还有奥登生前很重要的《短诗合集》和奥登逝世之后门德尔松编辑的《诗选》。这些还不够，我还参考了约翰·富勒编辑的那本只有一百页但更加精挑细选的《诗选》和理查德·霍格特编辑的《奥登选本》。当然还有两卷本的《奥登作品全集·诗歌卷》。

富勒的选本虽然小，但已经有别于门德尔松的《诗选》甚至《诗合集》，就是说选了一些它们没收的诗。门德尔松反过来在《诗选》增订本中吸取了富勒的成果。这说明什么？说明多一双鉴别的眼睛就多一个观察层面或角度。要知道，门德尔松编选之前，奥登的诗主要是奥登自己选的，而门德尔松编辑《诗合集》时又是根据奥登原本编选的取向作为标准，编辑《诗选》时虽然合理地恢复奥登某些诗的早期版本，但编选目光仍有可能偏于"正统"。要是再多一两个研究者来编多一两个选本，或富勒的《诗选》再扩大两三倍就好了。既然没有，那我只好自己来充当编选者，给出我自己的判断，尤其是直觉判断。

奥登曾在致友人詹姆斯·斯特恩的信中说："对一个像我自己这样的诗人来说，一部自传实在多余，因为任何发生在我身上的重要事情都立即就被吸纳进一首诗里了，不管是多么隐晦地。"这使我想起保罗·策兰。据策兰夫人说，策兰的诗"百分之百"来自他自己的经验。

在挑选奥登的诗时，最吸引我的正是无论多么隐晦地闪现他生命之光的诗。但每一件值得一提的事情都被吸纳进诗中，并不意味着每一首诗都是由发生在他生命中的事件催生的。在我挑选时使我即刻放弃或使我犹豫的，也许都是些门德尔松所谓的较有"可理解性"，或"起步失误"和"近于失败"的作品，也许不是。轻松诗因为已经有《给拜伦勋爵的信》，所以选得少。同样地，一般的歌谣体或叙事诗，一般的情诗或歌谣体情诗，都比较通俗，也暂时避开。

在翻译过程中，除了前面提到的那些不仅是我，恐怕也是任何译者都克服不了的"先天性"翻译障碍外，我尽可能在中译里保存奥登诗的原貌，尽可能不意释，不拆散长句，不改造句法，不增减词义。如果我没做到，那也不是我没做，而是因为我努力了但做不到或不完全能做到。至于在遵循这些原则的过程中可能出现的疏漏或误解造成的误译，希望将来修订时可以补过。

　　查良铮译过的重要作品《在战争时期》我暂时避开，因为他已经译得很好了。他选译了重要组诗《探索》十首，我将他没译的另十首译出来。卞之琳译的若干首，我也暂时避开。但是将来如果出增订本，我反而会首先考虑译上述查良铮译过的诗，因为它们都是精品。

　　奥登的早期诗几乎都没有标题，有些标题是后来加上的，我基本上采用诗的首行或首行的部分做标题，但也有一些例外。为了方便读者查阅，书后附上英文标题和首行索引。我前面所举奥登原诗的各种例子，也希望能引起读原文的读者的注意。

译者

2024 年 5 月 15 日

明室
Lucida

照亮阅读的人

主　　编	陈希颖
副 主 编	赵　磊
策划编辑	赵　磊
特约编辑	赵　磊　李佳晟
营销编辑	崔晓敏　张晓恒　刘鼎钰
设计总监	山　川
装帧设计	山川制本 workshop
责任印制	耿云龙
内文制作	丝　工

版权咨询、商务合作：contact@lucidabooks.com

上海光之室文化传播有限公司　　　　　Shanghai Lucidabooks Co., Ltd.

图书在版编目（CIP）数据

奥登诗精选 / (英) W. H. 奥登著；黄灿然译. --
北京：北京联合出版公司, 2024.8
ISBN 978-7-5596-7537-8

Ⅰ.①奥… Ⅱ.①W…②黄… Ⅲ.①诗集－英国－现代 Ⅳ.① I561.25

中国国家版本馆 CIP 数据核字 (2024) 第 063449 号

奥登诗精选
作　　者：[英] W. H. 奥登
译　　者：黄灿然
出 品 人：赵红仕
策划机构：明　室
策划编辑：赵　磊
特约编辑：赵　磊　李佳晟
责任编辑：周　杨
装帧设计：山川制本 workshop

北京联合出版公司出版
(北京市西城区德外大街 83 号楼 9 层　100088)
北京联合天畅文化传播公司发行
北京市十月印刷有限公司印刷　新华书店经销
字数 382 千字　880 毫米 ×1230 毫米　1/32　17 印张
2024 年 8 月第 1 版　2024 年 8 月第 1 次印刷
ISBN 978-7-5596-7537-8
定价：98.00 元

版权所有，侵权必究
未经书面许可，不得以任何方式转载、复制、翻印本书部分或全部内容。
本书若有质量问题，请与本公司图书销售中心联系调换。
电话：(010) 64258472-800